讀萬卷書 破萬里程
만권의 책을 읽고 만리의 길을 가보라.
— 慧超 '往五天竺國傳'
혜초 '왕오천축국전' 中에서

 빛참

희망 (希望)

희망이란
본래 있다고도 할수 없고
없다고도 할수 없다.
그것은 마치 땅위의 길과같은 것이다.
태초에 땅위에는 길이 없었다.
한 사람이 먼저 가고
걸어가는 사람이 많아지면
그것이 곧 길이되는 것이다.

— 루쉰(魯迅)의 소설 '고향' 中에서 —

2020년 정월 무렵
庚子年(경자년) 첫 새벽에
三角山(삼각산) 曹溪寺(조계사)
佈法會館(전법회관) 我在堂(아재당)에서

快活真光
쾌활 신광

세계는 한 송이 꽃이라네

일러두기

- 본문의 글은 한글맞춤법에 따라 표기하되, 일기장에 쓰인 저자의 문투를 그대로 살렸습니다. 한자나 영어 등을 노출하여 쓴 경우 괄호 안에 한글을 병기하였습니다.
- 일부 그림은 원래 그려진 상태를 그대로 살려 노트의 선이나 무늬가 자연스럽게 들어가도록 편집하였습니다.

세계는 한 송이 꽃이라네

진광 스님의 쾌활순례서화집

世界一花

글·그림 진광

조계종
출판사

'세계는 한 송이 꽃이라네!(世界一花)'

― 나의 순례 서화집 이야기 ―

나는 본래 음악과 미술 등 예술 방면에는 문외한(門外漢)이나 다름없다. 학창 시절 단 한 번도 그 방면에 소질을 드러내거나 칭찬조차 받아본 적이 없다. 그런데 난데없이 그림책을 출간하다니 그야말로 희유(稀有)하고도 불가사의한 일이 아닐 수 없다.

그럼에도 불구하고 이같이 무모한 일을 벌인 것은 순례 길의 소중하고 의미 있는 아름다운 순간들을 모든 이들과 함께 영원히 간직하고픈 마음에서다. 아울러 불자가 아니더라도 불교를 쉽게 이해하고 함께하고자 하는 이들에게 보내는 작은 선물이기도 하다. 한편 나 같은 사람도 이렇게 나름대로 그림을 그릴 수 있고, 또 책을 낼 수도 있다는 것을 보여주고 싶었다.

처음 그림을 그리게 된 인연은 이러하다. 본해 스님과 함께 네팔 히말라야의 랑탕 트레킹을 다녀와 카트만두의 한국 게스트하우스에 묵을 때였다. 한국인 남녀가 함께 배낭여행 중이었는데, 하정(霞庭) 최영미와 운학(雲鶴) 김상민이 그들이다. 여행 중에 만난 사람과 자연을 스케치한 것을 그들이 보여주었는데 참으로 인상적이고 아름다웠다. 그 순간 불현듯 나도 저렇게 그림을 그리고 싶다고, 어쩌면 곧잘 그릴 수도 있겠다는 생각이 들었다.

2010년에는 남아공월드컵이 끝나자마자 중국, 중앙아시아, 중동, 아프리카 등지를 6개월간 배낭여행을 하였다. 그때에 김영희 PD가 쓴 '헉! 아프리카'라는 책을 접하고는, 너무나 창의적이고 간결한 그림과 글에 매료되고 말았다. 그런 인연으로 틈틈이 순례 중에 그림을 그리고 글을 쓰며 나만의 서화집을 만들어왔다. 그러나 홀로 즐길 뿐이지 남에게 보여줄 만한 것은 결코 아니었다.

그러다가 여행에서 돌아와 우연히 교육원 소임을 맡게 되었고, 2013년부터 '밥값' 겸 '재능기부' 차원에서 교육원 순례를 7년간 기획하고 진행해왔다. 그동안 함께한 국내외 순례를 갈 적마다 새롭게 보고, 듣고, 경험하며 느낀 것들을 벼 이삭을 줍는 마음(滯穗遺秉)으로 한데 모은 것이 바로 이 책이다.

화가나 눈 밝은 이가 본다면 실소를 금치 못할 정도로 졸렬하고 황망할 것이다. 나 또한 한없이 부끄럽고 욕되기만 하다. 그럼에도 별 볼일 없는 그림과 글을 아끼며 격려와 응원을 보내주신 지도법사 큰스님들과 수많은 순례 길의 도반들에게 우선 감사와 찬탄을 드린다. 그분들이 없었다면 이 책은 세상에서 영원히 그 빛을 보지 못한 채 사라졌을 것이다.

먼저 이 책을 살아생전에 겨우 세 번 찾아뵙고 금강산 여행이라고 딱 한 번 시켜드린 채 황망히 떠나보낸 부친 장용전, 모친 함옥연 님께 바친다. 또한 형제인 영록, 영춘, 정옥 그리고 조카 원형과 신태숙 형수께 감사드린다. 아울러 내 인생의 멘토이자 영원한 길벗인 탄경(呑鏡), 선우(善牛), 묵담(黙潭) 스님과 계림회(溪林會) 도반 스님들께도 감사드린다. 가족 같은 진영회(眞影會) 인연들과 함께 동관(東觀) 이종수, 거봉(巨峯) 신덕승, 영조(影照) 박정호 님께도 고마움을 전한다. 특히 미국 뉴저지에 사는 김진희 부부와 삼보(三寶)인 보성(寶性)·보경(寶鏡)·보륜(寶輪)에게 사랑과 감사를 전한다. 마지막으로 내 그림책을 제일 좋아할 태환, 현준, 가영, 영선, 민영, 도희, 서범, 서진, 윤슬, 재영, 륜채, 환희, 로이 등의 어린 부처들에게 이 책이 좋은 추억이 되었으면 한다.

너무나도 그림을 못 그려 한때는 전문가에게 드로잉과 스케치를 배워볼까도 생각했다. 그러나 바쁘기도 하거니와 도리어 그것이 자연스럽고 독특한 나만의 멋과 향을 해칠까 싶어 그만두었다. 여행과 그림, 이것은 내가 좋아서 하는 일일 뿐 내 밥벌이가 되면 곤란하기 때문이다. 나는 그저 한 수행자, 혹은 자유로운 영혼의 여행자로 족하다. 이는 내 복을 아끼는(惜福) 길이기도 하다. 다만 스스로 즐길 뿐 그대에게 가져다줄 수는 없음이라.

영국의 화가이자 비평가인 존 러스킨은 "말을 하듯이 그림을 그려보라!"라고 했다. 중국의 대문호인 소동파는 "가슴속에 대나무가 완성된 연후에야 비로소 종이에 그림을 그린다(成竹於胸中)"라고 설파했다. 《논어(論語)》에 이르기를 "회사후소(繪事後素)"라고 하였으니, 그림을 그리는 일은 흰 종이가 있은 연후에 비로소 이루어진다는 의미이다. 또한 《화엄경(華嚴經)》에 "마음이란 그림을 그리는 화가와 같은지라 능히 모든 세간을 그린다(心如工畫師 能畵諸世間)"라고 하였으니, 오직 이 한 마음이 차마 어찌할 수 없음에 스스로 그림을 그렸다고 할 것이다.

출가해 3년여를 원담(圓潭) 노스님을 시봉하며 어깨너머로 선필을 보고 배울 수가 있었다. "서당 개 삼 년이면 풍월을 읊는다"라는 속담처럼 이는 모두가 노스님의 높은 안목과 예술혼에 힘입은 바가 크다. 또한 은사이신 법장(法長) 스님의 자비덕화와 후원, 칭찬과 격려에 감사하지 않을 수 없다. 제자(題字)의 한문 글씨는 설정 큰스님 휘호이고, 한글은 한얼 이종선 선생의 작품이다.

졸저(拙著)에 귀한 옥고(玉稿)의 법어를 써주신 대한불교조계종 전(前) 총무원장 송원설정(松原雪靖) 대종사를 비롯하여 현 총무원장 원행(圓行) 큰스님과 교육원장 진우(眞愚) 큰스님, 그리고 박웅현 선생님과 김영택 화백께 존경과 감사를 드린다. 아울러 축하의 그림을 보내주신 무진·성민·아원 스님과 윤병철, 김정현, 허재경, 김태환, 김가영, 박연 님께도 고마움을 전한다.

내 삶과 수행의 버팀목이자 스승인 덕숭총림 방장이신 달하우송 큰스님, 수

덕사 주지 정묵 스님, 고우 큰스님, 혜국 큰스님, 해인사 주지 현응 스님, 심원사 회주 본해 스님께 존경과 감사를 드린다. 아울러 혜총·지안·호진·진옥·현진·도신·주경·정견·법인·원철·명산 스님과 명성·육문·운달·자인·월송·계호·일진·임대·종묵·성정·탁연 스님께도 감사를 전하고 싶다.

나는 매양 빈센트 반 고흐가 살던 남프랑스 프로방스 지역의 '아를'과 알베르 카뮈의 산문으로 유명한 '알제리'를 꿈꾸었다. 그곳에서 태양의 강렬한 빛깔과 코발트빛 지중해의 바다와 산맥, 그리고 그곳에 사는 사람들을 만나고 싶었다. 차마 어찌할 수가 없는 어느 정오(正午)의 강렬한 태양 아래 알베르 카뮈의 소설과 산문을 읽는다. 석양이 질 무렵부터 새벽까지는 돈 매클린의 노래 〈빈센트(Vincent)〉를 들으며 고흐의 삶과 그림들을 생각한다. 그리하여 태양과 바다와 사람들 그리고 밤의 압생트 향기에 취해 졸박(拙朴)하기 그지없는 내 그림책의 서문을 갈음한다.

중국 현대 몽롱시(朦朧詩)의 창시자인 꾸청(顧城)의 '한 세대 사람'이란 시를 읊조려본다. "어둔 밤이 내게 / 검은 눈동자를 주었으나 / 나는 오히려 그것으로 / 세상의 빛을 찾는다." 이 책이 세상의 빛과 목탁이 되었으면 한다.

세상의 빛은 한 송이 꽃과 같다. 이제 한 송이 꽃을 들어 보이니 누가 있어 빙그레 미소 지을는지 자못 궁금하기 이를 데 없다.

마지막으로 내 첫 졸저를 낸 지 불과 반 년 만에 다시 두 번째 책을 출간해 미안하고 죄송스럽기 그지없다. 그럼에도 불구하고 이왕지사 엎질러진 물이니 별수 없는 노릇이다. 그러니 염치 불구하고 다시 한 번 적선(積善)과 음덕(陰德) 그리고 자비(慈悲)로써 섭수(攝受)하여주시기를 바라 마지않는다.

2020년 새해 벽두에 삼각산 아래 아재당(我在堂)에서

쾌활진광(快活眞光) 삼가 적다

"세계는 한 떨기의 꽃"

송원설정(松原雪靖)_ 대한불교조계종 전 총무원장

'세계는 한 떨기의 꽃(世界一花)', 이것은 진광 수좌의 안목(眼目)이면서 우리 모두의 안목이어야 한다. 비동시성(非同時性)에서 동시성을 보고, 비평등성(非平等性)에서 평등을 보는 깨달음의 눈(覺眼)이다.

일즉다(一卽多)이자 다즉일(多卽一)의 세계, 가사의(可思議)의 세계에서 불가사의(不可思議) 세계로 향하는 망루(望樓)로 출가사문이 가야 할 길이며, 모든 생명들이 답파(踏破)해야 할 상락향(常樂鄕)이다.

《법보신문》에서 진광의 글을 본다. 자기의 출생에서 성장 그리고 출가 스토리에 관한 글이었다. 조부와 부친의 영향으로 한학을 배우고, 출가해서는 원담(圓潭) 방장스님의 천진무구한 모습에 감동하고, 법장(法長) 은사스님의 자비덕화에 감사하곤 한다. 그는 감성(感性)과 지성(知性) 그리고 본분(本分)과 낭만(浪漫)을 겸비한 진정한 수행자(修行者)라는 생각이 든다.

진광은 10년여 동안 조계종 교육원에서 소임을 살면서 해외연수를 기획하고 진행하여왔다. 그야말로 '밥값'과 '재능기부'를 제대로 한 것이다. 이렇듯 많은 스님네들과 함께 세계 각국의 성지를 순례하며 보고, 듣고, 느꼈던 것들을 한데 모아 그림과 글로 세상에 내어놓는다고 한다.

각 나라의 풍경과 사람들, 그리고 신앙과 풍속 등의 문화적 다양성을 체험하고 깨달은 바가 그가 직접 그린 졸박(拙朴)하지만 진실한 그림과 글로 다시 태어나는 느낌이다. 그럼에도 불구하고 그의 화두는 언제나 길과 희망 그리고 깨달음이니, 곧 우주의 실상인 법성(法性)으로 일관(一貫)한다.

주(主)와 객(客)이 무너진 자리, 그 당하(當下)에 꽃이 피어나는 절대의 경지가 있다. 그것은 '세계는 한 떨기 꽃'이라는 맑고 향기롭고 아름다운, 영원히 지지 않는 불멸(不滅)의 꽃이다.

어느 날인가 영축산에서 부처님께서 법문을 설하시니 하늘에서 무수히 많은 꽃들이 비처럼 내려왔다고 한다. 이에 부처님께서 가만히 꽃 한 송이를 들어 보이시매 대중이 그 뜻을 몰라 어리둥절하였다. 이때에 오직 가섭존자만이 그 뜻을 헤아리고는 살포시 미소 지었다고 하니 이것이 바로 유명한 '염화미소(拈花微笑)'라는 공안(公案)이다. 이것이 과연 무슨 소식인지 각자 한번 진실되게 참구해볼 일이다.

'봐라! 꽃이다!'
"양지꽃 찔레꽃 유채꽃, 초롱꽃 복사꽃 나팔꽃, 바람꽃 방울꽃 국화꽃, 동백꽃 비파꽃 매화꽃……." 꽃들이 만발한 지금, 이곳에서, 우리 모두는 소중하고 아름다운 고귀한 꽃봉오리들이라네!

덕숭산 정혜사 능인선원(能仁禪院) 만월당(滿月堂)에서

비구(比丘) 송원설정(松原雪靖)

설정

"수행자와 순례자의 시각으로 세상을 바라보는 스님의 여행기"

원행(圓行)_ 대한불교조계종 총무원장

圓行

수행자는 일생 동안 자기 내면의 아름다움을 닦습니다. 전통적인 안거를 마치면 세상과 교감하기 위해 바랑을 메고 너른 세상을 만나곤 합니다. 가장 열린 마음으로 누군가와 교감하는 그 순간도 수행일 것입니다. 자연과 문화를 마주하는 길에 오감으로 소통하는 즐거움을 반복하는 것도 좋은 일입니다. 만나는 사람의 애환과 즐거움을 미소와 자애의 마음으로 만난 순례자 진광 스님의 이야기를 책으로 만나게 되었습니다.

세계 곳곳에서 몸소 느낀 스님의 수행의 깊이가 결코 얕지 않습니다. 훌륭한 여행자는 객의 눈으로 사물을 바라보지 않습니다. 공간과 시간의 중심을 잡고 주인 된 눈으로 세상을 바라보는 스님의 상상력에 많은 이들이 공감합니다. 순례하며 느낀 찰나의 순간을 유쾌하게 전달하는 스님의 여행기는 누군가에겐 깨달음의 계기가 될 것입니다.

수행자의 여행은 시작은 있어도 끝은 없습니다.
그저 늘 새롭게 출발할 뿐입니다.
수행자와 순례자의 시각으로 세상을 바라보는 진광 스님의 여행기는 참으로 우리에게 잔잔한 감동을 끝없이 선사할 것입니다.

"투박함 속에 묻어나는
스님의 진솔함과 섬세함"

진우(眞愚)_ 대한불교조계종 교육원장

진광 스님은 대한불교조계종 교육원의 터줏대감이라 해도 과언이 아닙니다. 10년을 거슬러 소임을 맡아왔기 때문입니다. 추천사 부탁을 받고 여느 때처럼 그러려니 하는 마음으로 원고를 먼저 살펴보았더니 참으로 놀라움을 감출 수 없었습니다. 세계 곳곳을 여행하면서 느낀 단상의 글과 함께, 투박한 손으로 그렸다고는 도저히 믿기지 않을 정도의 아기자기한 그림에다 섬세함을 더해놨기 때문입니다. 운수납자답게 걸망 하나 짊어지고 세계를 다니며 보고 느낀 생각을 옮겨놓은 글을 읽어 내려가다 보면 장비 같은 외양에 가려진 스님의 감성적인 진솔함이 진하게 다가옴을 느끼게 됩니다.

진광 스님은 지난 2010년 교육원 소임을 맡기 전, 중앙아시아와 중동을 거쳐 아프리카까지 130여 개국을 여행했다고 합니다. 무용담처럼 들었던 여행의 이야기들을 글과 그림으로 대하고 보니, 그 세월이 선방에서 수행정진하는 것만큼이나 값지고 소중한 시간이었으리라 생각합니다.

책 곳곳에서 만난 진광 스님은 길 위에서 삶을 마감하는 것조차 두려워하지 않을 만큼 자유를 갈망하고 있었습니다. 누구보다 자유로운 스님이 조계종 중앙종무기관에서 강산이 바뀐다는 긴 시간 동안 소임을 맡아왔다니 참으로 놀라운 일이 아닐 수 없습니다. 스스로를 정형화하지 않고 생긴 그릇대로 담겨지는 물과 같이, 자유자재한 마음이 갖춰졌기에 가능한 일인 것입니다. 거기에 그치지 않고 종단의 스님들을 위한 연수교육의 해외순례 과정까지 기획에 이르게 한 점은 부수적인 성과까지 더했다 할 것입니다.

스님은 인도, 중국, 일본 성지순례를 비롯해 태국·부탄, 실크로드, 동티베트, 티베트 수미산 등 혼자서는 찾아가기 어려운 불적들을 순례 코스로 정했습니다. 불교유적을 찾아다니는 데 그치지 않고 전 세계 불교가 스며 있는 미국이나 기독교 문명을 대표하는 이스라엘도 스님들의 순례지로 선택했습니다. 다양한 문명을 접해보라는 의미였을 것입니다. 덕분에 종단 순례에 대한 인식도 달라졌고, 동참한 많은 스님들의 시야가 넓어졌으리라 생각합니다.

여러 여정에 제가 함께하지는 못했지만 소박하게 그려진 그림 한 장 속에서, 한 편의 간명한 짧은 글 속에서, 마치 순례 도반이 된 듯한 착각이 들기도 합니다. 이 글을 읽는 누군가는 불현듯 책을 덮고 여행길에 오를지도 모르겠습니다.

진광 스님의 순례는 지금은 잠시 멈춰져 있지만, 언제 어느 때고 발걸음은 다시 이어지게 될 것입니다. 배낭 하나 달랑 메고 떠나는 길 위에서 스님은 여느 때처럼 희망을 찾게 되겠지요. 그 여정이 스님의 바람대로 '희망'과 '깨달음'으로 마음껏 채워지길 바랍니다. 그때는 저 역시 스님이 보내줄지도 모르는 엽서를 기다리고 있을 것 같습니다.

여행을 하고 싶어도 선뜻 나서지 못하는 분들이 있다면, 이 책을 통해 꿈과 희망을 품고 여행길을 나서도 충분히 좋을 것 같습니다.

"구석구석 세계를
관찰한 스님의 목소리"

박웅현_ 광고인·TBWA 대표·《책은 도끼다》저자

청류(淸流)와 탁류(濁流)가
만나는 곳에
신선함이 있다.

법계(法界)와 속계(俗界)가
만나는 곳에
새로움이 있다.

구석구석 세계(世界)를 관찰(觀察)한
스님의 목소리에
귀 기울여 본다.

"촌철살인의 글과 그림"

김영택_ 펜화가·칼럼니스트

처음, 순례 서화집의 그림을 보고 '용감하다'는 생각을 했다. 유치원 어린이보다 못한 실력으로 그린 그림을 500여 쪽이 넘는 매 장마다 올린 것을 보며 '무모한' 것이 아니라 '용감하다'는 표현이 맞아 보였다.

38쪽 네 살 빅토리아와 387쪽 '첫눈'의 연인 등 모든 인물은 미술 교육을 받지 않은 유치원 신입생의 그림, 딱 그 수준이다. 43쪽의 '노예섬'에 노예 그림은 보는 이를 잠시 바보로 만들며, 45쪽의 '빅토리아 폭포 1' 그림을 보고 폭포로 이해한다면 분명 '초능력자'일 것이다.

1998년 인도 배낭여행부터 시작한 그림 실력이 이십여 년이 넘는 동안 전혀 발전이 없으니 '다윈의 진화론'에도 예외가 있음을 보여준다. '음치'가 부르는 노래는 듣는 이를 불편하게 만든다. 마찬가지로 '그림치'가 그린 그림도 보는 이를 불편하게 만들어야 하는데 묘한 반전이 생긴다.

순례 서화집의 '그림치' 그림을 계속 보고 있노라면 유치원 어린 시절로 돌아간 듯 착각에 빠져든다. 괴발개발 그린 그림이 너무나 쉽고 친근하게 보이는 것이다. 지식과 가식의 벽이 허물어지고, 천진무구한 어린이 세계로 이끌려 들어가게 된다. 이중섭 화백의 은지화에 눌러 그린 벌거벗은 어린이와 장욱진 화백의 인물이 떠오르는 것은 무엇 때문일까. 서화집의 단순한 그림과 짤막한 글을 읽노라면 이철수 화백의 목판화에서 느꼈던 '촌철살인'이란 표현이 떠오른다.

520여 쪽이 넘는 볼륨에 지레 겁을 먹을 필요는 없다. 10여 쪽을 보노라면 저절로 빨려 들어가 화장실 가는 시간도 아깝게 된다. 아프리카 빅토리아 폭포, 러시아 바이칼 호수, 돈황 막고굴, 티베트 카일라스 성산, 페트라 알카즈네, 예루살렘 통곡의 벽, 이집트 룩소르, 고비사막 가욕관, 가는 곳마다 성소요 성지며 상상의 천국이다. 여행을 '구도의 길'이며 '깨달음의 길'로 삼고 발길 닿는 곳마다 천진무구한 꽃봉오리를 흩뿌리니 시방세계 곳곳이 모두 꽃밭이요, 하나의 큰 꽃일 것이다.

진광 스님을 따라 여행을 하다 보면 어느 순간 구도의 길을 함께하는 자신을 보게 된다. 이것을 '타력 수행'이라 한다.

"성불하십시오!"

아원 스님 〈민들레꽃〉. 아원 스님은 2017년 '제1회 조계종 학인 설법대회' 포스터에 스님의 연꽃 그림을 사용하면서 알게 되었다. 당시 동국대학교 경주캠퍼스 미술학과에서 한국화를 전공하고 있는 학인이었다. 그 후 동국대 불교대학원에서 미술을 통한 마음 치유를 전공 중인 종단 장학승이다.

김정현 〈수월관음도〉. 김정현(金廷玹) 님은 동국대학교 예술대학 미술학과에서 불교미술을 전공했다. 현재 청허불교미술연구원을 운영하며 불화와 단청 작품을 그린다. 또한 충남 부여에 있는 문화재청 직속 전통문화교육원 객원교수로 재직 중이다.

허재경 작가의 그림. 허재경 님은 서울대학교 서양화과를 졸업하고 왕성한 작품 활동을 하는 서양화가이다. 필자와는 2019년 《법보신문》에 연재한 동은·진광 스님의 '사소함을 보다' 삽화를 그려준 인연으로 함께했다. 밤하늘 아래 홀로 길을 가는 여행자의 모습이 나를 보는 듯하다.

무진 스님의 그림. 무진 스님은 동국대학교 예술대학원에서 석사과정에 재학 중인 학인이다. 스님으로는 드물게 유화를 그린다. 산에서 숲과 산맥을 넘어 육지와 바다로 이어지는 여행의 꿈과 희망을 표현한 작품이다. 내 휴대폰에 '동대미남'으로 적혀 있고 종단 출가 홍보 포스터의 모델이기도 하다.

성민 스님의 그림. 성민 스님은 동국대학교 대학원에서 불교미술을 전공하는 학인으로 종단 장학승이다. 스님이 선물한 겨울 장갑을 볼 적마다 고맙고 행복한 마음이다. 전시회 준비로 바쁜 와중에도 흔쾌히 작품을 보내주었다.

김가영의 그림에 글을 붙이다. 김가영 님은 충남 홍성에 사는 김기철, 완숙의 둘째 딸내미로 이 그림은 언젠가 한번 그 집을 방문했을 때 그린 것이다. 당시 초등학생이었다. 그림이 너무나 마음에 들어 여백에 나의 느낌을 적어보았다. 지금도 액자에 담겨 내 방 벽에 걸려 있는 그림이다.

2020. 1. 7. 박연

박연의 그림. 박연 님은 미국 뉴욕의 컬럼비아대학교에서 니체철학을 전공하고 현재 디자인 회사에 근무하고 있다. 여가 시간에 서울시의 청년창업지원을 받아 해방촌에서 사찰음식점을 공동운영하고 있다. 필자의 첫 책에 삽화를 그렸다. 현재 '토굴'이라는 작업실에서 용맹정진 중이다.

학의 몸에 토끼 머리를 한 '학토르'. 김태환 군은 광명에 사는, 현재 고3 학생이다. 이 그림은
그가 초등학생 시절에 그린 작품이다. 내가 통사정을 하여 작품을 얻어다 표구해 소장 중이다.
2013년 조계사 그림그리기 대회에서 대상인 총무원장상을 받았다.

차례

2014년 신비의 나라, 티베트를 가다

2014년 구법의 길, 실크로드를 가다

2015년 영원한 진리의 땅, 동티베트를 가다

2015년 혁명의 나라, 러시아를 가다

2016년 미국의 심장을 가다

2016년 기본선원과 함께 중국선종사찰을 가다

2017년 샹그릴라를 찾아 태국·부탄을 가다

2018년 이집트·요르단·이스라엘 문명기행을 가다

2019년 우주의 중심, 수미산을 가다

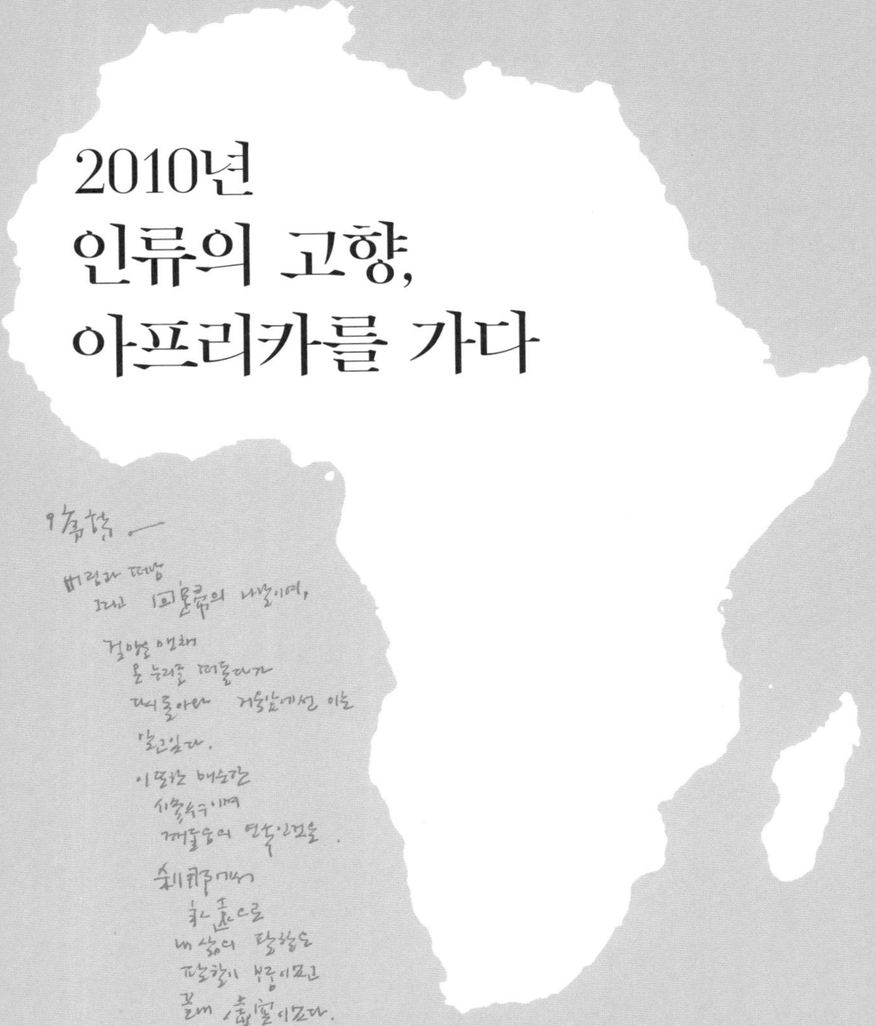

2010년
인류의 고향,
아프리카를 가다

,序詩

버림과 떠남,
그리고 回歸(회귀)의 나날이여,
걸망을 맨 채
온 누리를 떠돌다가
다시 돌아와 거울 앞에 선 이는
알고 있다.
이 또한 매순간 修行(수행)이며
깨달음의 연속인 것을,
刹那(찰나)에서 永遠(영원)으로
내 삶의 팔 할이 바람이었고
끝내 虛空(허공)이었다.
허허로운 이여,
不動(부동)의 마음으로
如如(여여)하게
함께할 일이다.
다시 세상과 사람을 向(향)해
希望(희망)을 노래하다.

2016. 9. 28. 水
제1회 조계종학인토론대회 날에
桂洞(계동) 我在堂(아재당)에서
快活 顚狂(쾌활 전광)

헉! 아프리카

살아 있다는 것…… 그것은 꿈틀거림이었다.
살아 있다는 것!
그것이 바로 희망인 거야!
— 김영희 PD —

'쌀집 아저씨' 김영희 PD의 아프리카 여행기
'헉! 아프리카'는 내 Africa(아프리카) 여행의
길라잡이였다.
아프리카 여행의 글과 그림은
그들의 영감과 영향에 힘입은 바 크다.
2010. 12. 6. 土

길 위에서

오늘도 누군가는 자신의 길을 간다.
그 길 위에서 희망을 노래한다.
가고 또한 갈 뿐이다.
절망과 혼돈 속에 있어도
마냥 주저앉아 있을 수만은 없다.
내일의 희망을 위해
신 새벽에 첫걸음을 내딛어라.
그래야지 마침내
그곳에 다다를 수 있다.
부디 길과 원수 맺지 마라.

사회적 동물

人間(인간)은 사회적 동물이다.
文明(문명)은 더 이상 인간을 움직이지 않게 만들었다.
그러므로…… 人間(인간)은
걷지 않는 한 더 이상 동물이 아니다.
두 발로 대지 위를 당당히 걸어가라.
자연과 사람과 더불어 함께하라.
백 번 생각하는 것보다
한 번 걸어가는 것이 나으리라.
나는 오늘도 걷는다.
고로 나는 존재한다.

킬리만자로산

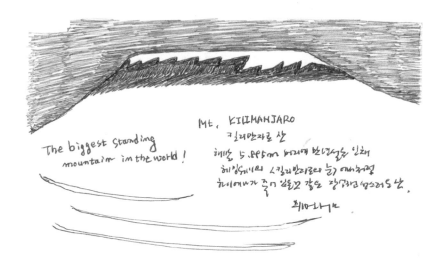

Mt. KILIMANJARO
킬리만자로 산
해발 5.885m 머리에 만년설을 인채
헤밍웨이의 《킬리만자로의 눈》에서처럼
하이에나가 죽어 있을 것 같은 장엄하고 성스러운 산.

희망나라

Mt. KILIMANJARO
킬리만자로산.
해발 5885m 머리에 만년설을 인 채
헤밍웨이의《킬리만자로의 눈》에서처럼
하이에나가 죽어 있을 것 같은 장엄하고 성스러운 산.

킬리만자로가 두 팔을 벌린 채 허허롭게 미소 짓는다.
그 품에 바람 되어 안기운다.
어머니의 품에 안긴 채 하염없이 울고 싶어진다.
그럼에도 불구하고 사람만이 희망이다.

킬리만자로의 별

하늘을 향해 두 팔을 벌린다.
킬리만자로의 별이 내 품으로 비처럼 쏟아져 내렸다.
수천의 눈동자와 같은 별이
어둔 밤을 밝히며
세상의 희망을 노래하는 밤.
행복에 겨워 죽어도 좋을 황홀한 밤의 향연이여!
세상은 내게 밤의 눈동자와 같은 별빛을 선사한다.
나는 그 안에서 영원과 희망을 노래한다.
아, 킬리만자로여! 내 어찌 너를 사랑하지 않으리오!

하쿠나마타타

Africa(아프리카)에서 가장 많이 듣고 하는 말.
Jambo(잠보)! 안녕!
Hakunamatata(하쿠나마타타)!
걱정 없어, 다 잘될 거야!
2010 남아공월드컵 주제가 첫 대목은 바로 이 말이다.
"잠보! 하쿠나마타타~!"
안녕! 다 잘될 거야!
건배사로도 제격이다.
이 두 단어는 이상하고 신묘함이 깃든
주문의 효과도 있다고 생각된다.

빅토리아

모잠비크 어느 게스트하우스에서 만난
아프리카 딸내미 네 살짜리 빅토리아의 모습.
처음 본 순간
'대디'라 외치며 달려와
내 품에 안기었다.
친부는 중국인 도로 건설 노동자로
아이를 낳자 도망쳐버렸다.
그녀도 情(정)이 못내 그리웠던 모양이다.
그래서 우린 부녀지간(?)이 되었다.
내 아프리카 딸내미 빅토리아가
늘 건강하고 행복하였으면 하는 바람이다.

수양엄마

모잠비크의 시장에서 밥을 파는 아주머니로
아프리카 우리 어머니이신 루나(Luna).
시장 한편 노천에서 화롯불에다
온갖 것들을 굽고 요리해서 판다.
단골이 되어 드나들다 급기야
'마미'라고 부르며 친해졌다.
무엇보다 정이 있고 마음씨가 일품이시다.
거친 검은 손과 주름진 얼굴에서
사랑과 자비를 느낀다.

아프리카

아프리카 지도의 모습.
EQUATOR(에콰도르)는 $0°\ 0'\ 0''$(영도 영분 영초)
적도선을 가리킨다.
그 위아래에서 커피가 재배된다.
적도선에 두 발을 딛고
상념에 젖곤 한다.
어디로 갈지
무엇을 어떻게 할 것인지 생각한다.
적도의 꽃, 사람이 꽃보다 아름답다.

터스커 맥주

케냐에서 마신 Tusker(터스커) 맥주.
"One Tusker Baridi(원 터스커 바리디)!"
시원한 터스커 맥주 한 병!
현지인들은 냉장고에 넣지 않은
미지근한 맥주를 마신다.
속 좋은 나도 그건 먹기 쉽지 않다.
물론 냉장 맥주는 돈을 더 주어야 한다.
열사의 나라에서 맥주를 마시면
때론 미친 코끼리처럼 될 수 있다.
특히 케냐 나이로비는 위험 지역인지라
숙소 문을 열고 맞은편 맥주 바까지 쏜살같이 뛰어가야만 한다.
마치 영화 '쇼생크 탈출'을 방불케 한다.

나일강

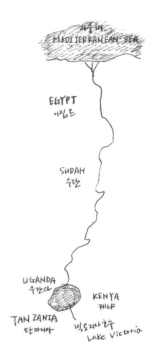

우리나라의 강들은 왼쪽이나 오른쪽
또는 아래로 흐른다.
북쪽에 바다가 없기 때문이다.
그래서 강은 다 아래로 흐른다고 생각한다.
나일강은 위로 흐른다.
아프리카에서 가장 크고
세계에서 두 번째로 큰 빅토리아 호수!
이곳 Jinja(진자)에는 'SOURCE OF NILE'이라는 표지석이 있다.
그곳에 "The Nile Starts its long journey"
"나일강이 먼 여행을 떠나는 곳"이라 적혀 있다.
6400km 나일강이 그 긴 여행을 시작하는 곳이다.
이곳은 또한 인도의 국부인 마하트마 간디의 유해가
그의 유언에 따라 흩뿌려진 곳으로도 유명하다.

노예섬

노예섬의 작은 창으로 하염없이 바라보는 슬픈 눈동자.
자유와 행복을 향한 저 끝없는 저항과 반항의
눈과 가슴이여!

잔지바르섬, Stone town(스톤타운)에서 10분을 가면 나오는
19C 노예들이 갇혀 있던 섬!
Prison Island(감옥섬)의 모습.
그것은 자유를 향한 소리 없는 아우성.
결코 버릴 수 없는 저항과 자유의 상징이다.
그곳에 수천, 수만의 '쿤타킨테'가 있었다.
그들의 고단한 삶과 눈물로 인해
바다는 오늘도 피눈물의 파도 소리로 울부짖는다.

미셸

잔지바르섬의 흑인 청년 친구 미셸(Mishell).
우린 석양이 질 무렵에
바닷가 광장에서 만나 함께했다.
순박하고 점이 많은 친구로
이곳 잔지바르의 영웅인 그룹 '퀸'의
리드보컬 프레디 머큐리를 좋아한다.
방파제에서 바다로 다이빙을 하거나
해변에서 축구를 즐기곤 한다.
함께 세상에서 가장 멋진 석양과 노을을 구경하고는
광장 한편의 포장마차에서 함께 저녁을 즐겼다.
그리고 우린 둘도 없는 친구가 되었다.

빅토리아 폭포 1

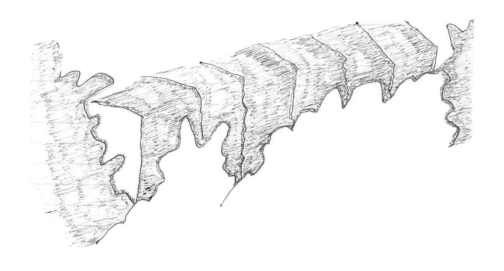

Victoria Falls (빅토리아 폭포).

드디어 아프리카의 상징인 빅토리아 폭포에 왔노라!

미주의 나이아가라와 남미의 이구아수폭포와 더불어

세계 3대 폭포 중의 하나이다.

우기철이 아니라 폭포가 장쾌한 맛은 없지만

여전히 위엄과 경탄을 자아낸다. 역시 명불허전이다.

마치 '악마의 숨통'을 보는 듯한 느낌이다.

전망대까지 비가 오는 듯 물보라가 튕기는 것이

우비를 입고 있어야 한다. 무지개가 피어오르는 것이

신비하고 아름답기 그지없다.

아, 대자연 앞에 선 인간이란 존재는 어떤 의미인지 생각하게 한다.

다만 경외하고 감탄할 따름이다.

리빙스턴

빅토리아 폭포를 발견한 탐험가 리빙스턴.
리빙스턴은 이것을 발견했을 때
과연 어떤 기분이었을까?
지금 이 순간, 내가 드디어 이곳에 와서 너를 본다.
오, 빅토리아!
나도 어느새 리빙스턴의 마음이 된다.
최초로 뭔가를 발견한다는 것,
그것은 최고가 된다는 것이다.
최초(最初)이자 최고(最高)의 인간(人間)이고 싶다.
빅토리아는 어느새 내게로 와서 꽃이 되고
하나의 의미가 되었다.

빅토리아 폭포 2

'모시 오아 툰야'
천둥 치는 연기로 불리는 빅토리아 폭포.
빅토리아 폭포에는 무지개가 산다.
내 님이 그리워서일까.
살포시 고개 내밀어 미소 짓고
손짓하며 인사를 건넨다.
무지개도 찬란한 순간의 꽃으로 빛을 발한다.
빅토리아는 그날도 눈부시게 아름다웠노라!

번지점프

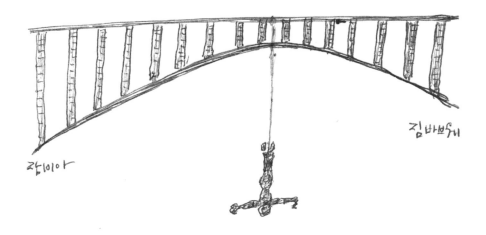

바토카 협곡에 놓인 철교를 사이로
짐바브웨, 잠비아 국경이 갈리고
그 한가운데에서는
잠베지 강으로 111m의
Bungee Jump(번지점프)를 뛰어내린다.
꼭 한 번 해볼 만한 일이다.
지금, 여기가 아니면
언제 또 이런 기회가 있으리오.
모든 걸 내려놓고 자신을 던져야
비로소 뭔가를 얻을 수 있다.
百尺竿頭(백척간두)에서
다시 한 발을 내딛어라(갱진일보更進一步)!

바오밥나무

동화 속〈어린 왕자〉에서 보던 아프리카의 바오밥나무.
나무를 뿌리째 뽑아 거꾸로 심어놓은 듯하다.
두리번거리며 어린 왕자나 여우가 있나 찾아본다.
아프리카를 여행하며 가장 보고 싶었던 것이
바로 바오밥나무이다.
생텍쥐페리의 '어린 왕자'를 읽고
꼭 한 번 보고 싶었기 때문이다.
어린 왕자가 되어 사막의 여우와
이야기를 나누고 싶었다.
저 나무 아래에는 줄기와 잎이
무성할지도 모를 일이다.
나도 바오밥나무가 되어 한평생 함께하고 싶다.

학교 가는 아이들

에티오피아에서 아침에 학교에 등교하는 아이들의 모습.
학교 가는 아이들의 싱그러운 웃음소리 가득합니다.
그들이 우리 모두의 희망입니다.
그들이 향하는 곳은 학교이지만
어쩌면 미래와 희망이라는 생각이 듭니다.
나도 그들과 함께 손에 손잡고
걸어가고 싶습니다.
부디 길 위에서 모두가 행복하기를 바랍니다!
에티오피아의 길은 차를 위한 것이 아니다.
사람과 동물이 주인이다.
나도 차에서 내려 그들과 함께 두 발로 걷고 싶어진다.

나쁜 길

그 임무가 무겁고 가야 할 길이 멀기 때문이다.
그 길 가운데 쾌활함이여!
道(도 : 길)로써 스승을 삼고
이 길 위에서 모든 것이 잘되기를 바람이여.
이 세상에는 참 많은 길이 있다.
그러나 세상에 나쁜 길이란 없다.
이미 지나왔으며 어차피 가야 할 길이므로!
가고 또한 갈 뿐이다.
아, 이 길 위에서 죽어도 좋을 듯한 마음이다.
길과 희망, 그리고 깨달음을 위해
다만 길을 나서라(JUST GO!).

모코로 나룻배

오카방고 델타의 운송 수단인 Mokoro(모코로) 나룻배의 모습.
오랜 세월의 수많은 착오를 거쳐
하나의 나룻배가 완성된다.
나룻배에는 수많은 이의 피와 땀과 열정이 함께한다.
나룻배는 이렇게 시가 되고 노래가 되고 춤이 된다.
어쩌면 나 또한 이 강가의 텅 빈 나룻배와 같다는 생각이 든다.
어디로든 갈 수 있고 꿈과 희망이 있으니
실로 행복한 일이다.

기린

기린은 슬로비디오로 뛴다.
키가 큰 것은 장점이지만 때론 단점이 된다.
神(신)은 모든 것을 다 주지는 않는다.
행복과 불행은 종이 한 장 차이일 뿐이며
한 몸과 같은, 두 자매와 같다.
모든 것은 자신의 운명을 짊어진 채
머나먼 길을 홀로 걸어가는 나그네일 뿐이다.
기린의 눈망울에서 온 우주를 본다.

가시나무

가시나무(Thorn tree).
마치 이쑤시개 나무 같다.
이쑤시개가 수백수천 매달려 있는 듯하다.
먹을 것이 많지 않아도 이쑤시개는
사용해야 하는 것일까?
트림까지 하면 그야말로 허세일 것이다.
임팔라와 기린까지, 이 나무를
일용할 양식으로 삼는다.
밥이 곧 부처이다!
사막에서 살아남기 위해 가시나무는,
또 얼마나 많은 피눈물을 흘렸을까?

훈증요법

머리가 아프거나 감기가 걸렸을 땐
어떤 나무의 연기를 쐬면 낫는다고 한다.
이른바 훈증요법이다.
나무는 모두 藥(medicine : 약) 아닌 것이 없다.
만공의 말처럼
'百草是佛母(백초시불모)'
온갖 풀이 모두 부처의 어미인 것이다.
그런데 개똥도 약에 쓰려면
도무지 찾을 수가 없다.

다이아몬드

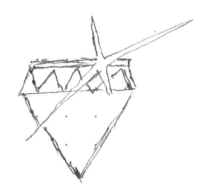

다이아몬드(Bloody Diamond).
다이아몬드 원석을 캐기 위해 아프리카인들은 동족상잔의 피를 흘린다.
"황금을 보기를 돌같이 하라!"고 이야기하기조차 미안한
아프리카의 가난과 기아 그리고 혼란 앞에
이 말은 소용없는 궤변일 따름이다.
가장 아름다운 것에 깃든
핏빛 교훈을 잊지 말아야 한다.
연인은 이 다이아몬드를 박은 반지를 통해
영원한 사랑을 맹세한다.
그러다 남이 되거나 원수가 되기도 한다.
참으로 아이러니하기만 하다.

지구를 생각하는 지혜

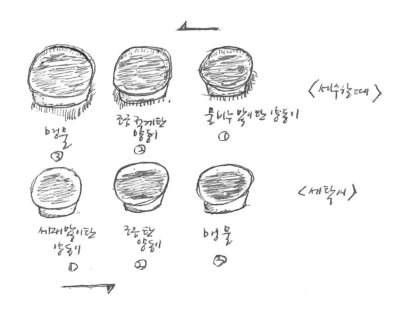

〈세수할때〉

맹물
③

조금 깨끗한
양동이
②

물비누 묻어단 양동이
①

씨래밀이단
양동이
①

조금 단
양동이
②

맹물
③

〈세탁때〉

물동이 6개면 세탁과 세면을 할 수 있다.
환경과 지구를 생각하는 지혜이자 생존 방법이다.
공기와 물처럼 우리 주위에 항상하는 것에
고마워하고 감사할 일이다.
이 세상 어딘가에서 이것들은 목숨줄이다.
너무나 소중한 것이다.
한 방울의 물에도 부처님의 은혜가
깃들어 있다. 물이 부처이고 깨달음이다.
어찌 함부로 난삽하게 대할 수 있으리오.
삼가 아끼고 사랑하며 감사할 일이다.

똥

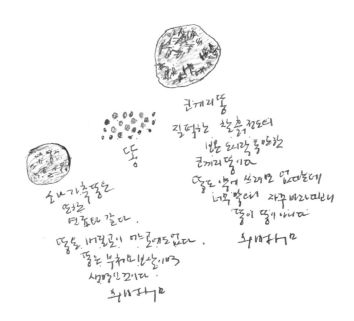

질퍽한 찰흙 정도의 보온 도시락 통만 한 코끼리 똥이다.
똥도 약에 쓰려면 없다는데
너무 많으니 자꾸 바라다보니
똥이 똥이 아니다.
소나 가축 똥은 또한 연료와 같다.
똥을 버릴 곳이 어느 곳에도 없다.
똥은 부처요 보살이며 생명인 것이다.
똥 한 덩어리에도 우주와 생명과 진리가 있다.
무슨 개똥 같은 소리인지 모르겠다만
개똥철학 속에도 진리는 항상한다.

수화

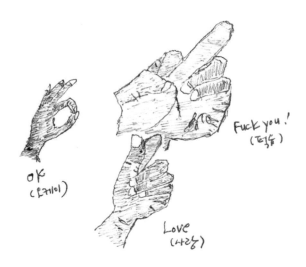

OK
(오케이)

Fuck you !
(퍼큐)

Love
(사랑)

손으로 하는 手話(수화).
말이 아니지만
말이 되는 약속이고 지표가 된다.
사람은 온몸과 마음으로 표현을 한다.
그러면서도 자연이 전하는 소리는
전혀 알아듣지 못한다.
바람과 허공이 전하는 말에
귀를 기울여야 할 때이다.

만델라

남아공의 투사이자
평화적인 정권교체의 영웅.
노벨상 수상자로
화해와 공존을 실현한
우리 시대의 양심, 넬슨 만델라.
그의 삶과 투쟁, 그것이 곧 인간 승리의 역사이자
인간 존엄의 증거라 할 수 있다.
남아공 케이프타운 로벤섬 감옥에서
그를 기리다.

희망봉 1

좌우로 대서양과 인도양을 품은
두 대양이 만나는 곳에 희망봉이 있다.
사람만이 希望(희망)이다.
너 자신의 삶과 수행으로
모든 이의 희망이기를 빌어본다.
어둠과 절망 속에서도
항상하는 희망이기를…….
다시 사람만이 길이고 희망이며 깨달음이다.
Cape of Good Hope(희망봉)에서
고독과 절망을 넘어 새로운 길과 희망을 본다.
희망은 길과 같다.
내가 걸어감으로써 길이 되는 것이다.

희망봉 2

희망봉 국립공원 초록빛 언덕 위에는
바스코 다 가마의 흰색 기념비가 서 있다.
그는 이곳을 '희망봉(Cape of Good Hope)'이라고 불렀다.
인도를 찾을 때까지 희망을 잃지 않으려는 의지의 표현이었으리라.
아니 그는 이곳이 인도인 줄 알았다.
그 사실에 절망했기에 다시금 희망을 품을 수 있었다.
절망과 희망,
그것은 한 마음의 두 가지 문이 아닐까?
중국의 대문호 루쉰은 "희망은 길과 같다"고 했다.
그 길 위에 사람의 한 걸음 발자국이
바로 길이고 희망이며 깨달음이다.

홍학

나쿠루 호숫가에는
분홍 띠를 두른 것처럼 홍학 한 무리가
춤을 추는 장관을 연출한다.
마치 상트페테르부르크의 마린스키 극장에서
'백조의 호수' 발레 공연을 보는 느낌이다.
장엄하기 이를 데 없는 무학(舞鶴) 한마당.
하나가 전체를 이루는 조화와 절정의 춤사위에
황홀한 충격의 전율과 감동에 젖는다.
나도 그곳에 뛰어들어 함께 춤추고 노래하고 싶다.
어느새 홍학의 무리는 하늘로 날아가버리고
나만 홀로 남아 하염없이 눈물 지을지라도 말이다.

벨 맥주

"너의 미래가 부른다.
마음으로 그 소리를 들어라!
앞으로 나아가라. 느껴라,
네 영혼이 솟아오름을!
그리하면 내 자신
영원히 빛날 것이다!"
아프리카 맥주 라벨에는
정말 멋진 영어 문구가 쓰여 있다.
Bell(벨) 맥주에 쓰여진 문구는
단연 압권이다.

펭귄

펭귄 연인이 말한다.
"자기! 우리 테이블마운틴 가서 커피 한잔 할까요?"
"근데 저 높은 곳을 어떻게 가나? 우린 날 수가 없어!"
"케이블카 타면 되지!"
"I ♥ YOU."

펭귄 연인은 서로 사랑을 했다.
바닷물로 커피를 끓여 텀블러에 담는다.
케이블카를 타지 않고도 훨훨 하늘을 날아
테이블 마운틴으로 향한다.
그리고 석양을 바라보며 티타임을 즐긴다.
참 행복한 순간이다.
Boulders Beach(펭귄 해변)에서

조고각하

펭귄은 사실 그리 크지 않다.
30~50cm 정도밖에 안 된다.
그래서 장난감처럼 귀엽고 깜찍하니 아름답다.
照顧脚下(조고각하).
네 발밑을 잘 살펴볼 일이다.
친구의 발에 걸려 넘어질 수도 있으니 말이다.
세상은 그리 호락호락하지 않다.
두 눈을 부릅뜬 채
함부로 난삽하게 걷지 마라.
너의 발자국이 뒤에 오는 이의
이정표가 되리니!

악어 스테이크

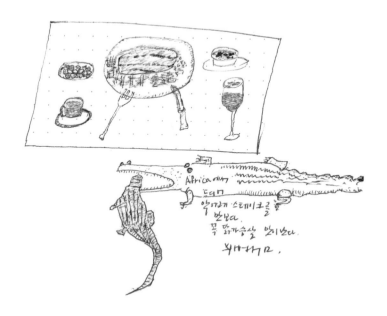

악어 고기 스테이크를 맛보다.
꼭 닭 가슴살 맛이 난다.
사람이 먹지 못하는 것은 무엇일까?
빅토리아 폭포 인근의 어느 레스토랑에서
악어 고기 스테이크 요리를 시식한다.
질길 줄 알았는데 그런 대로 먹을 만하다.
악어 가죽은 어느 멋쟁이가
지갑이나 핸드백으로 가지고 다닐 것이다.
마치 악어가 눈물을 흘리는 듯하다.
악어와 사람의 눈물 가운데 어느 것이 더 진실할까?

인연

엉망진창
……
자승자박
……
꼬였다.
……
망했다.
그러나 실마리는 있고
살아날 길은
어느 곳에나 있다.

Tibet(티베트)의 풀리지 않는 매듭.
인연(因緣)이다.
모든 이와
부딪쳐
함께하라!
우리 모두는
참 좋은 인연입니다.

양철집

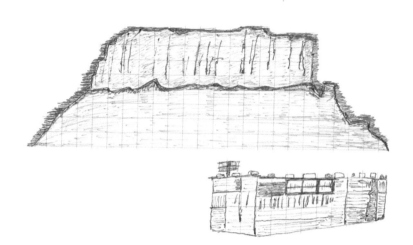

이 멋지고 웅장한 산자락 아래에
많은 아프리카인들은 대부분
이런 양철집에서 살고 있다.
비좁고 더러우며 무더운 곳에서도
삶과 사랑은 끊임없이 이어진다.
그리고 그 안에도 의미는 항상한다.
용과 뱀이 얽혀 살고
신과 인간이, 선과 악이, 희망과 절망이 함께한다.
그럼에도 불구하고 우리는 살아가야만 한다.
그리고 마침내 살아남을 것이다.

말라리아 약

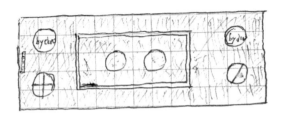

일주일에 한 번씩
말라리아 약을 먹는다.
살기 위해선 약간의
부작용을 감수하고라도
먹어야 산다.
그리고 또 하나.
무슨 일이 있더라도
모기장 속에 들어가 자야 한다.
황열병 주사도 꼭 맞고 가야 한다.
그래야 산다.

기원

어느 산등성이에 돌무더기가 인상 깊다.
세상 어느 곳이나 아픔과 고난이 있고
또한 간절한 기원도 있고
하나하나 소중한 마음이 깃든 그 무엇이 있다.
길가에 뒹구는 돌멩이는
그저 돌멩이일 뿐이지만,
한데 모아놓으면 또 다른 의미가 된다.
풀 하나하나에 많은 이의
꿈과 사랑과 희망이
깃들어 있기 때문이다.
나도 그 위에 작은 돌멩이 하나 올려놓으며
두 손을 모은 채 소원을 빌어본다.

슬픈 전설

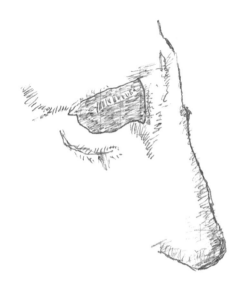

어린아이 같은 동물의 눈은 아름답다.
그 어떤 슬픈 전설을 이야기하는 듯하다.
사막이 아름다운 건
그런 동물의 눈물방울이
함께해서일 게다.
그 한 방울 눈물 속에
역사와 고난과 상실이 함께한다.
누군가를 위해 흘리는
눈물로 인해
세상은 아름답기만 하다.

신라면

辛(신)라면과 Kimchi(김치)를 먹는다.
무슨 오늘이 生日(생일) 같은
기분이 든다.
스위스 융프라우 전망대에도
미주나 남아메리카에도
아프리카 대륙에도 신라면은 있다.
신라면 한 개라면
세상 그 무엇보다 마음 든든하다.
다만 특별한 날에만 아껴 먹어야 한다.
신라면에 김치만 준다면
영혼이라도 팔 수 있을 듯하다.

국경선

에티오피아에서 케냐 넘어가는 국경선에 서다.
달랑 나무 하나만 가로질러 있고
자주 왔다 갔다 할 수 있다.
아침에나 저녁 무렵
밥 먹거나 한잔하러
국경을 오고 간다.
스탬프도 없이 마음대로
자유롭게 드나든다.
국경은 있어도
사람과의 경계는 없다.

시외버스

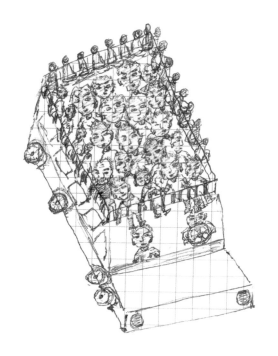

케냐 국경에서 나이로비로 가는 시외버스의 모습.
나도 옥상에 올라 시원한 바람 맞으며
사방을 구경하는 재미가 쏠쏠하다.
흙먼지 속에 사막과 같은 풍경은
눈이 시리도록 푸른 하늘조차
나 하나만을 위해 함께한다.
어느새 흙먼지를 뒤집어쓴 나는
아프리카 형제자매들과 하나가 된다.
두 눈동자와 치아만이 희고 빛난다.
검은 것이 아름답다!

유니폼

잔지바르섬으로 가는 배 위의 젊은이들이
우리나라 붉은 악마 유니폼에
심지어 풍문여고 체육복까지 입고 있어 흥미롭다.
한류가 이제 K-웨어로 번지는 느낌이다.
이들에게 가장 어려운 건 '겨울연가'
드라마 속의 흰 눈을 설명해주는 것이다.
단 한 번도 본 적이 없으니까 말이다.
아프리카에 흰 눈이 펑펑
내리면 좋겠다.

잔지바르섬

잔지바르섬의 석양과 일몰은 단연 압권으로
세상에서 가장 아름다운 풍경이 아닐 수 없다.
아마도 전 생애를 통틀어
가장 멋지고 인상적인 석양과 노을이라고 생각한다.
지금, 이 자리에서 죽어도 좋겠다고 느낄 정도이다.
이곳 출신의 그룹 '퀸(Queen)'의 '보헤미안 랩소디'를 들으며
리드 싱어 프레디 머큐리를 추모해본다.

빅토리아 친엄마

모잠비크에서 본의 아니게 가족(?)이 된 돌싱녀.
아프리카 우리 딸내미 친엄마의 모습.
중국인 남편이 떠나버린 후
홀로 딸내미 빅토리아를 키우며 살고 있다.
우리 게스트하우스 뒷마당의 수상한 곳에서
먹고살기 위해서 험한 일도 서슴지 않는다.
내 방에서 빅토리아와 놀고 있으면
늦은 시간에 찾아와 고맙다고 인사를 하며
딸아이를 데려가곤 한다.
온갖 상념과 연민의 감정이 일어난다.
가족(?)끼리 왜 이래?!
빅토리아의 미래가 행복하기를 빌고 또 빈다.

검문소장

잠비아 국경에서 내 돈 100달러를
추천서 써주는 조건으로 갈취한 검문소장의 모습.
다음 날 여권에 비자를 받자마자
이내 출입국관리소 소장실로 쳐들어가
100달러를 돌려받았음은 물론이다.
추천서와 100달러 지폐를 휴대폰으로 찍어
증거 보존을 했기 때문이다.
그렇게까지 할 필요가 있느냐고 하지만
못된 버릇을 고쳐주고 싶었다.
다만 환불 받는 즉시 숙소를 떠나
다른 국경으로 출국해야만 한다.

하룻밤

자정이 다 되어 숙소를 못 잡아
할 수 없이 경찰서로 찾아가 하룻밤을 무료로 보낸다.
그리고 새벽에 일어나 커피와 아침까지 얻어먹었다.
참 배짱 좋은 거렁뱅이 배낭여행자의
넉살이 아닐 수 없다.
경찰서의 공짜 하룻밤은
행복과 낭만의 순간이자 추억이다.
아프리카의 밤에 가장 무서운 것은
눈과 이만 하얀 인간이다.
자정 넘어 길거리에 내몰렸으면 아마
개에 물리거나 누군가의 칼에 찔려 죽었으리라.
어찌할 수 없는 순간에는 무조건 경찰서로 가야만 살 수가 있다.
살 수 있고, 먹을 수만 있으면 무엇이라도 할 수 있다.

운명

보츠와나에서 만난 한국인 아빠와 아들·딸의 모습.
모두 AIDS 환자라는 기구한 운명을
짊어진 채 살아가고 있다.
도로 건설회사 주방장으로 와서
흑인 아내와 결혼했다가 이혼당하고
에이즈를 천형처럼 물려받았다.
사랑한 죄로 세 가족이 에이즈로 고통 받으면서
그래도 죽지 못해 살아간다.
부디 행복하기를…….
운명적이라 믿었던 사랑일지라도
때론 그리 아름답지만은 않은 법이다.
당신의 삶과 사랑, 그리고 애환과 비애를
누군가는 기억해주었으면 한다.

대서양

나미비아의 붉은 사막이 끝나는 곳에서
대서양과 만나 아쉬운 작별을 고한다.
장엄하고 멋진 풍경이 아닐 수 없다.
사막과 바다는 본래 하나인지도 모를 일이다.
그 경계에 선 나는 알 수 없는 눈물 한 방울을
사막과 바다에 흩뿌린다.
나는 사막이고 바다이고 허공이다.
아니면 어느 혹성과도 같은 붉은 사막에서
말라죽은 하나의 고목인지도 모를 일이다.
나미비아 해변에서

어린 왕자

바오밥나무 아래 어린 왕자랑 사막여우가
이야기하고 있는 듯한 환영을 본다.
나는 어느새 어린 왕자가 되고
사막여우가 되고 바오밥나무가 된다.
나의 사랑 장미는 어디 있을까?
문득 고향과 나의 장미가 사무치게 그리웁기만 하다.
그것들과 만나기 위해 나는
시간과 정성을 들여야만 한다.
우리는 누구나 저마다 소중하고 아름다운
어린 왕자가 아닐까 생각한다.

음식

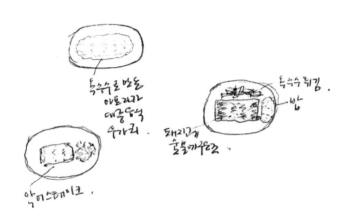

옥수수로 만든
아프리카
대중음식
우가리 .

악어스테이크 .

돼지고기
숯불꺼꾸으 .

옥수수튀김 .

밥

Africa(아프리카)에서 먹은 것 중에서 잊지 못할 음식들.
아프리카 대표 음식인 옥수수로 만은 '우가리'는
정말 질리도록 먹었다.
아프리카 어머니가 시장에서 파는,
화롯불에 구운 돼지고기와 밥 그리고 옥수수 튀김은
그래도 먹을 만하고 맛이 있다.
악어 스테이크는 별미로 닭가슴살 맛이 난다.
사람은 먹어야지 살 수 있는 슬픈 짐승이다.
밥은 목숨이고 부처이고 진리이다.
그러니 고맙고 감사하고 사랑할 일이다.
배고픈 채로 우직하게 도전하고 갈망하라!

에티오피아 청년

에티오피아의 이색 직업 청년.
길거리에서 운동화를 세탁해
1~2시간 만에 말려서 준다.
한 1000원가량을 받는다.
참 기발하고 특이한 이색 창업이 아닐 수 없다.
그런데 돈 천 원이면 에티오피아 커피를
다섯 잔은 먹을 수 있다.
난 '브러시맨'이니 에티오피아 신사 구두에
물광이나 내서 돈을 벌어볼까 생각 중이다.
아니면 그 청년과 함께 동업(?)이라도 한번 해볼까 싶다.
아프리카에는 속성 운동화 세탁을 하는
청년 창업가가 살고 있다.

배낭여행자

Africa 여행을 마치고 귀국했다.
그리고 이틀 뒤 교육원장 玄應(현응) 스님께
인사드리러 갔다가 임명장을 받아
얼떨결에 소임을 보기 시작했다.
그리고 이제 또다시 여행을 꿈꾼다.
난 배낭여행자다.
길 위에서 죽고 싶은(道死)
영원한 방랑자.
언제나 바람이고 허공이고 싶다.
자유로운 영혼으로 떠돌이 별과 같이
그렇게 물처럼 바람처럼 살아가리라 다짐해본다.

마라케시

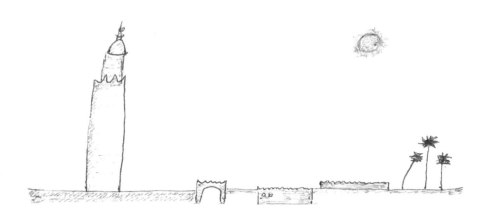

붉은 사하라사막 위의 도시인 마라케시 카스바(城).

城(성)을 쌓고 그 안에 머물지 말라.
― 칭기즈칸 ―

성을 쌓은 자는 망할 것이니
끊임없이 움직이는 자만이 살아남는다.
― 톤유쿠크 장군 ―

노마드(NOMAD).
유목민의 삶을 살아야 한다.
자유보다 더 소중한 것을
나는 알지 못한다.

광장

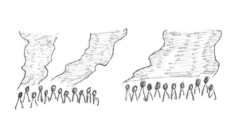

마라케쉬 (Marrakech)
Djemma El Fma
광장의 밤은
낮보다 아름답다.

廣場(광장).

…….

삶이 만나는 곳.

마라케시(Marakech).

Djemma El Fma.

광장의 밤은 낮보다 아름답다.

사막의 광장에서 밤의 향연과 함께한다.

사막은 모래와 바람의 광장이고,

광장은 사막 같은 사람들의 오아시스이다.

사막과 광장의 밤은

낮보다 눈부시고 아름답기만 하다.

아틀라스산맥

아틀라스산맥을
날아서라도 넘고 싶다는 생각이 든다.
이카루스의 날개가 태양에 녹아버릴지라도 말이다.
가끔 밤마다 그런 꿈을 꾼다.
하늘을 날아올라 태양으로 향하는
그러다 마침내 추락해 죽는 꿈을.
사막과 대양을 그리고 산맥을 넘어
어디론가 가고 싶다.
날지 못하면 기어서라도
가고 또한 갈 따름이다.

별

불을 끄자 창밖으로 별무리가 우유처럼 흘렀다.
그대 아름다움에 가슴 뛰는 경험을 살면서 몇 번이나 할까?
한번 물어볼 일이다.
윤동주의 '서시'나 미당 서정주의 '자화상'
혹은 안도현의 '연탄 한 장' 시를 되뇌어볼 일이다.
내가 없어도 세상과 자연과 사람들은
아무 일 없다는 듯 잘 돌아간다.
아, 그렇구나!
밤의 창가에서 별은 어둠이 깊을수록 더욱 빛을 발한다.
사람은 고난과 질곡 속에 맑고 향기로운 의미가 된다.
우린 모두가 찬란히 빛나는 별이다.

밤하늘

사막 모래 위에 누워
밤하늘을 바라본 적이 있는가?
사막의 밤은 그대로 우주를 품은 듯
소리 없이 장광설을 밤새워 토해낸다.
세상 모든 사막을 찾아가 하룻밤을 지새우고 싶다.
사막에 누워 밤새 하늘가의 별들을 바라보며 함께하고 싶다.
문득 혜성 하나가 스치운다.
아마도 세상 어느 곳인가에서 누군가 눈물 흘리는가 보다.
사막의 별 그리고 나,
우린 목하(目下) 열애(熱愛) 중이다.

비

아프리카 모로코의 사하라사막에서 처음으로 비가 내린다.
희유한 일이다.
네 삶과 여행도 누군가에게
甘露(감로)의 法雨(법우)이기를!
비 한 방울이 온다는 건 실로 어마어마한 일이다.
누군가의 일생이 오기 때문이다.
비를 타고 하나의 의미(意味)가 오고 있다.
사막 위에 비가 오는 날이면
벌거숭이 알몸으로 춤을 추고 노래하리라.
비가 꽃처럼(花雨) 내린다.
그 꽃 같은 빗방울 손에 담은 채
빙그레 미소 짓는다.

집

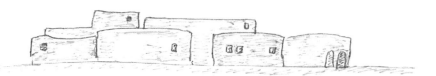

사막의 흙집들.
네모나게 생겼다.
집은 자연을 닮아간다.
일 년 내내 비가 오는 일이 없으니
흙집으로 살아간다.
사막 모래바람 때문에
창도 몇 개 없다.
멋진 아가씨가 비처럼 내려왔으면 좋겠다는
발칙한(?) 상상을 해본다.
사막의 흙집과 빗방울이 만나
키스를 하고 애무를 한다.
참으로 멋지고 행복한 일이다.

아이

"한 아이가 태어나는 것보다
아름다운 革命(혁명)은 없다."
― 김훈 ―

인간도 본시 동물인 것을!
네 발로 걷는 아이를 바라보며
그런 생각이 문득 들었다.

"한 사람이 온다는 건
실로 어마어마한 일이다.
…… 그 사람의 일생이
오기 때문이다."
― 정현종 '방문객' ―

끝내 아이처럼 살고 싶다.

인생의 책

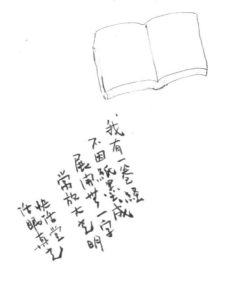

다음에는 어떤 여행이 무슨 추억으로 함께할지
어떤 가슴 뛰는 경험과 깨달음과 함께할지
자못 궁금하기만 하다.
내 인생의 책에 주인공인 나.
그 길 위에서 길과 희망, 그리고
깨달음과 함께하기를 바라 마지않는다.
"여정(旅程), 그 자체로 보상이다."
세상 모든 삶과 수행, 그리고 여행의 순간이
꽃이고 순례이며 기적이 아닐 수 없다.
내 인생의 책에 무슨 이야기를 써야만 할까?!

2012년
꿈의 호수,
바이칼을 가다

序詩(서시)

바이칼
오랜 꿈을 찾아
떠나다.

길 없는 곳에서
다시 길을 찾다.
어느 곳인들 길이 아니리!

징기스칸의 꿈
춘원의 '유정'속 무대
그 곳에 내가 서 있다.

시베리아 횡단열차를 타고
블라디보스톡을 가는 길.
자락자락 숲의 전설은
끝이 없다.

일천만송이 눈꽃속에
일천만의 눈동자
일천만의 부처로다.

허공속 한줄기 바람으로
더덩실 별이 되어
함께하리!

2012. 3. 1
혜안 효광 (밝은천광)

,序詩

바이칼,
오랜 꿈을 찾아 떠나다.
길 없는 곳에서
다시 길을 찾다.
어느 곳인들 길이 아니리!
칭기즈칸의 꿈.
춘원의 '유정' 속 무대.
그곳에 내가 서 있다.
시베리아 횡단열차를 타고
블라디보스토크로 가는 길.
자작나무 숲의 전설은
끝이 없다.
일천만 송이 눈꽃 속에
일천만의 눈동자,
일천만의 부처로다.
허공 속 한 줄기 바람으로
떠도는 별이 되어
함께하리!
2012. 3. 1.

活眼眞光(활안진광)

여행과 수행

다시금 배낭여행 길에 나선다.
배낭을 맨 채 신발끈을 조여매고는 바람처럼 떠나가는 길.
그 길 위에서 새로운 길과 希望(희망), 깨달음의 나날이기를……
여행과 수행, 그리고 인생길은 다만 하나로 돌아가나니
그 하나가 무엇인고?
떠나는 뒷모습이 아름다운 건 중밖에 없음이라!
버림과 떠남을 통해 진정한 나를 찾아가는 여정,
그것이 여행과 수행을 하는 이유가 아닐까 생각한다.
2013. 7. 26. 金
바이칼 湖水(호수) 가는 길에

민박집

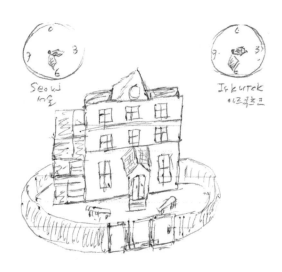

서울과 이르쿠츠크는 시차가 없다.
같은 경도상이기 때문이다.

이르쿠츠크 교외 산 밑에 있는 유일한 한국인 민박집 '예지네 집'이다.
이르쿠츠크 공항에 내려 수속 마치니 새벽 2시.
아침까지 공항에서 버티려다
손님 배웅 나온 주인아저씨를 만나 우연찮게 오게 된 곳이다.
오전 10시까지 퍼질러 자고 일어나 산책길에 보니 집이 그럴싸하고
정원에는 양귀비꽃도 있고 배추 등 채소를 키우고 있다.
3F에 묵었는데 베란다에서 보이는 시내 풍광이 일품이다.
하루 US 30$에 식사 제공이니 이만하면 괜찮은 곳이다.
2013. 7. 27. 土
'예지네 집' 한국 민박집에서

가지 않은 길

아침에 일어나 바로 집 앞의 자작나무 숲으로 산책 나섰다.
수천수만의 눈동자와 눈꽃송이와도 같은 자작나무 줄기와
바람에 일렁이며 신비한 소리를 내는 이파리의 울림.
자연 힐링되는 느낌이다.
산책하다 자작나무 숲 길 어딘가에서 만난 두 갈래 길!
로버트 프로스트의 시(詩) '가지 않은 길'이 생각나는 그런 길이다.
어느 길로, 어떻게, 무엇을 위해 가야 할 것인가?
"수천수만의 눈꽃송이마다 수천수만의 눈동자일레라.
수천수만의 이파리마다 수천수만의 허공일레라."
2013. 7. 27. 土
자작나무 숲길에서

부부

사랑은 서로 맞잡은 손으로
같은 방향을 바라보는 것이다.
나이 먹어가며 같은 취미나 일을 함께한다는 건
행복한 일일 게다.

대구 칠성시장에서 弔花(조화) 만드는 일 하는 부부로
일 년에 한 달가량 부부가 함께 세계여행을 오신다고 한다.
세상에는 참으로 열심히 일하고, 일한 만큼 쉬며,
뭔가 의미 있는 일을 하는 이들이 많은 듯하다.
이르쿠츠크 오는 대한항공편 바로 앞자리 있던
부부인데 인연이 참 깊은 듯하다.
이렇게 늙어가면 그 또한 재미나고 의미 있는 일일 듯하다.
2013. 7. 27. 土

두 별의 무덤

내가 바이칼 호수를 다시 찾은 것은
오로지 춘원 이광수의 소설 '유정'에 이끌린 까닭이다.
최석과 남정임이 이룰 수 없는 사랑에
이곳까지 와서 최후를 맞이했기 때문이다.
최석은 호숫가 근처 타이거 삼림에서, 남정임은 호숫가 근처에서 말이다.
후에 누군가가 그들을 위해 '두 별의 무덤'을 만들어주었다 한다.
물론 소설이니 실재할 순 없지만 난 그러리라 믿고 싶다.
나도 그런 사랑을 하든지 아니면 홀로라도 이곳에서 묻히고 싶다.
365개의 지류가 모여 한곳으로 빠져나가는 바이칼 호수처럼 말이다.
바이칼은 영원한 사랑이다.
2013. 7. 29. 月

소피네 가족

아주 참하고 이쁜 '소피'라는 여자아이를 보고
너무나 맘에 들어 태환이 손자며느리로 점찍었다.
독일 본 출신 아버지랑 함부르크 출신 어머니 사이의 장녀인데,
부모가 저널리스트로 모스크바에 7년째 살고 있다고 한다.
개구쟁이 남동생이 하나 있다.
나중에 안 이야기지만 아빠는 영국 케임브리지大學(대학)에서
아프리카 역사로 박사를 땄고, 엄마는 6개 국어를 할 수 있는데
대학 때 중국어도 공부해 한자를 이해할 수 있다고 한다.
이만하면 집안도 좋고 사돈댁으로도 그만인 셈이다.
무엇보다 우리 손흥민 선수가 독일 분데스리가 함부르크 팀에서 뛰고 있어
더욱 마음이 간다.
2013. 7. 29. 月

석양

"저 장엄히 지는 바이칼 호수의 일출의 장관과 석양을 보아라.
이런 날 무슨 사랑이겠는가.
이런 날 무슨 미움이겠는가!"
바이칼 호수와 올혼섬과 하늘이 사랑에 빠져 열병을 앓고 있다.
저 마지막 절정의 몸부림처럼 남은 생 그렇게 미친듯이 살아갈 일이다.
이곳 바이칼 올혼섬의 일출과 석양과 노을을
함께할 수 있는 행복한 전율에
너무나 소중하고 아름다운 순간의 연속이다.
2013. 7. 28. 日

도시락 라면

러시아 여행의 친구이자 전부라고 할 만한
팔도 '도시락' 라면이다.
우리나라에선 이미 절판되었건만 유독 이곳에선
국민 간식을 넘어 거의 주식의 위상을 갖는,
전국 어디서나 누구나 먹는
거의 고유명사화한 식품이다.
지난 5년 전의 추억도 있고
사다가 먹노라니 행복한 기분이다.
내 생각엔 그리 맵고 짜지 않은 도시락의 특성이
러시아인 입맛과 맞아떨어졌기 때문인 듯하다.

생선

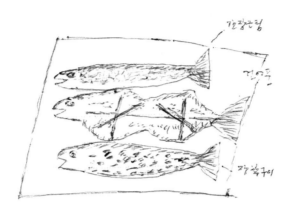

바다에서만 사는 어족인데 이곳 바이칼 호수에서 잡히는
'오믈'이란 생선 3종 세트이다.
간장 같은 것에 졸인 것, 햇빛에 자연 건조시킨 것,
장작불에 구운 것이 그것이다.
이곳의 명물을 그냥 지나칠 수는 없는 법.
마가진(러시아 슈퍼마켓) 러시아 식당에 가서
'오믈'에 맥주 한잔 들이켰다.
고기 맛은 쫄깃하고 향기로우며 특히 껍질이 별미이다.
손으로 뼈를 발라가며 먹는데
빵과 함께 먹으면 한 끼 식사로도 충분하다.
2013. 7. 29. 月

행복한 오후

예내(이브)
바칼호숫끼리
언나.

소피 내 러시아딸
ㄹ

호숫가 백사장에서
내 러시아 딸 '소피'를 운명적으로 만났다.
금발에 큰 눈동자와 미소 가득한 작은 천사.
특히 파란 눈망울은 신비롭기까지 하다.
언니 '예브'와 함께 바이칼 호숫물을 육지로 다 퍼 나르는 듯,
장난감 물조리개로 퍼 나르는 모습이 귀엽기만 하다.
그림에는 수영복을 입혔지만 올누드 차림으로
금방 호수에서 걸어 나온 '앙가라' 공주 같다.
그와 모래성도 쌓고 장난감 삽으로 그의 몸에
모래를 쌓아 올리거나 물싸움 등으로
행복한 오후를 함께한다.
2013. 7. 29. 月

물개

바이칼 호수를 상징하는 이쁜 물개 디자인이다.
올챙이 비슷하지만 물개 상징 모습이다.
이렇게 바이칼 호수에는 이쁜 물개 가족이 모여 산다.
이곳 바이칼 호수 올혼섬에는
칭기즈칸의 무덤이 있다고 전해지니,
그때 몽골의 용맹스런 부하들의 화신은
아닐까 생각해본다.
2013. 7. 29. 月

뒷모습

오후 호숫가 물놀이를 마치고 돌아가는
김길수 농부·목수·푸른별여행자의 가족 뒷모습이다.
떠나가는 뒷모습이 아름다운 건 중밖에 없다지만,
세상에서 가장 아름다운 뒷모습을 보고
감동 받았음은 물론이다.
지금 현재의 삶이 어떤지가 중요한 것이 아니라,
미래를 향해 어떤 마음으로 살아가느냐가 중요함을
잘 보여주는 모습이다.
2013. 7. 29. 月

레닌

레닌 광장에서 내려 레닌 동상을 참배한다.
페레스트로이카 이후 철거되기도 했던 레닌 동상은
그러나 러시아 전역에 건재하다.
이는 아마도 중국의 毛澤東(모택동)처럼 한 나라를 창업하고
혁명을 성공시키고 국민을 굶주림에서 구한 영웅이기 때문이라고 생각한다.
블라디미르 일리치 레닌으로 인해
세계는 사회주의 혁명이 요원의 불길처럼 치솟고
세계를 변혁시키는 원동력이 되었음은 물론이다.
카를 마르크스나 프레드리히 엥겔스보다 나은 그만의 위업이 아닐 수 없다.
2013. 8. 1. 木

시베리아횡단열차

짐 챙겨서 이르쿠츠크 역으로 나가
하바롭스크行(행) 시베리아횡단열차에 몸을 싣는다.
이제 2박 3일 계속해서 자작나무 숲만을 보게 될 것이다.
시베리아횡단열차는 모든 여행자의 꿈이요 로망이기에
설레는 마음을 금할 수 없다.
버림과 떠남, 그 속에 만나는 사람에게 희망이 있다.
길이 있으므로 떠나서 그 길을 가는 것이다.
2013. 8. 2. 金

물 끓이는 기계

기차간에 있는 물 끓이는 기계이다.
이 물을 받아서 차도 마시고
라면도 끓여 먹는 아주 귀중한 기계이다.
예전엔 석탄 넣어서 끓였는데
이젠 그렇지는 않은가 보다.
하여간 이 기계 덕분에 기차 여행이 힘들지 않고
먹는 데 불편함이 없는 것이다.
2013. 8. 3. 土

골프공

골프공

러시아 기차간 화장실에서 세수하는 곳이다.
그런데 밸브를 틀어 물이 나오게 하는 게 아니고
아래로 향한 꼭지를 눌러야 물이 나오는 구조이다.
그렇기 때문에 골프공이 이곳에선
참으로 유용하기만 하다.
골프공으로 수챗구멍을 막고 물을 틀어 모아서
세수를 하면 편리하기 때문이다.
그래서 내 가방엔 항상 골프공이 있다.
2013. 8. 3. 土

아무르강

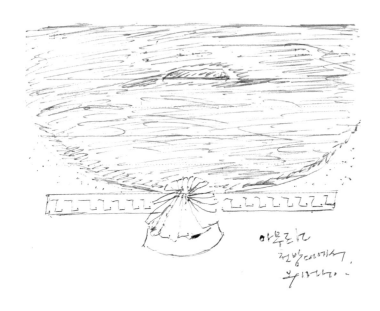

아무르강
전망대에서.
무아내경.

버스 타고 전망대로 가서
장쾌하게 펼쳐진 아무르江(강)의 전경을 바라다본다.
처음 이 강을 발견한 하바롭스크처럼 그때 그 심정으로 말이다.
마치 바다와 같은 아무르 강을 마주하며
왕지한의 시 '등관작루'가 절로 읊어진다.
欲窮千里目 更上一層樓(욕궁천리목 갱상일층루,
천리를 조망코자 할진댄 다시 한 층 누각을 더 오르거라)!
능히 호연지기를 기를 만하기에 超然臺(초연대)라 이름한다.
2013. 8. 5. 月

러시아정교회

광장 입구에 있는 아름다운 꾸뽈 양식의 러시아정교회 건물이다.
푸른색 꾸뽈(양파 모양의 돔 양식)에 금색 정교회 십자가가
너무나 아름다운 곳이다.
사방팔방에서 보아도 아름답고 신비롭기만 한 것이
다른 종교인도 그저 감탄케 된다.
들어가 기도라도 드리고 싶어진다.
2013. 8. 5. 月
하바롭스크 러시아 정교회에서

카레이스키

전망대에서 계단을 타고 아무르 강변으로 내려가는 길에
누군가 반갑게 미소 지으며 어느 나라 사람이냐고 묻기에
나도 웃으며 '카레이스키'라 대답했다.
그랬더니 아는 척하고 호의를 보이면서
무슨 책을 꺼내놓는데, 무슨 전도 책자로
한글로 성경 말씀이 쓰여 있어
놀라 까무러치는 줄 알았다.
그럴 줄 알았으면 그냥 어디 동티모르라 할 것을 하는 후회와 함께
참 대단도 하다는 생각이 절로 들었다.
2013. 8. 5. 月

낭만

블라디보스토크행 기차를 탔는데
통로 쪽 의자의 손님이 비켜주지도 않아
낮잠을 퍼질러 잔 후에
'도시락' 라면 하나 까먹고는 그리 지낸다.
화장실 옆 쓰레기 버리는 곳 위에 걸터앉은 채
김광석 음악을 MP3로 들으며
차창 밖으로 밤하늘의 별을 감상하고
맥주 마시며 기차 여행의 낭만을 만끽한다.
새벽 2시까지 이렇게 나만의 멋진
열차 여행을 하였음은 물론이다.
2013. 8. 6. 火

전망대

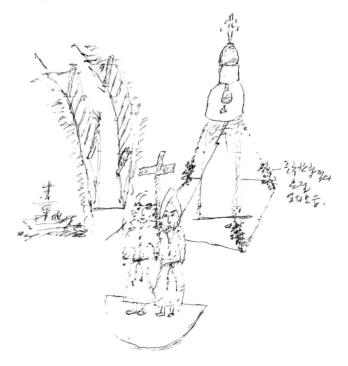

블라디보스토크 전체를 조망할 수 있는 전망대의 풍경이다.
걸어서 이곳까지 올라왔는데 풍광이 정말 압권이다.
도시 전체와 섬을 잇는
우리 광안대교 같은 다리가 멋지다.
땀을 식히며 조망하는 즐거움에 취하는 것도 잠시
중국인 단체 관광객으로 인해 난리도 아니다.
저놈의 쇳대(열쇠)도 그들의 소행인 듯하다.
뭔가를 남기려 하지 말고
그대 가슴에 보고 느낄 것을 권하노라.
2013. 8. 8. 木

식당 '평양'

블라디보스토크에 있는 북한 음식점 '평양' 식당에 갔다.
처음 이곳에 와서 바로 위 호텔에 묵어 잘 아는 곳이다.
담백한 북한 음식을 맛있게 먹고 중앙 홀에서 열린
공연을 구경한다. 우리 방에 드나들던 이곳 퀸카 아가씨가
빨간 원피스 치마를 입고 율동까지 하며
'반갑습니다' '휘파람' '백만송이 장미'(러시아) 등을
열창하는 모습이 정겹고 아름답다.
앙코르를 외치며 '다시 만나요'를 신청하니
불러주는데 왜 통일이 되어야 하고
다시 만나야 하는지 가슴에 와 닿는 순간이다.
네팔 카트만두의 김정심 동무처럼
통일이 되면 등 긁어 달라고 해야겠다.
2013. 8. 8. 木

2013년
인도·중국·일본 불교유적
순례를 가다

聖地巡礼畫集祝詩

踏雪野中去
不須胡亂行
今日我行跡
遂作後人程

一西山休靜一

歲在丙申仲秋夕於桂洞
我立堂海外聖地巡礼中事
畫南集海西德崇山人墨夢客
快活堂治眼真玄稿

눈덮인 들판을 걸어가는 이여,
함부로 난삽하게 걷지 말지어다.
오늘 우리가 걸어가는 이 발자국
훗날 뒤에 오는 이의 이정표가 되리니!

― 西山大師(서산대사) ―

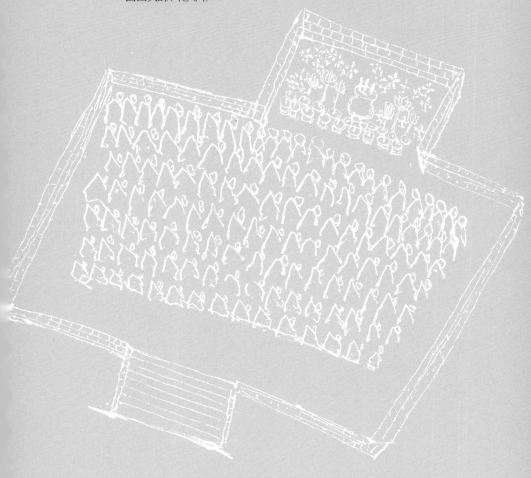

스님은 못 갈걸?

1998年 해인사 선원 하안거 중에 화엄사 愚石(우석) 스님이
인도 배낭여행 이야기를 하며
"스님은 아마 못 갈걸?" 하는 한마디에
해외 배낭여행을 결심하다.
도반 스님의 한마디가 내 여행의 시작인 셈이다.
때론 우연한 한 사건이 필연으로 이어지기도 한다.
1998년 여름 하안거에
海印寺(해인사) 少林院(소림원)에서

어느 곳이라도

드디어 해외 배낭여행 出發(출발)!
"이 세상 바깥이기만 하다면 어디라도, 어느 곳이라도!"
보들레르의 말처럼…….
"언제 오는가? 묻지는 마라. 언젠가 돌아올 것을!"이라는
잉게보르크 바흐만의 시구처럼 말이다.
1998년 9월 어느 날에 생애 첫
印度(인도) 배낭여행 길에 오르며 난 서원을 세웠다.
이 길 위에서 지구별 여행자로
또한 자유로운 영혼으로 살아가기를 말이다.
1998년 9월 첫 배낭여행 길에
활안 진광(活眼眞光)

신라 구법승

佛齒樹(불치수) 아래에서 신라 승려 慧業(혜업)이 필사하다.
―《양섭대승론》―
阿離耶跋摩(아리야발마)는 신라 승려로
나란다대학에서 공부하고 이곳에서 70세 입적하다.

나란다대학 갔을 때 어느 책에서
"신라 승려가 이곳에서 공부한 후 돌아가지 못한 채
해 뜰 적이나 해 질 녘에 동쪽 신라 방향을 하염없이 바라보다
그곳에서 입적하였다"는 기록을 보고는
훗날 후학들을 데리고 와
신라 구법승을 추모하는 추모재를 할 것을 서원하다.
1998년 8월 어느 날에 나란다大學(대학)에서

혜초

天竺(천축)으로 향하는 慧超(혜초)의 구법 행각 모습.
그는 돌아와 '왕오천축국전'을 썼다.
그를 위시한 신라 구법승들의 천축 구법 여행의 뒤를 쫓아
우리는 지금 이 자리에서 무엇을 어떻게 할지가
話頭(화두)가 되어야 하리라.
제2, 제3의 혜초 스님이 되어 구법과 전법의 여행을 떠나야만 한다.
떠나는 자만이 그곳에 이를 수 있는 것이다.
1998년 9월 어느 날에 보드가야에서

탁월한 선택

1998년 이후 안거 시에 정진하고 해제철에 배낭여행을 다녔다.
15년여 동안 130여 개국 넘게 여행을 한 것이다.
내가 최고로 잘한 탁월한 선택이라 할 것이다.
여름, 겨울에는 수선안거 정진을 하고
봄, 가을로는 전 세계를 떠도는 배낭여행자로 살았다.
그 시절 내 생애 가장 의미 있고 행복한 순간이 아닐 수 없었다.
어느 누가 그런 홍복(弘福)을 누릴 수 있으리오.
'버림'과 '떠남' 속에 새로운 길과 희망,
그리고 깨달음의 순간이 함께하는 것이다.

인생의 스승

대학 시절 인생의 스승이자 마지막 신라인
古靑(고청) 尹京烈(윤경렬) 선생님 덕분에 南山(남산)을 접했다.
남산에 올라 검은 도포에 단소 부실 때면 신선이 따로 없으시다.
선생님과의 인연으로 조계종 교육원 연수 일환으로
2012년 '경주 남산 불적 답사'를 시작하다.
그리고 경주박물관 주차장에 세워진 선생님의 기념흉상 앞에서
조촐한 추모재를 봉행하였다.
고청 윤경렬 선생님은 짐짓 몸을 나투신 부처나 보살이실 게다.
2012. 4.
慶州 南山(경주 남산)에서

지안 스님과 함께하는 인도·네팔 불교유적 성지순례
순례

순례의 첫 출발인

'志安(지안) 스님과 함께하는 인도·네팔 불교유적 성지 순례'를 시작하다.

드디어 여행 중의 서원을 이룰 수 있게 되었다.

많은 이의 우려도 있지만 난 이것이 일종의 '밥값'이자 '재능기부'라 믿는다.

그리고 이번 성지 순례의 성과는

훗날 이것에 참석한 스님네가 증명하리라.

처음으로 새로운 길을 가는 것은 두려움과 모험의 연속이다.

그러나 최초로 길을 나서야만 비로소 최고가 될 수 있다.

'최초'이자 '최고'의 길을 향해 다만 가고 또한 갈 따름이다.

2013. 4. 12. 금

추모재

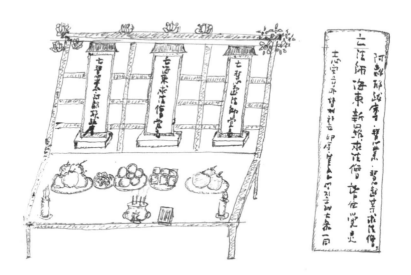

첫 인도 여행에서 서원한 대로 인도 나란다大學(대학)에서
신라 인도 구법승을 추모하는 추모재를 봉행하다.
실로 15년 만의 약속을 실현하니 스님네와 재가자 모두
감격의 눈물바다이다. 1998년 첫 인도 배낭여행 시 나란다대학에서
사경을 하다 이곳에서 입적한 신라 구법승 이야기를 접했다.
후학들과 함께 다시 와 추모재를 지내드리겠노라 서원했다.
15년 전의 약속을 드디어 지킬 수 있어 행복하기만 하다.
당신들의 구법을 위한 열정과 도전을 배워
한국불교의 미래를 열어 나가기를 서원하나이다.
2013. 4. 15. 月
나란다大學(대학)에서

영축산

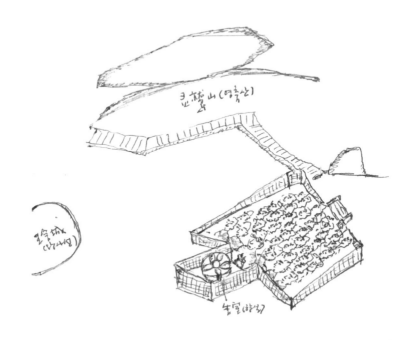

法華經(법화경)이 설법되고 염화미소의 무대가 된
영축산 좁室(향실)에서 기도하고 축원하는
지안 큰스님과 대중들의 모습.
석양 무렵 영축산 향실에 올라 예배하고 독경하노니
어느새 붉은 노을이 장엄하게 진다.
연이어 하나둘씩 하늘 위로 별들이 떠올라 대향연을 이룬다.
하늘 위의 별들이 지상으로 꽃비처럼 내리고
우리 모두는 행복한 미소를 짓는다.
그야말로 영산회상의 '염화미소'의 현현이다.
세존께서 꽃을 드니 가섭이 빙그레 미소 짓는 듯하다.
2013. 4. 15. 月

마하데비 사원

마하데비사원
아기 부처님의
첫발자욱이 있다.

해 질 녘 룸비니의 마하데비 사원 앞 연못가에서
등을 밝힌 채 연못을 도는 순례단의 모습.
이곳은 마야 왕비께서 무우수 나무 아래에서 부처님을 출산하신 곳이다.
부처님께서는 이 세상에 나자마자 일곱 걸음을 걸으시고는
"하늘 위, 하늘 아래 나 홀로 존귀하다.
삼계가 고통 속에 있으니 내 이를 평안케 하리라"라고
첫 사자후를 토하셨다.
부처님 탄생 성지인 룸비니 마하데비 사원에서
우리도 부처님같이 살아가기를 서원해본다.
2013. 4.

쿠시나가르 열반상

쿠시나가르 열반상을 참배하고 엎드려 흐느껴
속울음 지으며 새로운 서원과 발심을 세우다.
이곳은 부처님께서 80 생애를 접고 열반에 드신 쿠시나가르 열반당이다.
45년간 중생의 안락과 행복을 위해 전도 여행을 하신
부처님께서는 이곳에서 대열반에 드신 것이다.
"자기를 등불로 삼고 진리(법)를 등불로 삼아 부지런히 정진하라!"
부처님의 고구정녕한 최후 설법이셨다.
불기(佛紀)는 이 열반을 기점으로 기산된다.
부처님을 다시 일으켜 깨울 수 있기를 간절한 마음으로 기원해본다.
2013년 4월에

기원정사

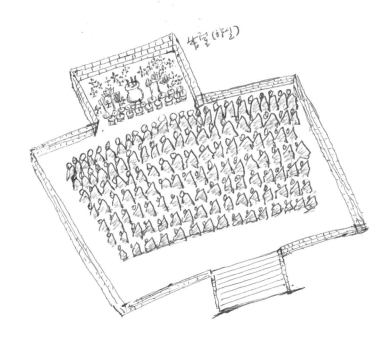

舍衛國 (사위국 : 쉬라바스티)

祇樹給孤獨園 (기수급고독원 : 기원정사)에서

해 뜰 녘 향실에 모여서 金剛經 (금강경)을 암송하는 모습.

이곳은 부처님께서 금강경을 설하신 곳으로

가장 많은 안거를 지내신 곳이기도 하다.

지안 스님과 대중이 한데 모여 금강경을 독송한다.

그러자 이내 동쪽 하늘을 붉게 물들이며

태양이 떠올라 온 세상을 밝게 비춘다.

부처님께서 사위성에 탁발 나가셨다가 돌아와 공양을 하시고는

정좌한 채 설법을 하시는 듯한 느낌이다.

희유하고 특별한 인연과 경험이 아닐 수 없다.

2013년 4월 어느 날에

일본 불교유적 순례

'보광 스님과 함께하는 일본 불교유적 순례'를 떠나다.
오사카(大阪), 나라(奈良), 교토(京都) 등지를 구경할 생각이다.
이번 여행에선 한국 불교의 영향과
渡來人(도래인)의 자취를 살펴볼 것이다.
부제목은 하이쿠 시인 고바야시 잇사(小林一茶)의
"꽃그늘 아래선 생판 남인 사람 아무도 없네"이다.
일본불교에 끼친 한국불교의 영향과
도래인의 행적과 자취를 살펴볼 것이다.
일본의 국민 작가 시바 료타로(司馬遼太郎)와
하이쿠 시성 마쓰오 바쇼(松尾芭蕉) 등의 문화 탐방도 함께할 생각이다.
2013. 8. 28. 水

이총

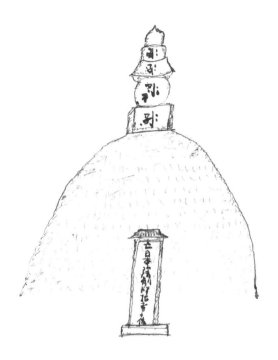

임진왜란, 정유재란 시
우리 백성의 귀와 코가 묻힌 무덤인
耳塚(이총) 앞에서 추모재를 올리다.
이 참혹하고 비정한 역사의 증언을 보라.
이역만리에서 편히 잠들 수 없는
우리 조상들의 영혼을 이젠 고국으로 모셔야 할 것이다.
한 많은 원혼을 달래고 극락정토를 발원하는
스님들의 눈에 눈물이 가득하다.
부디 이고득락하고 환지본처하기를 두 손 모아 기원해본다.
2013. 8. 28. 水

부부 부처

산사 어느 구석에 새겨진 다정스러운 부부 부처의 모습.
어떤 인연과 사랑으로 이렇듯 이 자리에 자리하는지 모르겠다.
전생의 원수가 금생의 부부가 된다는데,
금생의 사랑과 해로가 있었으니
저승에서든 내생에든 다시 만나 행복한 부부가 되기를 빌어본다.
부부는 서로에게 다정한 부처이고 스승이고 벗일레라.
2013. 8. 29. 木

미륵보살 반가사유상

일본의 국보인 한국의 金剛松(금강송)으로
우리 장인이 만들었다는 목조 미륵보살 반가사유상.
어느 대학생이 감동해 덥석 끌어안다가
손가락이 부러져 우리 것임이 밝혀졌다고 한다.
로댕의 '생각하는 사람'이 어찌 이에 비할쏜가!
이 작품 앞에 서면 그 미소와 모습에 절로 고개 숙인 채
경외와 찬탄을 하지 않을 수 없다.
미륵보살은 과연 무슨 생각을 하고 계시는가?
부디 생각만 마시고 이제는 우리에게 찾아오시기를 빌어본다.
순간에서 영원을 엿본 듯한 느낌이다.
2013. 8. 30. 金

행기 법사

東大寺(동대사) 化主僧(화주승)으로 중창불사를 가능케 한
渡來僧(도래승) 行基(행기) 法師(법사)를 위해 추모재를 올리는 모습.
행기 법사는 도래인으로 동대사의 '권진(勸進)' 소임을 맡아
대불 조성을 낙성한 위대한 인물이다.
나라역(奈良驛) 역사 앞에 행기 법사의 작은 동상이 우뚝 서 있다.
행기당(行期堂) 보수 관계로 개방을 안 한다기에 여러 번 부탁해
추모의 시간을 가질 수 있었다.
눈물과 환희로 가득한 소중하고 의미 있는 아름다운 순간이었다.
2013. 8. 30. 金
東大寺(동대사) 行基堂(행기당)에서

좌선

三祖寺(삼조사) 禪院(선원)에 들러
古愚(고우) 큰스님의 지도 하에 좌선에 들다.
유서 깊은 선의 始原(시원)이 된 곳에서의 좌선은
가슴 뭉클한 감동과 전율이 아닐 수 없다.
선원은 사방으로 평상이 이어지고
그 위에 앉아 좌선을 하게 되어 있다.
유서 깊은 3조사에서 참선을 하는 순간은
실로 소중하고도 의미 있는 자리였다.
이곳에서 한 철 혹은 3년간이라도 수행정진했으면 하는 바람이다.
3조 승찬 대사도 함께 정진하는 듯하다.
2013. 9. 10. 火

삼조탑

三祖日塔 (삼조탑)

까마득한 1080 계단을 올라 삼조탑에 오르다.

어떤 곳도 가고 가다 보면 이르는 법이다.

깨달음과 수행은 더욱 그러하리라.

원공 비구니 스님이 계단을 오르며

"누가 춥다고 해 내복까지 껴입었는데 더워 죽겠다"라고 푸념을 한다.

언덕 위 3조탑 안에는 그의 제자이자

신라 스님 법랑(法朗) 대사 탑이 함께한다.

그 시절 이곳까지 유학을 와서 3조 승찬의 수제자가 된

신라인이 있었다니 놀랍고 자랑스럽기만 하다.

그대도 그와 같기를 서원하고 실천하기를…….

2013. 9. 10. 火

三祖寺(삼조사)에서

삼조동과 사조사 성모전

3조사가 주석하던 三祖寺(삼조사)의 수행하시던 三祖洞(삼조동)과
그 유명한 화두 "誰縛汝(수박여)",
"누가 너를 속박하느냐?"로 유명한 '解縛石(해박석)'이 있다.

4조사 대웅전 뒤 비로전 왼쪽에 있는
5조 弘忍(홍인) 대사의 生母(생모)를 모신 전각이다.
당태종 때 칙명으로 '聖母(성모)'로 봉해졌다 한다.
부모의 은혜를 갚은 대표적 사례가 아닐 수 없다.
2013. 9. 10. 火

호계의 동림사

여산 東林寺(동림사)의 고승 慧遠(혜원) 법사와
시인 유학자 白居易(백거이), 도사 陸修明(육수명)이 함께 지내다.
떠나보낼 때 山門(산문) 밖을 나서려 하자
호랑이가 이를 경계해 울자 서로 웃었다는
虎溪三笑(호계삼소)의 고사를 간직한 虎溪(호계)의 동림사에서다.
그런데 호계란 곳이 엄청 큰 시내일 줄 알았는데
그저 도랑물 정도에 지나지 않는다.
그래도 유·불·도가 함께한 아름다운 고사의 현장인지라
감회가 남다를 수밖에 없다.
수녀와 비구니 그리고 원불교 정녀가 모여 노래 부르는 모임의 이름이
'삼소회(三笑會)'인데 이 고사에서 유래한 것이다.
2013. 9. 11. 水
여산 동림사에서

제서림벽

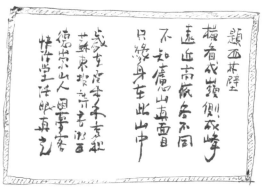

중국 최고의 시인 蘇東坡(소동파)가
여산 서림사(西林寺)에 와 지은
'제서림벽' 시구와 소동파 시인의 모습.
2013. 9. 11. 水

題西林壁(제서림벽)

橫看成嶺側成峰(횡간성령측성봉)　　가로로 보면 고개요, 세로로 보면 봉우리라.

遠近高低各不同(원근고저각부동)　　원근고저에 따라 같은 것 하나도 없네.

不識廬山眞面目(불식여산진면목)　　여산의 참모습을 알지 못함은

只緣身在此山中(지연신재차산중)　　단지 내 몸이 이 산 속에 있기 때문이네.

고우 큰스님

古愚(고우) 큰스님과 함께하는 소중하고 행복한 순간의 연속이다.
매 순간 큰스님의 위의와 덕화에 감사할 따름이다.
누가 한국 선불교를 묻는다면,
나는 서슴없이 "고우 큰스님을 보라!"라고 답하리라.
큰스님의 삶과 수행이 곧 한국 선불교의 역사라고 할 만하다.
그런 '고우 큰스님과 함께하는 중국 선종 사찰 순례'를
함께한 일이 어찌 소중하고 아름답지 않으리오.
내 생애 가장 행복한 순간이 아닐 수 없다.
2013. 9. 11. 水

인곡상 법장 대종사

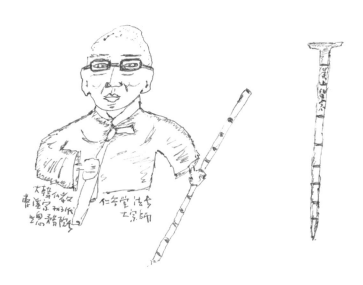

黃山(황산)을 너무나 좋아해 자주 찾았던 은사 스님이신
仁谷堂 法長(인곡당 법장) 大宗師(대종사)를 추억한다.
황산 다녀오면 '黃山留念(황산유념)' 지팡이를 선물하곤 했다.
지팡이 하나에도 은사 스님과의 추억이 서려 있다.
돈 천 원도 안 하는 황산 지팡이 하나 선물하고는
이내 여행비 백만 원을 받아내곤 했었다.
작은 거인 덩샤오핑(鄧小平)이 80세에 올랐다는
황산에 올라 스님을 추억하고 추모함이여,
황산 곳곳에 우리 은사이신 법장(法長) 스님의
숨결과 영혼이 깃들여 있기 때문일 것이다.
2013. 9. 13. 金

살아간다는 것

구화산을 오르는 짐꾼들의 짐을 짊어져 보고 있는 모습.

살아간다는 것.

밥벌이의 어려움을 새삼 느끼게 된다.

이리 무거운 등짐을 진 채 하루에도 몇 번씩 산을 오르내린다고 한다.

그래도 먹고살기 어렵다고들 한다.

중국의 소설가 위화(余華)의 '살아간다는 것(活着)'에 나오는

"살아간다는 것은 무거운 등짐을 진 채 머나먼 길을

걸어가는 것이다"라는 말이 실감 나는 순간이다.

2013. 9. 14. 土

백세궁 만년사

石藏宮 百歲宮
(백세궁 만년사)

九華山(구화산) 정상 부근의
김지장(金地藏)˙스님이 주석했던 곳으로 가는 길.
살아 있는 지장보살로 추앙되는 김교각 스님은 신라 왕자 출신이다.
구화산으로 와서 산문을 열고 중생을 제도하다 입적하니
모두가 살아 있는 지장보살로 추앙했다.
지금까지 중국 4대 성지로 김지장 보살께서 상주하는 지장성지이다.
2013. 9. 14. 土

• 본래 이름은 김교각(金喬覺)으로 석지장(釋地藏)으로도 불린다.
　신라 왕족 출신으로 24세에 당나라로 건너와 출가했다.

육신보전

九華山(구화산)의 중심인
김교각 스님의 진신이 모셔져 있는 肉身宝殿(육신보전)의 모습.
이곳을 참배코자 가사 장삼을 수한 채 고우 큰스님을 비롯한
100여 명의 스님네가 두 줄로 장엄하게 참배하였다.
중국인은 물론 전 세계 관광객들이 신기한 듯이 바라보며
사진 찍느라 난리법석이다.
육신보전에 들어 김교각 지장보살을 추모하는 추모재를 봉행하였다.
2013. 9. 14. 土
육신보전에서

혜국 큰스님 1

慧國(혜국) 큰스님께서

三祖寺(삼조사) 大雄寶殿(대웅보전) 앞에서

입제 法門(법문)하시는 모습.

연비한 손을 들어 올릴 때마다

가슴 시린 감동이 샘솟는 느낌이다.

큰스님을 지도 법사로 모셔 오기 위해

"후학들을 위해 재능기부 한번 해주세요!"라고 했다.

흔쾌히 허락해주시고 이렇듯 함께할 수가 있어

대중 스님네의 홍복이 아닐 수 없다.

2014. 4. 16. 水

三祖寺에서

세월호

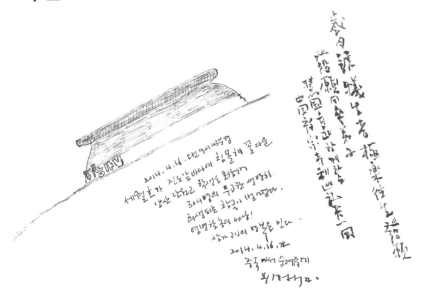

세월호가 진도 앞바다에 침몰해
꽃다운 안산 단양고 학생을 포함해
304명의 무고한 생명이 희생되는 참극이 벌어졌다.
염병할 놈의 세상!
저 어린 꽃다운 아이들을 그리 보내다니……
삼가 고인의 명복을 빈다.
부디 천 개의 바람이 되어 눈물 없는 곳에서
행복하기를 빌고 또 빌어본다.
"거짓은 참을 이길 수 없다. 어둠은 빛을 이길 수 없다.
진실은 침몰하지 않는다. 우리는 포기하지 않는다."
2014. 4. 16. 水
중국에서 순례 중에

혜국 큰스님 2

세월호 희생자 추모재에서 慧國(혜국) 큰스님께서
눈물을 보이시며 설법하시는 장면이 무척 인상적이었다.
추모재를 위해 어제 묵은 소도시의 국화꽃을 모두 사 모았다.
마지막 가는 길에 꽃 한 송이 올리기 위함이다.
운거산 진여선사에서 혜국 큰스님과 50여 순례대중은
정성스럽게 눈물의 추모재를 봉행하였다.
한마음 한뜻으로 어린 학생들의 극락왕생을
두 손 모아 빌고 또 빌었다.
2014. 4. 17. 木

허운 화상

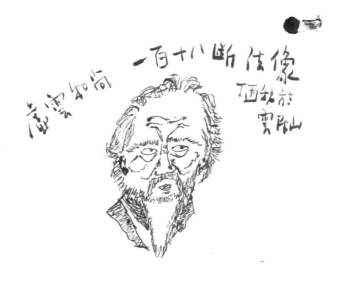

虚雲和尚 一百十八斷佳像
丙秋於
雲居山

중국 근대의 高僧(고승)으로 農禪一如(농선일여)를 몸소 실천하신
위대한 禪僧(선승)의 삶을 사신, 우리 시대의 선지식이시다.
허운(虛雲) 대사는 마치 구한말의 경허 큰스님을 생각나게 한다.
문화대혁명 때는 홍위병들에게 모진 수모와 고통을 당하셨지만
불굴의 의지와 원력으로 꺼져가는 선맥을 이으셨다.
젊어서는 보타산 관음성지에서 오대산 문수성지까지 3년간
오체투지로 순례를 하신 적도 있으시다.
118세에 입적하셨다고 전해진다.
2014. 4. 17. 木
운거산, 진여 선사 허운대사박물관에서

선농일치

雲居山(운거산) 眞如禪師(진여 선사)의 대중 또한
백장과 허운 노사의 정신에 따라
선농일치의 삶을 실천하고 있다.
백장 선사는 "하루 일하지 않으면 하루 밥 먹지 말라"라고 했다.
선종의 이런 정신과 모범은 극심한 폐불 사태 속에서도
굳건히 살아남아 '선의 황금시대'를 구가할 수 있었다.
피부에 털이 나고 머리에 뿔을 이고는 소가 되어서라도
그 가운데 행할 일이다.
오전에 부처님 경전을 배우고 오후에는 운력을 하고
밤에는 참선정진하기를 빌어 마지않는다.
2014. 4. 17. 木

황벽선사

황벽선사의 옛 담장과 주지인 심공 스님의 모습.
황벽 스님께서 주석하시던 황벽선사를 참배했다.
쇠락한 절을 심공 스님께서 지키며 복원불사 중이시다.
몇 년 후면 불사가 완성되어 면모를 일신하고 부흥을 이룰 것이다.
어디선가 황벽 선사의 주장자 한 방망이가
내 머리와 가슴에 벽력처럼 내리치는 느낌이다.
2014. 4. 18. 金

희운 선사 탑비

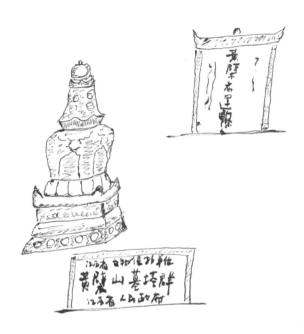

황벽희운(黃檗希運) 선사의 탑과 비명.
선사께서 지금이라도 방망이와 할을 천둥번개처럼
후학들에게 내리치는 듯하다.
당나라 태종이 황제로 등극하기 전에 황벽 선사에게
뺨을 세 차례나 얻어맞았다고 한다.
그런 인연으로 '단제(斷際)'라는 시호가 내려졌다고 전해진다.
그러니 그 아래 임제 선사가 나올 수 있었으리라.
그야말로 용호상박이 아닐 수 없다.
2014. 4. 18. 金

등왕각

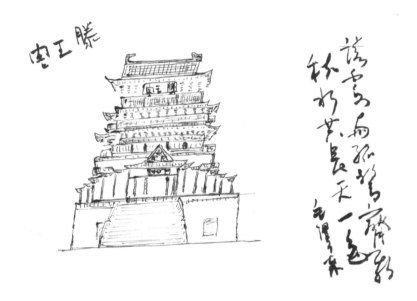

당나라의 유명한 대시인인 왕발(王勃)이 약관에 '藤王閣序(등왕각서)'를 쓴
藤王閣(등왕각)의 웅혼한 모습.
등왕이 '등왕각'을 세우고 자신의 사위에게 서문을 받으려 했으나
그곳을 지나던 약관의 왕발의 글을 보고는 감탄했다는 고사가 전한다.
장강을 배경으로 웅대한 누각이 과연 천하기경이다.
입구에는 마오쩌둥(毛澤東)의 글씨가 주련으로 걸려 있다.
이 또한 웅혼하고 비장미가 서린 호방한 글씨다.
2014. 4. 20. 月

인도 부다가야 대탑과 그 안에 봉안된 석가모니 부처님의 모습. 2020년 3월 백만원
력 불사의 일환으로 이곳 근처에 한국 절 '분황사'가 기공식을 가질 예정이다.

2014년
신비의 나라,
티베트를 가다

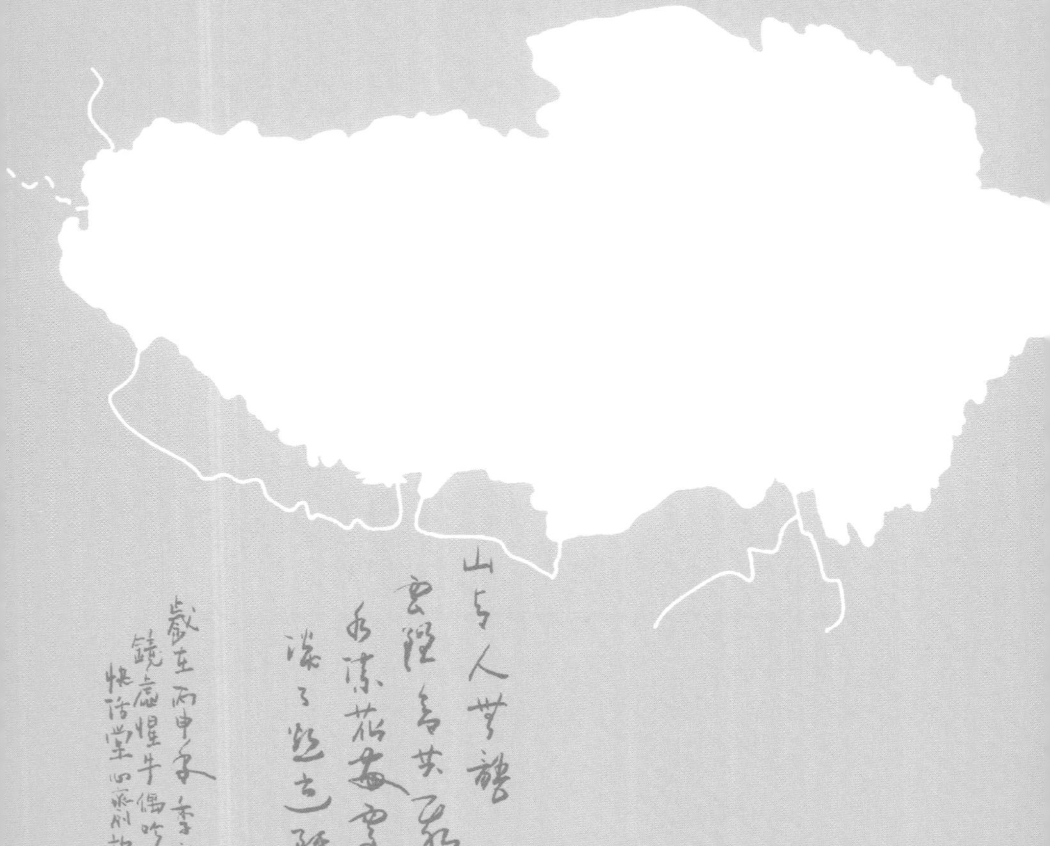

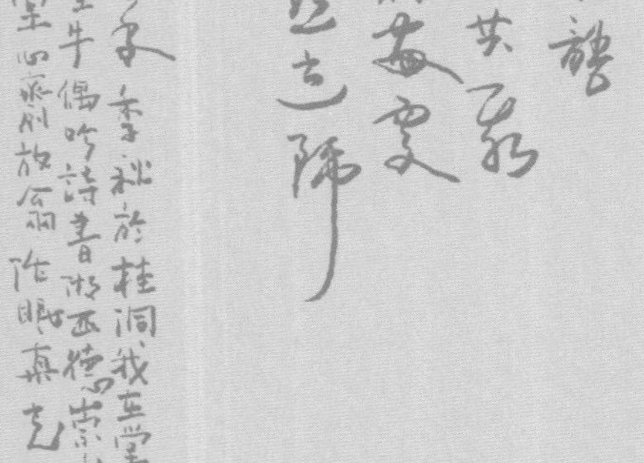

山与人兮静
实践与共强
雨淋菇安史
深了然志師

歲在丙申季 李秋於桂洞裁墨堂
鏡虚惺牛 偶吟詩書於五德崇山人
怏活堂心嚴州翁 作昍森克橋

,序言

말로 다하지 못하여 그림을 그리고

그리지 못함에 마음을 다하네.

天竺(천축)을 향하던 求法僧(구법승)의

발자취 좇아

해를 따라 서쪽으로 가던 길,

Silkroad(실크로드) 비단길.

天山(천산)산맥 지나 敦煌(돈황)으로

그리고 끝없는 죽음의 땅 沙漠(사막)의 길

해골을 이정표 삼아 가던 그 길

열에 아홉은 죽고

겨우 하나 살아남아

진리의 등불을 밝히다.

지금, 여기에 선 우리

그들의 자랑스런 후예들이여.

慧超(혜초)가 되어 玄奘(현장)이 되어

그 뒤를 따라 나섬이여,

이는 다시금 뒷사람의 이정표가

되려 함이니

그 길 위에서 길과 희망, 깨달음과

하나 되소서!

2014. 8. 27. 水 ~ 9. 4. 水

雪靖(설정) 큰스님과 함께하는 실크로드

불교유적 순례 길에

티베트 순례

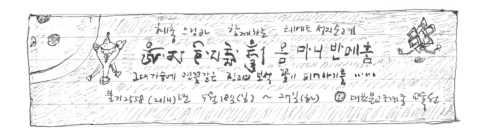

이제는 Tibet(티베트)이다.

'慧聰(혜총) 큰스님과 함께하는 티베트 성지순례'에 오른다.

Tibet(티베트), 은둔과 신비의 나라 그곳을 향해 우리가 간다.

그곳에서 무엇을 깨달아 오늘에 되살릴 것인지 생각해볼 일이다.

부제는 '옴마니 반메훔' 티베트 글씨이다.

'그대 가슴에 연꽃 같은 진리의 보석 꽃이 피어나기를……'이란 뜻이다.

라싸와 시가체 등 티베트 불교의 성지를 순례하며 모든 이의 가슴마다 자비와
친절의 사원을 하나씩 세웠으면 하는 바람이다.

2014. 5. 18. 月

옴마니반메훔

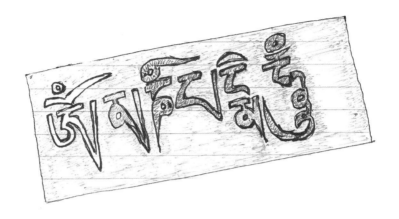

티베트불교의 상징과도 같은
관세음보살 육자대명왕진언 '옴마니반메훔'.
어느 곳에든지 이 문구가 새겨져 있다.
옴마니반메훔은 삶이며 혼이고 행복이다.
티베트인들은 이 진언을 항상 염송하고 함께하며 살아간다.
그리하여 이 모진 세상의 온갖 고통을 참고 이겨내며
행복할 수 있는 것이리라.
나도 따라 티베트식으로 가슴에 새겨본다.
"옴 마니 파드메 훔."
2014. 5. 20. 水

조캉사원

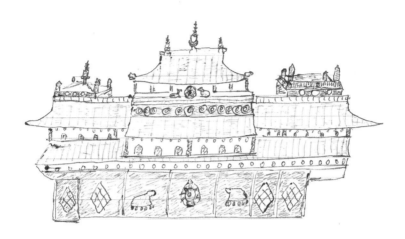

티베트 최고 성지인 조캉사원(大昭寺).
라싸에서 가장 오래된 사원으로 오랜 세월 동안
티베트인들의 영적인 중심지이자 가장 성스러운 곳이다.
당나라 문성공주가 시집올 때 열두 살 부처님 불상(조오석가모니)을 가져와
이곳에 봉안함으로써 티베트 최고의 성지로 자리매김하였다.
티베트 전역에서 출발한 오체투지 순례객들의
마지막 종착지가 바로 이곳 조캉사원이다.
사원 주위를 도는 바코르(八角街) 순례객으로 항상 붐비는 곳이다.
2014. 5. 20. 水

티베트 지도

티베트는 나찰녀의 형상이라고 전해진다.
티베트 지도를 나찰녀 형상으로 만들어놓은 것이다.
조캉사원은 이 나찰녀의 심장에 해당한다고 한다.
마치 우리 도선 국사가 만든 비보사찰의 티베트판과 같다.
풍수적으로 부족한 곳마다 사찰과 탑을 세우는 것이다.
정말 그런지는 알 수 없지만 그렇게 믿고 선택 받았다고
생각하는 것이 아닌가 싶다.
One Two Have Yes(일리가 있다!).
2014. 5. 20. 水

조오불상

조캉사원 안에 있는 석가모니 어릴 적 모습을 형상화한 부처님상.
12세 때 세존의 모습으로 당나라 문성공주가 가지고 온 것이다.
조캉사원은 '조오불상의 법당'이란 뜻이다.
티베트에서 가장 신성하게 여기는 국보와 같은 불상이다.
매일 아침 이 부처님께 공양물을 올리기 위해
현지 티베트 불자들이 장사진을 이룬다.
한번 친견하면 눈물이 나올 정도로 환희스럽고 행복하기만 하다.
전 세계 불상 가운데서도 가장 신비롭고 장엄한 영험이 깃든
불상이 아닐 수 없다. 내 가슴속에 영원히 간직해본다.
2014. 5. 20. 水
조캉사원 조오불상에서

포탈라궁 1

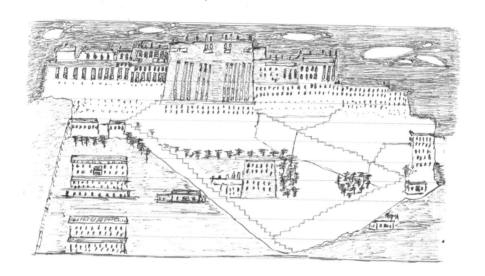

티베트의 상징이자 달라이라마의 겨울 궁전인 포탈라궁 전경.
백궁(白宮)과 홍궁(紅宮)으로 구성되어 있다.
백궁은 관공서로, 홍궁은 사원 시설로 만들었다.
사원 전체가 관세음보살이 상주하는 보타낙가산을
형상화한 반야용선을 닮았다고 한다.
그러나 정작 주인 없는 빈집 신세이다.
달라이 라마가 떠난 포탈라궁 앞에는
무심한 오성홍기만이 펄럭이고 있는 것이다.
어느 날인가 포탈라궁이 반야용선이 되어 돛을 올리고
서방으로 항해하는 꿈을 꾸었다.
2014. 5. 20. 水

오체투지

조캉사원 앞에서 오체투지하는 모습.
이른 새벽부터 수많은 티베트 불자들의 정성스런 오체투지가 이어진다.
며칠간 지켜보노라면 낯익은 얼굴들이 보인다.
어린아이부터 80 노인까지 모두가 저마다의 방식으로
염원과 소망을 발원하고 있는 것이다.
문득 이 세상이 더없이 소중하고 아름답다는 생각이 든다.
가끔은 '마지아미(瑪吉阿米)'의 환생인 듯한
젊고 아름다운 티베트 아가씨도 보인다.
"친아이더 꾸냥(亲爱的姑娘)"으로 시작하는 노래 한 소절 흥얼거린다.
2014. 5. 20. 水

카일라스 성산

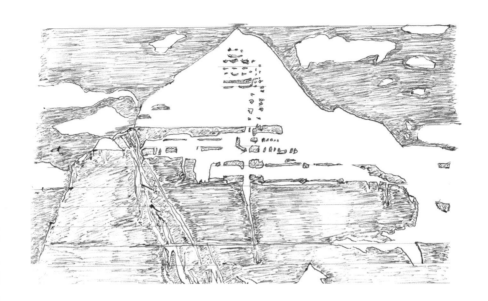

신령스러운 카일라스 聖山(성산).
일명 須彌山(수미산)이다.
언젠가 꼭 한 번 가보고 싶은 성산이 아닐 수 없다.
우주의 중심이라는 성스러운 카일라스 수미산은
내 인생의 꿈이자 로망이다.
마음속에 꿈을 품는 순간부터 여행은 시작되는 것이다.
혼자 꾸는 꿈은 그냥 꿈이지만 여럿이 꾸는 꿈은 현실이 되는 법이다.
꿈은 이루어진다!
2014. 5. 20. 水

곤륜산맥

모든 강의 始源(시원)이고 세계의 지붕이자 신들의 고향인
성스러운 崑崙(곤륜)산맥의 雪山(설산) 장관.
곤륜산의 만년설이 녹아 황하와 장강을 이루나니
모든 강의 어머니이자 영혼의 고향 같은 것이다.
당대 서역 개척자인 장건의 '황하'를 표현한 웅혼한 문장이 생각난다.
"곤륜산에서 발원한 차가운 물 사태가 염택에 이르러
지하로 자취를 감추고 지하로 잠류하기를 또 몇 천리,
청해에 이르러 지표로 드러나 장장 8800리 황하를 이룬다."
2014. 5. 20. 水

암드록초 호수

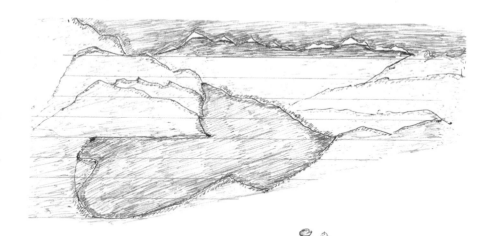

양줘융춰(羊卓雍错), 티베트어로 '방목지의 옥빛 호수'라는 뜻으로
암드록초라 불린다. 티베트고원의 3대 성스러운 호수 중 하나다.
(나무춰[納木錯], 마팡융춰[玛旁雍错 : 마나사로바 호수])
암드록초 湖水 (호수)가 바라다보이는 언덕 위에서
호수의 장관을 바라보는 모습. 설산을 배경으로 옥빛으로 빛나는
암드록초를 보면 모든 번뇌가 사라지고 행복한 마음이다.
아름다운 천녀를 닮았다고 한다.
이러한 곳에서 무슨 미움과 절망이겠는가.
서로에게 자비와 친절로 함께할 일이다.
2014. 5. 21. 木

세월호 희생자 추모재

암드록초 호수가 바라다보이는 언덕 위에서
혜총 스님 모시고 세월호 희생자 추모재를 올리는 모습.
채 꿈을 펼쳐 보지 못한 어린 영혼들.
새가 되어 바람 따라 평안과 행복 가득한 세상으로 훨훨 날아가기를…….
이번에는 부처님오신날 봉축 행사 당시에 청계천 인근에서
전 세계 관광객들과 시민들이 직접 쓴 노란 천을 가져왔다.
그것들을 바람에 흩날리는 타르초와 함께 매단 채 추모재를 봉행한 것이다.
천 개의 바람이 되어 하늘로 올라가 모두가 행복하기를 빌고 또 빈다.
2014. 5. 21. 木

백거사 십만불탑

白居寺(바이쥐사)의 十萬佛塔(십만불탑)의 장대한 위용.

37m 높이의 오층 大塔(대탑)으로

설역고원에 남아 있는 유일한 네팔식 불탑이다.

층마다 법당에 불보살과 역대 조사들의 소상과 벽화가 남아 있는데,

그 수가 무려 십만 종이나 되어 십만불탑이라고 한다.

실로 장엄하고도 아름답기 그지없다.

이곳에서 신라 출신 천축 구법승을 기리는 추모재를 봉행하였다.

특히 오진(悟眞) 스님은 천축(인도)을 순례한 후 돌아오는 길에

이 근처 고갯마루에서 입적하시었다. 그들의 구도열과 모험심으로 인해

지금의 한국불교와 우리들이 있다고 믿는다.

2014. 5. 21. 木

白居寺(백거사)에서

공존

白居寺(바이쮜사)에는 샤까파, 까담파, 겔룩파의 3개 종파가
한 절에 함께 살고 있다.
한 지붕 세 가족인데, 공존과 화합의 美(미)를 되새기게 된다.
사원 건축과 불상마저 3대 종파의 특징을 한데 모아놓은 듯하다.
사실 이곳 간체종은 사원이자 요새 역할을 동시에 하고 있다.
영국·네팔 연합군 침공 시 끝까지 저항하다
장엄한 최후를 맞이한 아픈 역사를 간직하고 있는 것이다.
위기는 곧 공존의 이유인 것이다.
2014. 5. 21. 木

마정수기

夏魯寺(샤루사) 우물가 물을 떠서
스님들과 티베트 불상에 마정수기(摩頂授記)를 하시는
혜총 큰스님의 자비스러운 모습이다.
고풍스럽고 소박한 샤루사에서 티베트 불교의 혼을 느낄 수 있다.
사원 둘레를 도는 코라 순례길에는 티베트 민가와
그들의 생활상을 볼 수 있다.
멋지고 아름다운 순간이 아닐 수 없다.
2014. 5. 21. 木

혜총 큰스님

새벽이나 중요한 때에 항상 차에 오르면
혜총 큰스님의 예불과 光明眞言(광명진언) 그리고 축원이 이어진다.
이젠 안 하시면 왠지 서운할 지경이다.
큰스님의 자비덕화에 감사할 따름이다.
처음에는 귀찮고 하기 싫었는데 왠지 하고 나면
마음이 편해지고 행복해진다.
이러다가 광명진언을 다 외울 지경이다.
오늘도 우린 큰스님과 함께 예불을 하고
광명진언을 외우고 축원을 하며 하루를 시작한다.
2014. 5. 21. 木

어머니와 아이

어머니와 아이의 모습은 그대로 그림같이 아름답기만 하다.
누군가의 관음이자 누군가의 부처인 것이다.
우리들 삶 또한 그러하지 않을까?!
시가체 타쉴훈포 사원 앞 광장에서 본 세상에서
가장 성스럽고 아름다운 광경이다.
어머니는 관세음보살의 화현과 같고
아이는 그대로 문수, 보현동자가 아닌가 싶다.
문득 시골에 계신 어머님이 그리웁기만 하다.
2014. 5. 22. 金
시가체에서

타쉴훈포 사원

시가체의 판첸라마가 주석하고 있는 티베트 최대 사원,
타쉴훈포(紥什倫布) 사원의 장엄한 전경.
산의 4부 능선이 모두 타쉴훈포 사원 구역으로 전 세계에서 가장 큰 사원이다.
한때 스님들이 1만여 명이나 살았다고 한다.
티베트 불교의 영적 상징인 판첸라마가 주석하고 있다.
그는 아미타불의 후신이라 여겨진다.
현재 판첸라마는 북경 모처에 억류 중이고
중국 정부가 세운 이가 자리하고 있다.
망국의 매화가 어찌 튼실하게 꽃을 피울 수 있으리오.
나그네 또한 눈물과 비원 한 자락을 흩뿌려본다.
2014. 5. 22. 金

새벽 예불

타쉴훈포 사원 문 열기 1시간 전에 도착하여
사원이 바라다보이는 광장에서 가사장삼을 수한 채
새벽 예불을 모셨다.
숨은 차오고 조금은 공안 때문에 불안하지만
가슴 벅찬 희열과 감동이 함께한다.
아마도 이곳 타쉴훈포 사원 앞 광장에서
예불을 한 이는 우리밖에 없으리라.
실로 역사적인 대사건인지라 환희스럽고 행복하기 그지없다.
지금 이 순간의 감동과 환희를 우리 가슴속에
영원히 간직한 채 살아가리라 다짐해본다.
2014. 5. 22. 金

풀리지 않는 매듭

티베트 절의 문과 문에 달린,
풀리지 않는 매듭 모양의 손잡이 끈 장식.
오색의 매듭을 만들어 가정의 건강과 행복을 기원하는 의미가 있다.
사찰에 다는 것은 길상(吉祥)의 의미이다.
티베트 여행 시 선물로도 유용한 아이템이다.
여행 다녀와 문이나 차 안에 걸어놓으면
절로 미소가 지어지고 추억을 떠올리게 된다.
2014. 5. 22. 金

티베트 노스님

타쉴훈포 사원에서 만난 티베트 노스님과 함께 담소를 나누다.
평생 수많은 고난과 역경을 버텨낸 이의 원숙함과
알 수 없는 비애가 서려 있다.
실로 험난한 중국 근·현대사를 온몸으로 겪으며
살아남은 자로서 그는 무슨 생각을 할까?
중국의 티베트 합병과 문화대혁명을 모두 경험했으리라.
중국의 삼무일종(三武一宗)의 폐불 사태를 겪은
옛 선지식과 같은 마음이었으리라.
권력은 유한하고 진리는 영원한 법이다.
내가 만일 스님과 같은 일을 겪었다면 어땠을까 하는 생각을 하게 된다.
노스님이야말로 티베트 불교의 살아 있는 역사라 할 수 있어
존경과 감사를 드리지 않을 수 없다.
2014. 5. 22. 金

풀리지 않는 화두

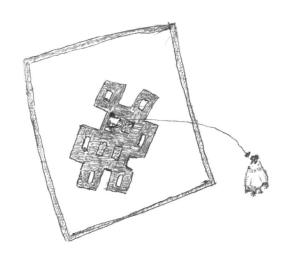

풀리지 않는 매듭 가운데 구멍에 내려앉은 새 한 마리.
하늘에서 내려와 대체 무엇을 말하려는 걸까?
풀리지 않는 매듭 안에서
풀리지 않는 話頭(화두)를 이야기하는 듯하다.
어쩌면 그것은 '목탁 구멍 속의 작은 새'와 같아 보인다.
아니 전설 속의 극락조(極樂鳥)가 아닌가 싶다.
가만히 앉아 새와 눈을 맞춘 채 말 없는 대화를 나누며
오후를 행복하게 보낸다.
조금 뒤 날아올라 하늘로 비상한 채 서쪽 하늘로 날아가버렸다.
그대, 극락으로 가거든 내 소식을 그리운 이들에게 전해주시게나!
2014. 5. 22. 木

소리없는 아우성

똥무더기 위에 펄럭이는 五星紅旗(오성홍기) 중국 깃발.
이 또한 저항이자 독립의 소리없는 아우성은 아닐까 생각한다.
Free Tibet(자유 티베트)!
조선족 여자 가이드는 "티베트 사람들이 오성홍기를
집집마다 다는 것은 고마움의 표시이다"라고 한다.
조용히 불러다가 "우리도 일제 35년 동안 일장기를 달았는데
정말 좋아서 그랬을까?"라고 에둘러 준엄히 꾸짖었다.
일국양제(一國兩制)나 화해(和諧)는 상호존중과 공존공영에 달려 있다.
달라이 라마의 환지본처와 티베트인의 자유와 행복을 기원해본다.
2014. 5. 22. 金

토굴

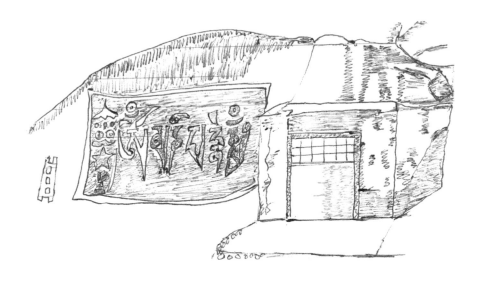

드레풍사(哲蚌寺)의 작고 이쁜 토굴.
이곳이라면 평생 은거해 참선 용맹정진을 할 수 있을 듯하다.
왼쪽 바위에는 '옴 마니 반메훔'이 새겨져 있고
바위를 뚫어 만든 3평 남짓한 토굴이 자리한다.
무소유(無所有)와 淸貧(청빈)의 삶, 그것이 수행자의 마음일 것이다.
이곳에 한 3년간 은거하며 용맹정진해보고 싶은 심정이다.
맨 왼쪽의 흰색 사다리 모양은 고통의 현세를 떠나
하늘로 오르는 것을 상징한다.
2014. 5. 22 金

드레풍사

哲蚌寺(드레풍사)의 장엄한 모습.
한때 스님들이 1만 명이 넘게 함께 살았다고 한다.
마치 쌀포대를 쌓아놓은 것 같다고 하여 이름 지어졌다.
달라이 라마 5세가 이곳에 주석하다 포탈라궁을 지으러 옮겨 갔다고 한다.
이곳은 세계에서 가장 큰 불교대학 가운데 한 곳으로 유명하다.
티베트력으로 동안거가 끝나고 봄을 맞이하는 때에 열리는
쇠뚠제(雪頓祭)가 유명하다. 그날이면 일년에 한 번 300여 명의 스님들이
큰 괘불을 옮겨 전서를 하고 축제를 즐긴다고 한다.
그때에는 온 산이 순례객으로 인산인해의 장관을 연출한다.
2014. 5. 22. 金

초모랑마

'풍요의 여신'이란 뜻의 초모랑마 에베레스트의 장엄한 모습.
'세계의 지붕'답게 웅혼하고 아름다운 모습이다.
에베레스트 베이스캠프(EBC)에 올라 산을 바라보면
감동과 전율 그리고 행복에 도취하지 않을 수 없다.
캠프 주변에는 각국 등반대의 베이스캠프가 자리하고
작은 사원(꼼파)도 하나 있다.
언젠가 꼭 한 번 히말라야 정상에 내 두 발로 서고 싶다.
2014. 5. 22. 金

막내딸 케상

에베레스트 베이스캠프(EBC) 아래 팅그리 마을의
게스트하우스 겸 식당집 막내, 콩쥐 같은 내 티베트 딸내미 케상의 모습.
은사이신 법장(法長) 스님 가사와 속옷을 챙겨 와
팅그리 마을 언덕에서 소지해드렸다.
생전에 "심장이 나으면 함께 히말라야를 한번 가자꾸나!"라고
말씀하셨기 때문이다.
그런 후에 숙소에 가니 대여섯 살가량의 케상이란 소녀가 있어
티베트 딸내미로 삼았다. 그런데 아침에 떠나려 하니 처마 밑에서
눈물 흘리며 손을 흔드는지라 배낭에다 넣어서라도 데려오고 싶었다.
그 눈동자, 그 눈물을 잊을 수가 없는 것이다.
팅그리에는 우리 스님과 히말라야의 설련화를 닮은 케상이 살고 있다.
2014. 5. 22. 金

얄룽창포강

얄룽창포江(강)은 카일라스(수미산)에서 발원해
2090킬로미터를 흐르다가 히말라야를 넘어 인도로 흘러들어가
'브라마푸트라'라는 이름으로 바뀌어
갠지스강 본류와 만나 벵골만으로 흘러가는 강이다.
쌍예사(桑耶寺) 갈 때 이전에는 이곳에서 나룻배를 타고 갔다.
지금은 그 아래 다리가 1997년부터 놓여 있다.
얄룽창포강가에서 홀로 상념에 젖는다.
나는 지금 어디만큼 와서 어느 곳을 향해 나아가고 있는지
묻지 않을 수 없다.
다리는 흐르고 강물은 흐르지 않는다(橋流水不流).
2014. 5. 23. 土

쌍예사

수미산을 형상화한 한 폭의 만다라(曼茶羅) 형상을 구현한
쌍예사(桑耶寺) 全景(전경). 이곳이 바로 티베트 불교 최초의
초전법륜 사원이다. 또한 인도 고승과 중국 선승의 유명한 '쌍예 논쟁'의
무대가 된 곳이기도 하다. 무엇보다 이곳에서 처음 계를 받은
바세 스님과 쌍예사 3대 주지 세르난 스님은 신라 정중무상 선사의
선법을 이은 것으로 유명하고 의미가 있는 곳이다.
그들을 추모하는 재를 정성스럽게 봉행하였다.
대중스님들 모두 환희와 감격의 눈물로 함께한다.
2014. 5. 23. 土

자화상

나는 어느 전생에 티베트 승려였을지도 모를 일이다.

특히 쌍예사(桑耶寺)는 정말이지 꼭 한 번은 산 듯한 느낌이다.

어느 낯선 곳에 처음 갔는데도 왠지 친근하고 포근한 곳이 있다.

그것은 아마도 전생 언젠가 그곳에 살았기 때문일 게다.

티베트의 산하나 사원은 내게 그런 느낌을 준다.

그러니 아마도 이곳 어딘가의 티베트 승려였을 게다.

그렇지 않고서야 어찌 이렇듯이 생생하고 다정할 수 있으리오.

다음 생에는 꼭 한 번 다시 이곳에서 태어나

수행정진하리라 서원을 세워본다.

2014. 5. 23. 土

쌍예사에서

쌍예사 부처님

쌍예사(桑耶寺) 大殿(대전)의 부처님 모습.

이곳에서 淨衆無相(정중무상) 선사와

그의 티베트 제자 바세와 3대 주지 세르난 스님의 추모재를 모셨다.

그들이 장안에 왔다가 쓰촨의 청두에 들러 정중무상 선사의

선법을 받아 전했기 때문이다.

무상 선사는 티베트 불교에서 '김화상(金和尙)'으로 알려졌다.

돈황석굴에서 발견된 티베트 경전에 그 존재가 드러났다.

한 사람의 위대한 스승의 존재와 역할이 이렇듯 위대한 것이다.

'정우 스님과 함께하는 동티베트 순례' 길에 청두(成都) 대자사(大慈寺)에서

정중무상 선사 진영각 앞에서도 세 분의 추모재를 올렸다.

그들이 있어 한국불교와 우리들이 있는 것이다.

2014. 5. 23. 土

마지아미

달라이라마 6세가 사랑한 양치기 소녀 瑪古阿米(마지아미).
조캉사원 근처에 '마지아미'라는 찻집이 있고,
메뉴판에 그 첫 시구절이 있다.
달라이라마 6세는 외롭고 불우했으며 길거리에서 입적한 분이다.
그가 어린 시절 포탈라궁에서 나왔다가 양치기 소녀 마지아미를 만나,
서로 연모하는 마음이 생겨났다.
이에 그 가슴절절한 사랑 감정을 진리로 승화해서 읊은 것이
바로 '창앙갸초(倉央嘉措) 정시(情詩)'이다.
내 소원은 창앙갸초의 시집을 한국어로 번역해 소개하는 것이다.
나의 마지아미는 바로 히말라야 아래에 사는 '케샹'이다.
2014. 5. 23. 土

타얼스

청해성 시닝의 塔尔寺(타얼스) 입구의 탑파들.

塔尔寺(타얼스)에서 오체투지하는 스님의 모습.
온몸과 마음으로 대체 무엇을 서원하는 것일까
궁금하기만 하다.
지성(至誠)이면 감천(感天)이라고
지극한 정성에는 하늘도 감동하는 법이다.
2014. 5. 25. 月

소갈다비터의 여인

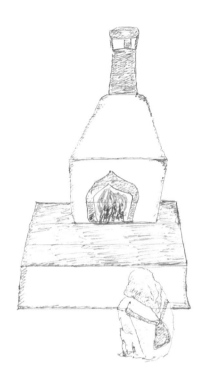

타얼스의 소갈다비터에
어느 여인이 쭈그리고 앉아 있다.
그는 무슨 생각을 하고 있는 걸까?
어디에나 있는 향풀을 한아름 뜯어다 불을 지펴 향 공양을 올린다.
그러고는 주저앉은 채 말 못할 간절한 비원을 빌고 또 빈다.
그 향 연기가 하늘로 널리 날아올라 퍼지듯이
그 여인의 소원이 이루어지기를 나 또한 염원해본다.
2014. 5. 25. 月

대족석굴

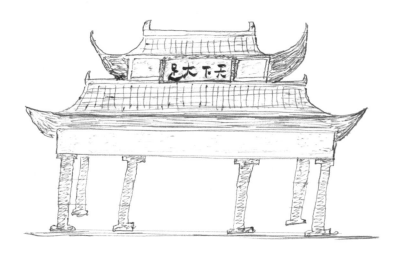

大足石窟(대족석굴) 山門(산문)의 모습.
'천하대족(天下大足)'이라는 현판이 걸려 있다.

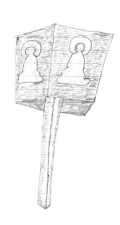

대족석굴 거리에 있는 부처님 모양의
가로등 모습이 이채롭기만 하다.
가로등도 이 정도면 예술이 아닐 수 없다.
2014. 5. 26. 火

조지봉

남송의 승려로 趙智鳳(조지봉)이 불국정토를 만들고자 하는 원력으로
70여 년에 걸쳐 만든 것이 大足石窟(대족석굴)이다.
한 사람의 신심과 원력이 이토록 어마어마한 불사를
할 수 있는 것이다. 이런 대불사를 이룬 것은
불보살의 가피이자 스님의 신심과 원력의 산물이다.
한 인간이 칠십 평생을 바친 대족석굴 불사를
어찌 말로 다 표현할 수 있으리오.
나도 지금, 여기에서 임제의현 선사처럼 한 그루 소나무를 심거나,
침향(沈香)을 만들기 위해 참나무라도 물에 담그는 노력을 해야 할 때이다.
하나의 겨자씨를 심어 온 우주를 삼켜버리리라!
2014. 5. 26. 火

열반상과 마애불상

대족석각 중의 부처님 열반상 석각 모습.
사람의 크기에 비해 부처님 열반상의 규모가
어마어마하기만 하다.
그러나 그조차 한 사람의 집념의 결과물이다.

티베트(Tibet) 라싸 인근의 바위에 새겨진
석가모니 마애불상의 모습.
티베트를 상징하며 엽서에도 자주 등장하는
부처님이시다.
2014. 5. 26. 火

2014년
구법의 길,
실크로드를 가다

序詩
— 뜻을 함께 로드와 함께하는
실크로드 불교유적 순례 길에 —

누군가 그 길 위에 서 있네.
沙漠을 지나
高峰을 넘어 도반을
목숨을 건 求法의 길을 가네.

그리고 지금, 여기의
나와 우리가 곧 모두
함께 그 길을 가네

감사나 정성으로
허락과 환희로 함께하니
그 길 위에서 축복하기를……

길의 意味를
그리고 깨달음의 씨앗이며,
누군가의 이 발자국
먼 훗날 뒤에 오는 이의
이정표가 되리라!
가고 또한 갈 뿐이네.

2014. 8. 27. 기소

,序詩
― 雪靖 큰스님과 함께하는 실크로드 불교유적 순례 길에 ―

누군가 그 길 위에 서 있네.
沙漠(사막)을 지나
雪山(설산)을 넘어 天竺(천축)으로
목숨을 건 求道(구도)의 길을 가네.
그리고 지금,
여기에 나와 우리가 모두
함께 그 길을 가네.
감사와 경외로
찬탄과 환희로 함께하노니
그 길 위에서 幸福(행복)하기를……
길과 希望(희망)
그리고 깨달음의 나날이여,
오늘 그대의 이 발자국
먼 훗날 뒤에 오는 이의
이정표가 되리니!
가고 또한 갈 뿐이네.
2014. 8. 27. 水

실크로드 대장정

덕숭총림 방장
설봉당 (설정) 큰스님.

나,
진광

雪靖(설정) 큰스님과 함께하는 실크로드 불교유적순례(2014. 8. 27. 木 ~ 9. 4. 水)
드디어 오늘 설정 큰스님을 모시고 실크로드 大長征(대장정)에 오른다.
玄奘(현장) 慧超(혜초)의 발자취를 쫓아 해를 따라 서쪽으로 가는 길.
길은 어느 곳에나 있지만 길은 어느 곳에도 없었다.
이미 우리는 이 길 위에 있음이로다.
방장 큰스님과 처음으로 함께하는 여행이라
더욱 意味(의미)가 있다 할 것이다.
2014. 8. 27. 水

혜초

1400여 년 전 신라 출신의 慧超(혜초).

그는 구법의 열정으로 天竺(천축)을 순례하였다.

그리하여 불멸의 '往五天竺國傳(왕오천축국전)'을 돈황석굴에 남겼다.

이는 혜초 구법도의 모습이다.

제2, 제3의 혜초가 되어 그 길을 따라 함께함이며,

지금 걸어가는 이 발자국 뒤에 오는 이의 이정표가 되리니!

누가 제2의 혜초인가?

너와 나, 우리 모두가 되어야 할 것이다.

지금, 여기에서부터 나아갈 때이다.

2014. 8. 27. 水

만리장성의 첫걸음

咸陽机场

陝西省(섬서성)의 咸陽空港(함양공항)에 도착했다.
옛 唐(당)나라 長安(장안), 지금의 西安(시안)의 관문이다.
드디어 실크로드의 기점인 장안에 入城(입성)하였노라.
"다만 이것은 단지 만리장성의 첫걸음일 따름이다."
这只是万里长城走完了第一步!
― 毛澤東(마오쩌둥) ―
2014. 8. 27. 水
長安(장안)에 入城(입성)하면서

법문사

法門寺(법문사)는 후한 환제·영제시대에 창건한 사찰(147~189년)로
1800여 년의 역사를 자랑한다. 법문사가 유명하게 된 것은
8각 13층 47미터의 벽돌탑 지하궁전에
부처님의 指骨舍利(지골사리)가 안치되었기 때문이다.
본래의 이름은 阿育王寺(아육왕사)이다.
당시에는 5000여 명의 승려가 수행하였으며,
30년에 한 번씩 모두 7차례에 걸쳐 탑을 개방하였는데
그때마다 풍년이 들고 화평하였다고 한다.
1579년에 眞身寶塔(진신보탑)을 중건하였으니 8각 13층의 벽돌탑이다.
탑에서 사리가 발견된 것은 1987년 4월 2일 무너진 탑을 수리하면서
지하궁전을 발견하게 된 때이다.
2014. 8. 27. 水
法門寺 眞身寶塔(법문사 진신보탑)에서

지골사리

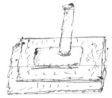

진신보탑 아래 지하 궁전에서 8중으로 된 보물함이
봉납된 채로 발견되었다. 그 속에서
부처님의 지골사리로 판명된 손가락뼈 4점이 발견되었다.
문헌과 연혁이 확실히 남은 거의 유일한 불지사리로
중국의 국보로 존숭 받아 인민해방군의 보호 아래 봉안되어 있다.
한말에 한 번 지상으로 서서히 올라와 일반인에게 공개된다.
나는 훗날 지하 궁전에 들어가 직접 친견할 수 있는 복을 누리었다.
실로 희유한 일인지라 수희찬탄하지 않을 수 없다.
만약 문화대혁명 때 이곳에 있었다면
발굴해 한국으로 모셔오고 싶은 마음이 든다.
육조혜능의 머리를 쌍계사에 모시듯이 말이다.
2014. 8. 27. 水
法門寺(법문사)에서

맥적산 석굴

天水(톈수이)의 麥積山(맥적산) 석굴 동족의 삼존불과 석굴 全景(전경).
天水(톈수이)의 麥積山(맥적산)에 있는 석굴로 조각상이 7200구,
소상이 3513구, 석상이 25구, 천불이 3662구이며
벽화는 1000m²에 이른다. 돈황 막고굴, 운강석굴, 용문석굴과 함께
중국 4대 석굴 중 하나이다. 이것은 98호굴 마애대불로 북위 때
조성한 것으로 본존인 아미타불을 관세음보살과 대세지보살이
협시하고 있다. 1982년에 보수할 때 가슴 부위에서 송나라 때
동전과 목걸이가 나왔다고 한다. 위아래 석굴 사이에는 목재로 만든 다리가
설치되어 서로 통해 있으며 상하로 10층을 이루는 아주 험준한 석굴이다.
현존하는 석존과 함은 모두 194개이다.
2014. 8. 28. 木
맥적산 석굴에서

당삼채 보살상

• 맥적산에 주석했던 고승 玄高(현고)의 모습.
훗날 병령사 석굴에도 주석한 바 있다.

•• 천수(天水) 맥적산의 고색창연한 보살상의 모습.
당삼채의 채색이 아름답기만 하다. 33호굴로 북위 때 조성한
크고 작은 불상이 많아 일명 萬佛洞(만불동)이라 불린다.
원래 불상은 누런 흙색이었지만 검은색이나 흰색으로 변했다.
전쟁이 났을 때 굴로 대피한 사람들이 밥을 지어 먹으면서 생긴 그을음과
세월의 흐름에 따른 脫落(탈락) 때문이란다.
당삼채의 기법이 남아 있어 색채가 아름답고 아름다운 불상이다.
2014. 8. 28. 木
天水(천수) 麥積山(맥적산) 석굴에서

마애대불과 보살상

- 13호굴에 있는 마애대불. 높이 15m로 맥적산에서 제일 크다.
중앙에 아미타불, 좌우보처는 관세음, 관세지 보살이다.
수나라 때 조성되고 당나라 때 보수되었다.
1992년 보수 시 불상의 얼굴 부위에서 〈금강명경〉이
백호 부조에서 송대 그릇이 발견되었다.
눈도 유리로 만들어 반짝반짝 빛이 난다.
•• 天水(천수) 맥적산 석굴의 보살상.
맥적산은 天水(천수)에서 중앙 쪽으로 45km 떨어진 곳에 있다.
산에 바위 하나가 우뚝 솟아 있는데,
그 모습이 보릿단을 쌓은 듯하다고 해서 붙여진 이름이다.
이곳의 보살상은 유려하고 아름답기만 하다.
서역의 영향으로 보살상의 상호가 이국적이고도 아름답다.
그런 천상의 아름다움을 지닌 관세음보살 닮은 이가 어디 없는가?!
2014. 8. 28. 木

병령사 석굴

제169굴의 소조 불상들 모습.

제171굴 위 동굴 벽을 오르면 병령사 소조입상이 있는 제169굴에 이른다.

현대불교 신성민 記者(기자)는 거의 기다시피 오른다.

병령사 석굴의 白眉(백미)와도 같은 곳으로 따로이 입장료를 받고 있다.

병령사 석굴 중 제일 크고 불상이 가장 많이 남아 있을 뿐 아니라

조성 연대를 알 수 있는 기록이 있다. 천연동굴을 이용한 이 석굴은

넓이 2617.5m, 깊이 8.56m, 높이 15m 정도다.

　420년에 완공된 가장 오래된 석굴이다.

2014. 8. 29. 금

병령사 대불에서

석가모니 좌불상

炳灵寺(병령사) 석굴군의 석가모니좌불상의 전경.

그 아래 전 대중이 예불을 드리는 모습이 장엄하기만 하다.

병령사 석굴을 대표하는 굴로 높이 27m의 의자에 걸터앉은 모습이다.

유명한 사천성 성도의 樂山大佛(낙산대불)과 흡사하다.

완공 시기도 같은 해이다. 그곳에 가사장삼을 수한 채 예불과 축원을 올린다.

여행사 직원이나 재가인이 이 장엄한 광경에 감동을 한다.

스님이 보아도 장엄하기만 한 멋진 광경이다.

이 굴의 건너편에는 열반상이 수불전(睡佛殿)에 모셔져 있다.

2014. 8. 29. 금

병령사 대불에서

황하를 건너는 배

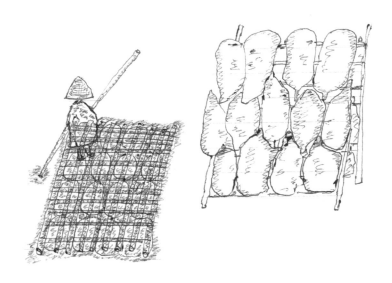

양피(羊皮) 가죽배를 만들어서 황하를 운행하고 있는 양피지 배의 모습.
兰州(난주) 黃河(황하)를 건너다니는 양피지 껍질에
바람을 집어넣어 배로 사용하고 있다. 옛 선인들의 지혜가 아닐 수 없다.
船子(선자) 和尚(화상)처럼 뱃사공이 되어 한평생 살아보는 것도 좋을 듯하다.
황하를 거슬러 올라 근원인 곤륜산에나 가볼까 생각해본다.
2014. 8. 29. 金
黃河(황하)에서

가욕관

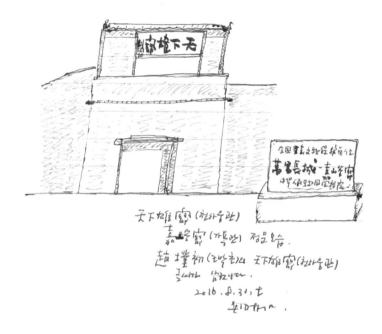

嘉峪关(가욕관)은 하서회랑의 서쪽 가장 좁은 땅에 있다.
그곳에 두 개의 언덕 사이의 땅을 가욕산이라고 한다.
성벽의 일부는 고비사막을 횡단하고 있어
험준한 지형에 그 요새의 위용을 자랑한다.
입구에는 중국불교협회장을 지낸 趙樸初(조박초)의
'天下雄關(천하웅관)' 편액이 걸려 있다.
드디어 만리장성의 서쪽 끝 가욕관에 다다른 것이다.
2014. 8. 30. 土
嘉峪关(가욕관)에서

천하제일웅관

만리장성의 동쪽 끝에 있는 山海關(산해관)에는
'天下第一關(천하제일관)'이란 편액이,
嘉峪关(가욕관)에는 '天下第一雄關(천하제일웅관)'이란 편액이 걸려 있다.
모두 조박초의 휘호 글씨이다.
만리장성으로 연결되는 관중에서 유일하게
건설 당시 그대로 남아 있는 건축물이다.
잠시 그 옛날 이곳 관문의 수자리 온 병사의 심정으로 기련산의 만년설과
고비사막을 바라다보니 감개무량하기만 하다.
당대에는 고구려·백제 유민들도 이곳으로 끌려와
모진 고생을 했을 것을 생각하니 마음에 슬픔과 분노가 일어난다.
2014. 8. 30. 土
가욕관에서

만년설

嘉峪(가욕관)에서 바라본
天山 山脈 (천산산맥)의
능선 雪山 (설산)의 모습,
沙漠(사막) 에서 바라보는 天山(천산)은
신비롭기까지 하다.
2014. 8. 30. 土
가욕관에서 天山(천산)을
바라보면서
가네메 嘉仁.

가욕관 망루에서 바라보니 고비사막의 풍광과 더불어
기련산맥의 만년설이 함께 바라다보인다.
만리장성의 서쪽 끝 가욕관에서 고향을 생각하다
胡笛(호적) 소리에 눈물을 흘린 이가 수없이 많았으리라.
천년 후 다시 이 자리에 선 채
나는 무엇을 생각하고 실천할 것인가 묻고 싶다.
하릴없이 눈물 한 자락 바람에 흩날린다.
2014. 8. 30. 土

유림굴

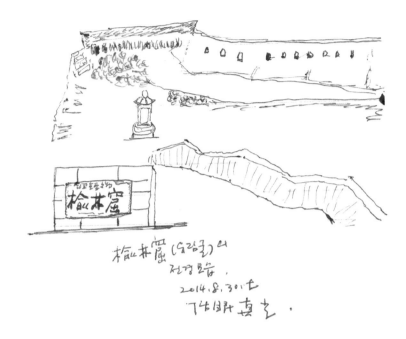

榆林窟 (유림굴)의
전경 모습.
2014. 8. 30. 土
746배 효호.

감숙성 안서현 남쪽 약 60km의 三危山(삼위산) 기슭
踏實河(답실하)의 동서 양안에 있는 것이 바로 榆林窟(유림굴)이다.
현재 동쪽에 32개 굴, 서쪽에 10개 굴에 걸쳐
조각상 100여 구, 벽화 약 5650m²가 남아 있다.
29굴 벽화가 가장 유명하다.
돈황 막고굴과 상당히 유사하며 예술성을 지니고 있다.
방장스님 지도 하에 대중이 함께 내려가
안내인의 안내에 따라 참배를 했다.
이제 돈황의 입구에 들어선 것이다.
2014. 8. 30. 土
유림굴에서

실크로드

실크로드 (Silk road, 絲綢之路)
지도의 모습
2016. 8. 30. 土
나병 孝卫.

해를 따라 서쪽으로 부처님의 땅 天竺(천축)으로
실크로드 길을 따라 옛 선조의 길을 함께한다.
실크로드 길을 지도에 그려본다.
법현으로부터 현장, 혜초, 의정 그리고 수많은 신라 구법승의 길을 좇아
그 길과 함께할 것이다. 이번 순례를 하는 이유이다.
내일의 꿈과 희망, 그리고 깨달음의 길이기도 하다.
2014. 8. 30. 土

돈황 막고굴 입구

航을 (돈황) 莫高窟 (막고)
沙口(문)에 모습,
2014.8.31.日
14日째 丁亥

돈황은 몇 세기 동안 서역으로 불교 경전을 구하는 불교 승려들이나
많은 순례자들이 지나는 교통 요충지로 그 과정에서
막고굴이라는 수천의 불상으로 이루어진 동굴 불교유적을 이룩했다.
이곳 돈황에는 492개 석굴에 그려진
4만 5000평방미터에 달하는 벽화가 간직되어 있다.
돈황 벽화는 벽화의 백과사전이라 할 수 있다.
沙門(사문) 樂傳(낙준)이 처음 이곳에 굴을 파기 시작해
몇 세기에 걸쳐 수많은 이의 피와 땀으로 이룩한
인류의 문화유산이라 할 수 있다.
그곳에 지금 내가 서 있는 것이다.

2014. 8. 31. 日
돈황 막고굴에서

막고굴

돈황의 상징과도 같은 莫高窟(막고굴)의 웅장한 모습.
어찌 이 서역 끝에 이런 놀라운 건축과 예술을 꽃피웠는지
놀랍고 경이로울 따름이다.
고개 숙여 감사와 존경을 표하지 않을 수 없다.
2014. 8. 31. 日

왕오천축국전

慧超(혜초, 704~787)의《왕오천축국전》은 1908년 프랑스 탐험가
펠리오의 발견과 1909년 중국인 羅振玉(나진옥)의 손을 거쳐,
1915년 일본인 高楠順次朗(다카쿠스 준지로)의 노력으로 세상에 알려졌다.
千佛洞(천불동)의 제163호 동굴 좌측 밀폐된 방에서
도사 왕원록(王圓籙)을 매수해
펠리오가 가져가 지금은 프랑스 루브르박물관에 소장되어 있다.
그가 남긴 이 왕오천축국전은 오늘날 우리에게 8C경, 인도 풍경을
소략하게나마 전해주는 유일한 기록이다.
신라의 한 스님이 천축을 순례한 후《왕오천축국전》을 쓰고
그것이 남아 불멸의 영혼과 그의 유적을 증거하고 있는 것이다.
무릇 사문의 삶은 또한 그러해야 하리라.
2014. 8. 31. 日

돈황의 위인들

돈황학 연구의
선구자
馮潤井 (계림)
金九経 (김구경) 박사.

조선족 화가
韓樂然 (한락연)

金山 (김산)의
조선인 독립운동가
본명 (김산: 張志樂 (장지락))
님웨일즈 소설 '아리랑'의 실제 모델
이기도 하여.

중국인민해방군가를
작곡한 작곡가
鄭律成
(정율성)

돈황 석굴에서 추모제를 올릴 때 함께 추모한 인물들이다.
돈황학의 창시자인 계림 김구경 박사와 난주,
돈황 등지의 벽화를 모사한 조선족 화가 한락연,
님 웨일즈의 '아리랑' 소설의 실제 주인공인 김산(장지락)과
중국 인민해방군가를 작곡한 정율성까지
중국에서 돈황과 혁명에 헌신한 위대한 인물이다.
2014. 8. 31. 日
돈황에서

막고굴 추모재

돈황 막고굴 앞에서 추모재를 올린다. 설정 큰스님께서 법주를,
혜총 스님이 바라지를 해주시었다.
이에 젯상의 제물을 서로 내겠다고 양진호·조영덕이 싸우고 난리이다.
추모한 이는 혜초 스님을 비롯한 구법 신라승 제위와 계림 김구경,
화가 한락연, 혁명가 김산과 정율성, 장군인 고선지와 흑치상지 그
리고 우리 은사이신 인곡당 법장 대종사이시다.
특히 순례 중 우리 스님 기제사를 함께했는데
수덕사에선 사형사제의 원망이 깊었으리라.
순례 중 가장 의미 있고 가슴 뭉클한 순간이 아닐 수 없다.
2014. 8. 31. 日
돈황 막고굴에서

명사산

돈황의 명사산과 월아천(月牙泉)을 찾았다.
비로소 이곳이 사막임을 실감할 수 있는 곳이다.
오랜 세월 바람에 쌓인, 그래서 마치 모래가 우는 듯한
명사산과 오아시스인 월아천을 찾아 상념에 젖게 된다.
일진 칠딱서니파는 신이 나서 혜총 두목 모시고 구경하느라 정신이 없다.
명사산 꼭대기에 올라 정좌한 채
사막과 바람 소리 들으며 석양을 바라보고 싶다.
2014. 8. 31. 日

낙타와 큰스님

원래 여행사에서 명사산 구경하려고
낙타를 100여 마리 대기시켜놓았다.
그러나 설정 큰스님께서
"중이 어찌 다리 사이에 고기를 낄 수 있으리오!" 하시며
"낙타는 버려두고 나를 따르라!" 하시며 맨 앞에서 앞장서 오르셨다.
역시 큰스님의 덕화에 그저 감동할 따름이다.
명사산 정상에도 큰스님께서 제일 먼저 도착하였음은 물론이다.
2014. 8. 31. 日

하미과 공양

雪靖(설정) 방장 큰스님이 하미과를
직접 자르고 씨까지 발라주는 모습.
버스 타고 가다가 하미과 농장이 보이면
설정 스님께서 차를 세우시고는 하미과 대중공양을 거하게 쏘신다.
그러고는 직접 칼을 쥔 채 하미과를 깎아서 씨까지 발라서
대중 스님네들에게 먹으라고 건네주신다. 실로 감동적인 장면이다.
무릇 어른이 어떠해야 하는지 말이 아닌 행동으로 보여주시는
方丈行者(방장행자)이자 보살이시다.
2014. 9. 1. 月
투루판 가는 길에 하미과 농장에서

투루판 석굴의 보살상

투루판 석굴(베제클리크 석굴)에 있던
서역 영향을 받은 보살상의 모습.
투루판 베제클리크 석굴 千佛洞(천불동)은
서구인의 도굴로 인해 벗겨지고 쇄락해서
동네 사람들이 양 키우는 곳으로 이용했다고 한다.
서역의 영향을 받은 벽화 예술이 압권이 아닐 수 없다.
간다라 미술의 영향에 당삼채로 칠한 수작이 아닐 수 없다.
일본의 오오타니 탐사대가 훔쳐갔다가
조선의 광산 채굴권을 따려고 뇌물로 총독부 주었다가 해방되어
지금은 국립박물관에 소장한 것은 다시 돌려주면 어떨는지 생각해본다.
2014. 9. 1. 月

유근자 교수

이번 순례의 비밀병기라고 할 수 있는 불교회화 전공의 유근자 교수.
두 대의 버스를 오가며 가는 석굴마다
미술사 측면에서 설명을 너무나 잘 해주고 있다.
그야말로 탁월한 선택이 아닐 수 없다.
실크로드 전반에 관한 식견과 안목이 훌륭하여
이번 순례의 의미에 부합하는 것이다.
불교에 대한 애정과 신심도 있어 스님네들도 너무나 좋아하고 감사해한다.
당신도 그야말로 보살이 아닌가 싶다.
2014. 9. 1. 月

악기 타는 할아버지

투루판 베제클리크 千佛洞(천불동)에서 옛 영화와 전설을 노래하는
위구르 회족(回族) 할아버지의 악기 타는 모습.
투루판 베제클리크 천불동에 들어서면
위구르 회족 출신의 할아버지 한 분이 전통악기로 연주를 하고 있다.
옛 영화나 전설을 노래하는 구슬픈 가락이 아름답도록 슬프기만 하다.
하지만 그 후예는 관광객을 위해 밥벌이의 고단함으로
연주를 하는 듯해 아쉽기만 하다.
다시금 말을 타고 사막과 천산을 내달리며
영웅의 노래를 할 수 있기를 기원하여본다.
2014. 9. 1. 月

낙타의 꿈

투루판 사막의 뫼 焰山(화염산) 부근에
서있는 낙타의 사막의 모습.
2014. 9. 1. 月
江陽朴晶圭.

현장법사와 손오공이 함께한 서유기의 무대이기도 한
화염산 근처 사막 모래산을 배경으로 낙타의 꿈이 처연하기만 하다.
어느 때인가는 구법승과 함께 역사와 신화를 만들었을 것이나
지금은 무거운 짐이나 혹은 관광객을 태운 채
몇 푼의 돈을 벌고 있는 밥벌이의 고단함이 슬픈 눈동자에 서려 있다.
낙타의 꿈에서 나의 꿈과 희망을, 그리고 깨달음을 본다.
2014. 9. 1. 月

화염산

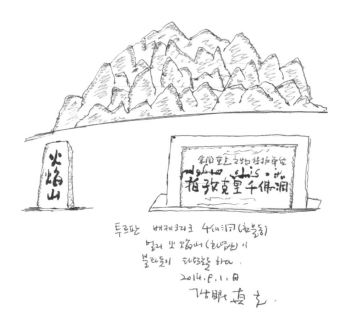

베제클리크 千佛洞(천불동) 근처
불타오르는 듯한 火焰山(화염산)의 모습이다.
특히 석양 무렵이면 불타오르는 것이
그야말로 火中生連(화중생련)과 같다.
紅蓮(홍련) 천만 송이가 피고 또 지고, 다시 불타오른다.
누군가는 여기서 화탕지옥을 보고 누군가는 홍련을 보고
나는 붉디 붉은 나의 丹心(단심)을 보고 또 봄이로다.
저 붉디붉은 내 마음의 火光三昧(화광삼매)여!
2014. 9. 1. 月
火焰山(화염산)에서

226

화염산과 손오공

투르판 火焰山(화염산)을 지나는 삼장법사와 손오공 일행의 모습.
화염산의 불을 끄려고 손오공은 파초선 부채를 들고 있다.
중국 CCTV에서 방영된 서유기의 주인공을 형상화한 모습이다.
火焰山(화염산)을 무대로 현장법사를 위시해
손오공·사오정·저팔계가 구법 여행을 떠나고 있는 모습이다.
淸(청)의 吳承恩(오승은) 또한 보살이 아니었을까 생각해본다.
이런 불교사상을 근간으로 멋진 소설을 창작하다니 말이다.
우리도 부처님을 등대와 지남으로 삼아 진리를 찾아
구법 여행을 떠나볼 일이다.
2014. 9. 1. 月

베제클리크 석굴

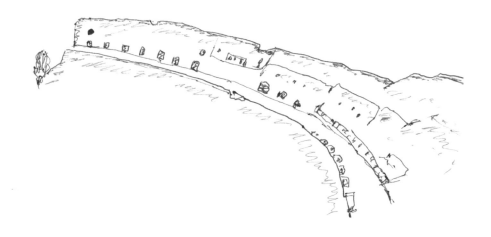

베제클리크 석굴(柏孜克里克, Bezeklik)은 위구르어로 '아름답게 장식된 집'이라는
뜻을 가지고 있다. 57개의 석굴 안에는 아름다운 소조 조각과 호화로운
벽화들이 장식되어 있어 사막 가운데 오아시스이자 극락과도 같은 곳이다.
20C 초까지 잘 보존되어 있었으나 독일의 그룬베델과 르콕(Lecoq), 일본의
오오타니(大谷), 러시아의 올젠버그(Oldenberg), 영국의 스타인(Stein) 등이
차례로 드나들면서 벽화며 소조불상 등을 마구 절취해 가
현재 세계 도처를 유랑하고 있다. 이곳에서 떼어낸 벽화 단편 네 점이
우리 국립중앙박물관에도 보존되어 있는데, 이는 오오타니가 가져와
광산채굴권 대가로 총독에게 전해졌다가 해방 후 남은 것이다.
이 석굴은 인도 간다라의 붓카라 제2사원지의 영향을 받았는데,
붓카라 사원은 돌벽돌로 쌓았지만 베제클리크 석굴은 흙벽돌로 바뀌었고
우리 토함산 석굴암은 판석으로 축조한 것이다.
우리 석굴암의 연원이 된 석굴이라는 것이다.
2016. 9. 1. 月
베제클리크 석굴에서

좌선의 시간

베제클리크 千佛洞(천불동)에서
모랫바닥에 주저앉아 10여 분간 坐禪(좌선)하는 모습.
베제클리크 석굴을 순례한 후 잠시 좌선의 시간을 가졌다.
사막 흙먼지 위에 설정 큰스님께서 신발까지 벗고는
좌선을 하였음은 물론이다.
한 15분여 지나온 길과 베제클리크 석굴의 도굴 현장,
그리고 나아갈 길을 話頭(화두) 삼아 참선 명상을 한다.
刹那(찰나)에서 永遠(영원)으로 無明(무명)에서
깨달음으로 나아가는 느낌이다.
千古(천고)의 세월을 지나 超人(초인)으로 다시 올 누군가를 기다리면서…….
2014. 9. 1 月
베제클리크 석굴 千佛洞(천불동)에서

큰스님 법문

베제클리크 천불동의 불교회화가 서양의 도굴꾼에 의해 도굴된 것을
안타까워하며 비분강개하는 雪靖(설정) 큰스님께서 법문(法門) 하시는 모습.
참선 후 설정 큰스님께서 法門(법문)을 하실 차례이다.
자리에서 일어난 큰스님께서는 두 눈 가득 눈물을 머금은 채
비분강개한 음성으로 베제클리크 석굴의 도굴 등을 상기시키며
사문으로서 안타까움과 역할에 대해 말씀하신다.
이에 따라 곳곳에서 비구니 스님의 흐느끼는 소리와
눈물 흘리는 모습이 보인다. 참으로 감동적인 순간이 아닐 수 없다.
난 법문에 힘입어 국립박물관의 벽화 파편 4점이라도
중국에 돌려주어 이곳에 복원되기를 꿈꾸어본다.
그날이 빨리 왔으면 하는 바람이다.
2014. 9. 1. 月
베제클리크 석굴에서

풍등

투루판 시내 해방광장에서 세월호 희생자 추모의 글을
풍등에 써서 하늘 높이 날려 보냈다.
희생자들이 저 하늘나라 좋은 곳으로 가 행복하기를,
진실이 기어코 밝혀지기를 기원하여본다.
어둔 하늘로 올라간 風燈(풍등)은
북두칠성 모양으로 빛을 발하며 새처럼 날아간다.
願往生(원왕생) 서방정토로 나아가기를!
2014. 9. 1. 月

신라 구법승

新羅 求法僧 (신라구법승)

玄恪 (현각) 慧輪 (혜륜) 慧超 (혜초) 阿離耶跋摩 (아리야발마) 玄大 (현대) 慧業 (혜업)

印度(인도 : 天竺) 구법을 간 신라 출신 구법승의 높은 뜻을 기리면서……

신라승으로 천축으로의 구법 여행을 한 이가

義淨(의정)의 '大唐西域求法高僧傳(대당서역구법고승전)'에

60인 중 9명이 나온다. 그곳에 안 나오는 慧超(혜초) 외

2人(인)까지 하면 실로 놀라운 일이 아닐 수 없다.

그중에 다시 신라까지 돌아온 이는 단 한 명도 없다.

그 외에 이름 없는 이와 길에서 숨진 이까지 포함하면

경이로울 정도로 많을 것이다. 우리가 이리 순례를 하는 것도

그분들을 기리고 새로운 길을 찾기 위함일 게다.

2014. 9. 1. 月

투루판에서

고창고성

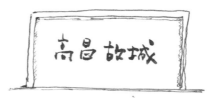

투루판 高昌故城(고창고성)의 모습.

고창고성 유적은 둘레가 5km. 흙 성벽 밑부분의 두께가 12m 정도이며

현재 남아 있는 성벽의 최고 높이가 11m에 이른다.

처음 축조된 것은 후한(A.D.91년) 때로

북위 효 문제 때 한인 국씨 왕조가 개국하여 절정기를 구가했다.

현장법사가 이곳에 온 것은 63년 2월경으로

그후 1개월 동안 머물렀다고 한다.

옥문관을 지나 이곳까지 와 당시 왕인 국문태의 환대를 받는다.

돌아오는 길에 다시 오기로 했으나 그전에 멸망되었다.

고창고성의 현장 법사를 생각하노니

옛 스님네의 구도열과 신심에

스스로 고개 숙여 경의와 감사의 념(念) 가득하기만 함이라.

2014. 9. 1. 月

233

카레즈 수로

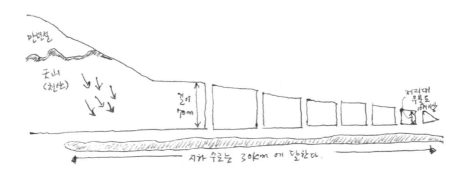

坎爾井(칸얼징), 카레즈 수로 조감도 모습.
카레즈는 한자로 '坎爾井(칸얼징)'으로 일종의 지하 수로이다.
天山(천산) 기슭에 약 30m 간격으로 판
수직 우물을 횡으로 연결하는 수로로서
천산의 만년설이 녹은 물을 오아시스까지
손실 없이 끌어오는 방법으로 널리 활용되고 있다.
이 지하수로 포도 농사를 지을 수 있었음은 물론이다.
지하 수로는 총 30km를 달려 투루판 전역에 걸쳐 시설되어 있다.
이 사막 위에 관개 수로로 농사를 짓는 것 자체가 기적이 아닐 수 없다.
2014. 9. 1. 月

투루판의 포도

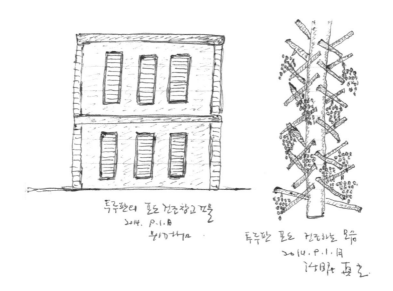

투루판의 포도 건조창고 건물
2014. 9. 1. 月
부기가게고

투루판 포도 건조하는 모습
2014. 9. 1. 月
사박고 홈고

카레즈 관개시설로 가꾼 투루판의 포도는
당도가 높고 맛이 좋아 一品(일품)이다.
2F 저장 창고에 통풍 시설 창을 만들고 그 안에서
포도를 건조시켜 건포도를 생산한다.
사막 한가운데서 천산의 눈 녹은 물을 30여 km 끌어다
그물망처럼 연결된 수로를 통해 농사를 짓는 지혜는
분명 과학을 넘은 인류의 위대한 승리이자 기적이 아닐 수 없다.
2014. 9. 1. 月
투루판 카레즈박물관에서

햇살이 빚은 건포도

카레즈 관개시설의 물과 태양이 빚은 포도를 다시 건조시켜 만든
건포도 맛을 보러 포도 농장에 들렀다.
건포도를 맛보니 사막의 오아시스이자 천국의 맛이 아닐 수 없다.
포도나무 그늘 아래서 맛보는
건포도의 맛과 멋은 가히 일품이 아닐 수 없다.
포도 맛도 보고 선물도 사고 행복한 오후를 만끽하고 있다.
2014. 9. 1. 月
투루판 포도 농장에서

추모의 정

이역만리에서 은사이신 제31대 조계종총무원장

仁谷堂 法長 大宗師(인곡당 법장 대종사)의 9週忌(주기)를 맞이한다.

대중 스님들의 덕화로 敦煌(돈황) 莫高窟(막고굴)에서

茶禮(다례)를 추모재와 함께 모신지라

조금은 홀가분하지만 왠지 미안스럽고 면목이 없다.

아마도 수덕사의 사형사제는 방장 스님까지 모시고

다례 기간에 순례 온 것을 원망하리라.

사막 한가운데서 한 줄기 바람에

스님을 향한 그리움과 추모의 情(정)을 부치노라.

스님! 如如(여여)하시지요?

2014. 9. 1. 月

우루무치의 천지

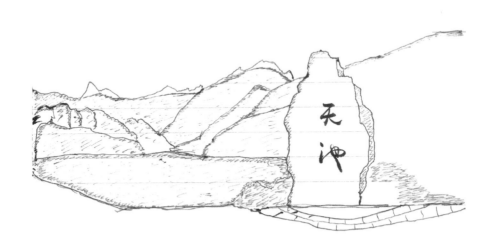

우루무치 인근에는
白頭山(백두산, 중국명 長白山) 天池(천지)를 닮은 호수가 있다.
설산 위의 자연 호수 天池(천지)는
환상적인 아름다움과 신비로움을 느끼게 된다.
특히 산과 눈 덮인 영봉은 물론이거니와
하늘의 구름이 호수에 비치는 모습은 아름답기 그지없다.
2014. 9. 2. 火
우루무치 天池(천지)에서

지성이면 감천

천지에서 세월호 희생자 추모 행사를 하려는데
중국 公安(공안)이 못하게 한다.
희생자 중에 중국인도 있다고 30여 분을 설득한 끝에
가사장삼을 수하지 않은 채 20여 분의
의식과 추모 시간을 어렵게 받아냈다.
지성이면 감천이고 안 되면 되게 하라는 것이 내 생각이다.
2014. 9. 2. 火

세월호 희생자 추모

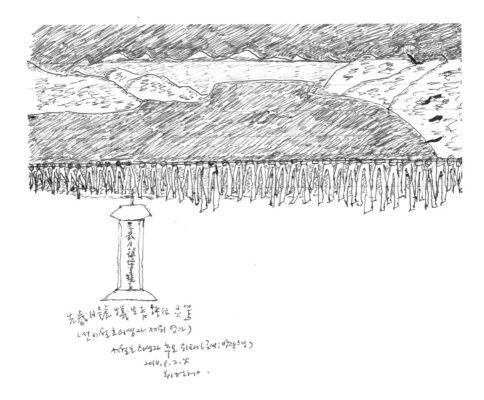

우루무치 천지에서 세월호 희생자 추모의 시간을 가졌다.
만년설을 인 천산산맥 산자락과 나무숲이 천지에 담기었다.
호숫가에 희생자들의 앳된 얼굴이 서려 있는 듯하다.
노란 천마다 각자의 영원과 추모의 마음을 담아
바람을 따라 저 하늘로 떠나보낸다.
부디 저 세상에서는 새처럼 자유롭고 행복하기를
두 손 모아 기원하여본다.
2014. 9. 2. 火
우루무치 天池(천지)에서

수행자의 마음

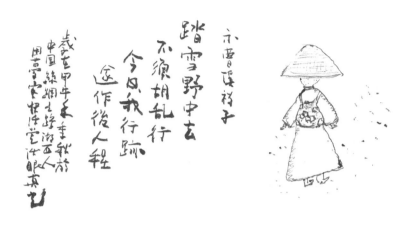

天竺(천축)으로 求法(구법)을 떠나던 옛 스님네의 마음으로 나의 길을 향해
떠나갈 때이다. 길과 希望(희망), 그리고 깨달음을 위하여 가고 또한 갈지어다.

"눈 덮인 들판을 가로질러 걸어가는 이여,
함부로 난삽하게 걷지 말지어다.
오늘 내가 걸어가는 이 발자국,
훗날 뒤에 오는 이의 이정표가 되리니!"

乞士比丘(걸사비구) 수행자의 마음은 이러해야 할 것이다.
선조의 얼과 열정으로 지금 우리가 여기에 있고
나의 한 발자국은 훗날 뒤에 오는 이의
이정표가 되리니 鎭重(진중)하기를⋯⋯.
다만 이러한 마음으로 수행자답게 살아갈 수 있기를 바랄 따름이다.
2014. 9. 3. 水

2015년
영원한 진리의 땅,
동티베트를 가다

,序詩

— 頂宇 스님과 함께하는 東西藏 聖地 巡禮에 부쳐 —
(2015. 7. 1~10, 中國 泗川省 일대)

상그릴라, 이상향은 어느 곳인가?
저마다의 마음속 그곳을 찾아 떠나는 길.
太古(태고)의 신비 간직한 高原(고원)에 야크 떼들 노닐고
瑪吉阿米(마지아미) 닮은 소녀의 별빛 같은 눈동자와
미소 가득하네.
五明佛学院(오명불학원)과 야칭스(亞青寺)에서
또 다른 나, 맑고 아름다운 靈魂(영혼)의 샘물에
목을 축이다.
아, 그곳은 영원한 생명과 진리의 땅.
그 길 위에서 길과 희망은 깨달음이 되었다.
그리고 또 다른 나, 나에게로의 回歸(회귀).
나를 버리고 진정한 나를 찾다.
2015. 7. 1. 水
我在堂(아재당)에서
困夢客(곤몽객) 活眼眞光(활안진광)

그리움과 설렘을 안고

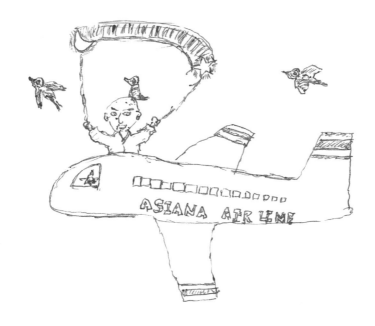

Asiana 항공편으로 中國 泗川省(쓰촨성) 成都(청두)로 떠나갑니다.
동티베트의 꿈과 희망, 그리움과 설렘을 안고
새로운 길을 찾아가는 여행은 언제나 행복한 마음 가득합니다.
오스트리아 여류 시인 잉게보르크 바흐만의
'누구든 떠날 때는'이라는 시가 있다.
"누구든 떠날 때는 / 머리카락 휘날리며 떠나야 한다."
그러나 스님들은 휘날릴 머리카락이 없으니
온갖 망상과 번뇌를 내려놓고 떠나야 한다.
보들레르의 "어느 곳이라도 좋다. 이 세상 밖이기만 하다면!"이라는
시처럼 그렇게 우리는 지금 동티베트로 간다.
2015.7.1. 月

도강언

李氷(이빙) 부자.

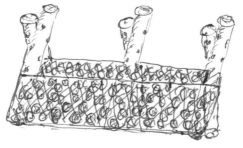

李氷(이빙) 부자에 의한 都江堰(도강언) 축조는 하나의 기적이다.
기원전(B.C.)에 어떻게 이리 놀라운 수리 사업을 성공시켰는지
경탄을 금치 못할 기적과도 같은 일이 아닐 수 없다.
그들은 아마 禹(우) 임금의 화신일지도 모를 일이다.
옛적에는 治水(치수)가 가장 중요한 과제였다.
황하와 장강의 범람은 언제나 재앙에 가까웠다.
지금도 500만 도시를 살리려고 50만 도시는 제방을 허물어
물에 잠기게 하곤 한다.
자연의 위력 앞에 인간이란 존재는 미미하지만
인간의 노력과 열정은 능히 자연을 제어하고 활용한다.
인간의 의지가 위대한 이유이다.
2015. 7. 2. 木
도강언에서

강채

羌族(강족)과
羌寨(강채)모습.

사천성의 姜族(강족) 사람들과 적으로부터
침입을 경계하는 축조물인 강채의 모습.
옛 사람들의 삶의 지혜가 돋보이는 작품이다.
강채는 일종의 전망대이자 요새 역할을 한다.
그렇게 적으로부터 종족을 보호하고 재산과 가축을 지켜낸 것이다.
이곳 강족 사람들과 함께 한평생 살아보고 싶어진다.
사는 게 별건가, 마음 편하면 그만인 것을!
2015. 7. 2. 木
강족 마을에서

평등한 공양

냇가에 옹기종기 모여 앉아 점심을 함께하는 모습.
점심 도시락을 싸 가지고 가다가
개울가 옆 돌무더기 있는 곳에 모여 앉아
맛있는 점심을 함께 먹습니다.
이 또한 여행의 妙味(묘미)가
아닐 수 없습니다.
함께 평등히 하는 공양은
그래서 아름답습니다.
2015. 7. 3. 金

입제식

至欽寺(지흠사) 파드마 삼바바 청동상 앞에서 입제식을 올리는 모습.
頂宇(정우) 지도법사 스님께서 설법을 하신다.

至欽寺(지흠사) 파드마 삼바바 동상 앞에서 入齋式(입제식)을 가졌습니다.
지도법사 頂宇(정우) 스님의 法門(법문)을 들으며
동티베트 순례의 마음을 다집니다.
예불에 반야심경 독경, 정근, 법문으로 이어지는
성스럽고 아름다운 순간이 아닐 수 없습니다.
2015. 7. 4. 土

중국인 불자

감동의 눈물을 흘리는 중국인 불자의 모습.
눈물 같은 꽃비가 함께 내리는 듯합니다.

우리 순례대중의 의식 하는 모습에
중국인 불자 한 분이 닭똥 같은 눈물을 흘리고 있습니다.
언어와 국경을 넘어 성스러운 모습에 감동과 눈물이 함께합니다.
그의 눈물 값으로라도 열심히 수행 정진해야 하겠습니다.
2015. 7. 4. 土
至欽寺(지흠사)에서

꽃 대궐

온갖 들꽃이 지천으로 흐드러지게 피어 있는 모습.
꽃 한 송이에서 온 우주를 본다고 하는데 이 꽃밭에 누워 꿈을 꾸어본다.
7월 동티베트의 高原(고원)은 그야말로 '꽃 대궐' 꽃의 향연입니다.
들판 가득 온갖 색깔의 꽃들이 지천으로 피어 만발합니다.
꽃 속에 파묻혀 죽어도 좋을 그런 아름다운 꽃.
이곳이 바로 정토가 아닐는지요?!
2015. 7. 4. 土

오명불학원 1

7000여 명의 스님네가 상주하여 불학을 연찬하는
세계 최대 불학원으로 유명한 五明佛学院(오명불학원)의 모습.
마치 6·25 시절 부산 피난민 판잣집을 방불케 한다.
이것이 어느 한 스님의 원력에 의한 것이라고 하니 더욱 놀랍다.
이 세상 그 어느 건축가가 이것을 설계할 수 있으리오.
이는 수행의 피와 땀, 결실의 총화일레라!
2015. 7. 4. 土
五明佛学院(오명불학원)에서

오명불학원 2

세계 최대 승가대학인 五明佛学院(오명불학원)의 장엄한 모습.
무엇이 이 오지에 이 많은 이들을 오게 했는지
불가사의한 일이 아닐 수 없다.
세계 최대 불학원인 五明佛学院(오명불학원).
중앙 대법당에서 비구·비구니 합동 설법이 있고
이 건물을 중심으로 좌로는 비구니가, 우로는 비구 수행토굴이 자리한다.
2015. 7. 4. 土
오명불학원에서

한인사

간쯔 한복판에 있는 漢人寺(한인사)에서
한족과 티베트족이 함께 신행하는 모습.
甘孜(간쯔) 시내 한복판 번화가에 자리한 漢人寺(한인사)는
티베트인과 중국 한족이 함께 찾는 유일한 사원으로 유명합니다.
相生(상생)과 和諧(화해), 그것이 종교의 의무입니다.
함께해서 참 보기 좋습니다.
2015. 7. 5. 日
甘孜(간쯔)에서

달라이라마의 법문

판첸라마 사진

달라이라마 14세 사진

달라이라마 법문 VCD

이곳 한인사에서는 달라이라마의 사진도 있고
설법하시는 모습을 VCD로 볼 수 있어 놀라웠다.

사천성의 티베트 사원에서는
티베트 본토와 달리 사원 안에 달라이라마 사진이 걸려 있고
법문하는 모습을 VCD로 시청할 수 있습니다.
아마도 티베트 승려 분신 사태의 영향인 듯합니다.
종교와 민족의식은 총칼로 막을 수 없다는 걸 새삼 느낍니다.
2015. 7. 5. 日

백옥탑과 설산

간쯔(甘孜)의 白玉塔(백옥탑)에서 바라본 雪山(설산)의 장엄한 모습.
이국적이고 아름답고 장엄하기만 하다.
甘孜(간쯔)의 상징인 白玉塔(백옥탑)과 雪山(설산).
우리의 바람이 바람에 실려
온 우주에 퍼져 닿기를……
2015. 7. 5.
白玉塔公園(백옥탑공원)에서

꽃보다 더 고운

고원 꽃밭 위에 꽃보다 더 고운 우리 비구니 스님들의 모습.
해발 4000m 高原(고원) 지천으로 핀 들꽃의 사태,
꽃 대궐에서 우리 비구니 스님이 꽃구경 중입니다.
마치 수학여행 온 여고생인 양 아름답습니다.
꽃보다 더 고운 우리 스님네가 바로
세상에 가장 아름다운 꽃이요 희망입니다.
역시 사람이 꽃보다 더 아름답습니다!
2015. 7. 6. 月

카사 호숫가의 미륵불

亞青寺(야칭스) 가는 길에 카사 湖水(호수) 가에 있는
미륵보살 마애불의 모습입니다.
자유와 평화의 그날을 기원하며
두 손 모아 티베트의 평화와 행복을 빌어봅니다.
티베트 고원 한가운데에 자리한 커다란 마애석불은
숭고하고 장엄하기 그지없습니다.
미래불인 미륵보살은 희망입니다.
그것은 저항이며 혁명을 부릅니다.
새로운 꿈과 희망, 우리가 사는 이유입니다.
2015. 7. 6. 月

야칭스 1

야칭스 비구 수행 토굴이 상징탑 뒤로 장엄하게 자리한다.
수행자가 이룩한 경이의 풍경이 아닐 수 없다.

亞青寺(야칭스) 비구 수행 토굴 모습입니다.
십만불탑과 상징물 조형 뒤편으로
성냥갑 같은 토굴에
8000여 명이 수행 정진하고 있습니다.
2015. 7. 6. 月
야칭스에서

야칭스 2

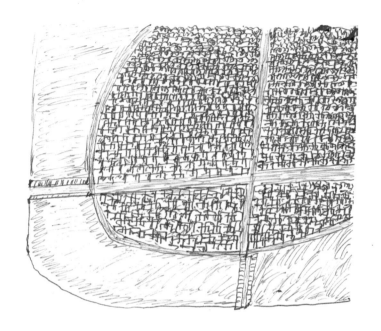

야칭스의 상징 태극 문양 강가에 위치한 비구니 스님 수행 토굴.
이곳은 그야말로 화장찰해 정토가 아닐까 생각해본다.

야칭스(亞靑寺)의 상징과도 같은
태극 문양의 물길이 휘감아도는
비구니 스님 토굴 수행처의 모습이다.
이곳에 비구니 스님 1만 2000명이 모여 수행 정진 중이다.
옴 마니 반메 훔!
2015. 7. 6. 月

파드마 삼바바 동상

파드마 삼바바상 앞에서 의식을 하는 한국 순례단.
우여곡절 끝에 간신히 이루어진 의식인지라
눈물 날 정도로 감격스럽기만 하다.
이 자체로 화엄세상이자 정토가 아닐까 생각한다.

亞靑寺(야칭스) 언덕 위 파드마 삼바바 동상 앞에서
순례단 스님네가 모여 한국식 예불과
반야심경, 좌선, 발원문 낭독을 봉행하였습니다.
가슴 뭉클한 감동과 전율이 그리고 뜨거운 눈물이 함께한
소중하고 아름다운 순간이 아닐 수 없습니다.
2015. 7. 6. 月
야칭스 파드마 삼바바 동상에서

토굴

세탁기 하나만 한 크기의 야칭스 수행자의 土窟(토굴) 모습.
작지만 그 안에 우주를 다 품은 듯하다.
무엇을 보고 무엇을 느끼는가?
아, 부끄럽고 욕되도다!
야칭스 강변에 자리한 참선하는 작은 토굴.
이곳에서 새벽 녘 강물을 바라보며 참선 정진을 한다고 한다.
금방이라도 깨달아 강물을 다 들이마시고는 껄껄 웃으며 춤을 출 듯하다.
2015. 7. 6. 土

오체투지

티베트인들이 오체투지하는 모습.
무엇이 그들로 하여금 이토록 간절하게 기구하게 하는가?
태생적으로 生而知之(생이지지)가 아닐까 생각한다.
티베트인은 오체투지한 채 성지순례를 떠나는 걸
필생의 목표이자 염원으로 삼는다.
몇 달, 몇 년이 걸릴지라도
라싸 조캉 사원으로, 수미산으로
또 다른 성지를 향해 나아간다.
자신을 낮추어야 비로소 부처님처럼 존중 받을 수 있는 법입니다.
2015. 7. 6. 月

무소유

티베트 승려 토굴에서 참선하는 진광.
우리는 너무 많은 것을 소유한 채 일상을 그저 의미 없이
보내고 있는 것은 아닐까 하는 생각이 든다.
청빈(清貧)과 無所有(무소유)의 삶.
예법한 수행자의 삶이길 서원하면서……

한 평 남짓한 세탁기 크기의
티베트 승려 수행 토굴에서
잠시 선정에 들어봅니다.
맑은 가난(清貧)과 無所有(무소유),
그 안에 행복과 깨달음이 있습니다.
2015. 7. 6. 月

추모재

甘孜(간쯔) 인근 언덕 위에서 세월호 희생자를 추모하는
노란 천과 각자의 염원을 담아 매단다.
이 바람에 흔들리는 타르초처럼
우리의 꿈과 희망, 온 세상에 가득하기를!

야칭스에서 거행 못한 노란색 추모 리본을
甘孜(간쯔) 인근 가장 높은 언덕 룽다와 타르초 휘날리는 곳에서
한 마음으로 매달고 추모재를 올렸습니다.
스님네도 세상의 아픔과 고통을 함께 나누고자 하는 마음입니다.
모두 발보리심하여 극락왕생하소서!
2015. 7. 7. 火
甘孜(간쯔) 고갯마루에서

사연

설산이 바라다보이는 고갯마루에서
한 비구니 스님이 흐느낍니다.
추모재 후 노란 리본을 달고
한 비구니 스님이 서럽게 울고 있습니다.
무슨 일인지는 몰라도 말 못 할 사연이 누구나 있는 법이지요.
사실은 속가 어머님께서 돌아가셨다는 소식을
듣고도 갈 수 없었다고 합니다.
그도 상대방도 모든 걸 잊고 이고득락하기를!
나 또한 두 손 모아 기원해봅니다.
2015. 7. 7. 火

혜원사

천년 고찰 慧远寺(혜원사)는 전형적인 背山臨水(배산임수)의
한국적인 정감이 어린 고찰이다.
마치 고향에 온 듯한 느낌이다.

천년 고찰 慧远寺(혜원사)에 왔습니다.
연꽃이 포근히 감싼 형국으로
고즈넉하고 아름답기 그지없는 고찰입니다.
이 근처에서 달라이라마도 탄생했다고 합니다.
한국 산사에 온 듯 포근하고 아늑한 그런 곳입니다.
2015. 7. 7. 火

화광삼매

혜원사 법당이 화광삼매에 들어 꽃으로 불타며 소신공양하는 모습.
혜원사 주위에 이름 모를 꽃들이
지천으로 피어나 법당이 마치 花光三昧(화광삼매)에 든 것같이
연꽃으로 불타오르는 듯합니다.
그도 아니라면 한국 비구니 스님 30~40명의 싱그러운 웃음이
꽃보다 더 아름답게 불타오르기 때문일 겁니다.
사람이 꽃보다 더 아름답습니다!
2015. 7. 7. 火
혜원사에서

정중무상 스님

신라 스님 淨衆無相(정중무상)의 眞影(진영)이
그 오랜 세월 진영각에 모셔져 있는 것을 본 순간의
감동과 희열은 말로 다할 수 없다. 모두 재를 올리며 추모했다.
만약 그가 한족이었다면 선불교의 역사를 다시 새롭게 썼을 것이다.
사천성 成都(성도) 大慈寺(대자사)는 신라 스님 정중무상의 주석처였다.
1700여 년이 지난 지금에도 진영각에 모셔져 있는
정중무상 스님의 진영을 우러르며 복받치는 감정을 억누를 길 없어라.
2015.7.9 木
成都(성도) 大慈寺(대자사) 眞影閣(진영각)에서

소동파

成都 大慈寺 (대자사)
大雄寶殿으로 (대웅보전으로)
蘇東坡의 書 (소동파의 글씨)
추억하다.
건강

東坡(동파)거사가 유배시절
낚시하러 다니는 모습.

내가 가장 좋아하는 蘇東坡(소동파).
그의 고향 嵋山(미산)도 이미 가보았다.
詩·書·畵(시·서·화)의 三絶(삼절) 東坡居士(동파거사)처럼 살아가기를……

成都(성도 : 청두) 大慈寺(대자사) 大雄寶殿(대웅보전)은 소동파의 글씨다.
그의 고향이 이 근처 嵋山(미산)이기에 그의 글씨가 있으리라.
그의 글씨를 보고 한 위대한 영혼 소동파를 추억하노라.
2015. 7. 9. 木

낙산대불과 궈모뤄

成都(청두) 인근의 樂山大佛(낙산대불)과
그곳 출신인 사학자 郭沫若(궈모뤄) 先生을 추모하노라.

제갈공명을 모시는 武侯祠(무후사)에 갔다가
제갈량·유비·관우·장비는 보질 않고
郭沫若(궈모뤄) 선생의 글씨만 실컷 감상하고 돌아왔습니다.
선생은 낙산대불 옆 沫水(말수)와 若水(약수)가 만나는 곳에서 나셨기에
沫若(말약)이라 이름 지었다고 합니다.
선생의 '역사소품'을 감명 깊게 읽은 나는
선생의 역사와 철학 글을 좋아하기에
그의 진적(眞跡)에 감동해 여기 그려 넣습니다.
2015.7.9. 木
武侯祠(무후사)에서

설도의 '춘망사'

중국 최고의 여류 시인 薛濤(설도)와 그의 詩 '春望詞(춘망사)'.

春望詞(춘망사 : 봄을 기리며)

花開不同賞(화개불동상) 꽃이 피어도 당신과 함께 감상할 수 없고
花落不同悲(화락불동비) 꽃이 져도 당신과 함께 슬퍼할 수 없네요
欲問相思處(욕문상사처) 그대에게 묻노니,
花開花落時(화개화락시) 꽃피고 꽃 질 때 무슨 생각 하시는지요?

중국 최고의 여류 시인인 설도를 기리는
'설도정'이 이곳 成都(성도)에 있습니다.
元稹(원진)과의 러브스토리로도 유명한 설도와
그의 시 '춘망사'를 적어봅니다.
설도정에 가서 술 한잔 올리지 못함을 못내 아쉬워하면서……
2015. 7. 7. 木

악비의 초서

무후사에서 제갈공명의 '出師表(출사표)'를
쓴 岳飛(악비)의 초서 글씨와 악비 장군 모습.
武侯祠(무후사) 벽에는 제갈공명의 유명한 出師表(출사표)를
남송의 장군 岳飛(악비)가 초서로 쓴 글씨가 서각되어 있습니다.
그의 충절과 의기가 힘 있는 초서로 쓰여져
보는 이로 하여금 비분강개하게 합니다.
장군의 글씨가 힘이 있고 거친 것이
근대 毛澤東(마오쩌둥)의 글씨와도 통하는 바가 있습니다.
2015. 7. 9. 木
무후사에서

이백과 두보

중국 역사 5000년에 가장 위대한 만남은 무엇일까?
나는 이백과 두보의 성도에서의 만남이라고 생각한다.

중국을 대표하는 두 시인 李白(이백)과 杜甫(두보)도
이곳 사천성과 관계가 깊은 인물입니다.
성도에는 浣花溪(완화계)에 杜甫草堂(두보초당)이 있고
이태백 또한 이곳에 오래 있으며 수많은 시문을 남겼습니다.
그의 蜀道難(촉도난)은 특히 유명합니다.
李杜(이두)를 사모하는 마음으로……
2015. 7. 9. 土
成都(성도)에서

엽서

왜 葉書(엽서)를 쓰느냐고 물으면 내가 행복해서라고 답한다.
그리운 이에게 정성스레 엽서를 쓰고 부치는 그 전 과정을 즐기는 것이리라.
엽서 16장을 고이 써서 부친다. 이 엽서로 인해 모두가 행복하기를…….

순례 기간 동안 틈틈이 새벽녘에 쓴 그림엽서 16장을
가이드 편에 부칩니다.
사랑과 같아서 엽서도 받는 것보다 누군가에게 쓰는 것이 더 행복합니다.
저는 제 자신에게도 상으로 엽서를 쓰곤 하는데
다시 받으면 너무나 행복한 기분입니다.
2015. 7. 9. 土

라오스 루앙프라방 아침 시장에 가면 장작불로 끓인, 진한 향과 맛이 일품인 라오스
커피 한 잔의 여유와 멋을 느낄 수 있다.

2015년
혁명의 나라,
러시아를 가다

추억 (回憶) —

한때, 극동함대 사령부로
군함가 기슭(부동항)인
너 블라디보스톡이여,

한때, 나도 그 무명에 횟으리
지금, 여기에서 우리는
누군가의 흔적 (痕迹) 찾네!

자작나무 숲길 그 두갈래길에서
서로 다른 길도 같은 뜻
혹은 되돌아도 앞(법)을 몰랐으리라

한때주어 혜명 (혁명)에 내리듯
수천 수만의 열망들이게
수천 수만의 눈물과 땀 ……
날개 흔들려도 수천 수만의 땀에가
우리의 역사였수 없는
혼땀 (체감)의 터칭을 땀(회) 한치
한줄기 빛으로 앞 등개로
내 옥덕 영혼을 일깨우네

내 혀(쑹)가 아직 온전하고
안목둔다고만 겸손속 낯도 두발에 있으메
이 길에에서 몸에
옥돌아 숨세 하리라

2015. 5. 25. 月. 석가탄신일 날에
Russia Vladivostok 에서
(崇高한 화물창고 (우리 현강)) 圓夢客 (교포 격)

吳 浩
러안보라

,序詩

한때 극동함대사령부로

不凍港(부동항)인 너 블라디보스토크여,

한때 나도 그 무엇이었으리.

지금, 여기에서 우리는 누군가의 意味(의미)였나니!

자작나무 숲길 그 두 갈래 길에서 서로 다른 길을 갔을 뿐

혹은 되돌아오는 法(법)을 몰랐으리라.

한여름에 白雪(백설)이 내린 듯 수천수만의 연꽃 위에

수천수만의 눈동자들…….

바람에 흔들리는 수천수만의 잎새가 무어라 어찌할 수 없는

虛空(허공)의 외침을 吐(토)한 채

한 줄기 빛으로 아니 도끼로 내 무딘 영혼을 일깨운다.

내 혀(舌)가 아직 온전하고 알몸뚱이지만

걸을 수 있는 두 발이 있으니

이 길 위에서 끝내 목 놓아 울게 하리라.

2015. 5. 25. 月 석가탄신일 날에

Russia Vladivostok(러시아 블라디보스토크)에서

愚痴顚狂(우치전광) 困夢客(곤몽객)

快活眞光(쾌활진광)

레닌

블라디보스토크의 모스크바역 앞
광장에 서 있는 레닌 동상.
한 손을 벌린 채 먼 곳을
응시하며 나아가는 모습이다.
英雄(영웅)이, 꿈과 희망이
존재하던 시대는 행복했으리라.
러시아의 몰락과 사회주의의 절망 앞에
아직 희망이 있는가 생각하게 된다.
물론 그렇다.
한 번 실패가 영원한 좌절일 순 없다.
그를 넘어서 더 큰 불가능한 꿈을
꾸어야 할 때이다.
나로부터의 革命(혁명).
人間(인간)만이 希望(희망)인 세상.
그날은 꼭 오리라!

카잔이란 도시엔 톨스토이랑 레닌이 다닌 카잔대학이 있다.
그곳 정문 앞에는 젊은 레닌이 카잔대학 법학부로
등교하는 모습의 동상이 서 있다.
Marx(마르크스)는 세계를 이해했고
레닌은 세계를 변혁했다고 해야 할 것이다.
2015. 5. 22. 土

정원

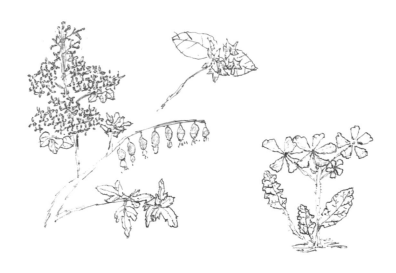

See you Hostel (씨유호스텔)은 옛 소련 때 지어진 허름한 아파트 1F으로
문밖 화단에 온갖 꽃을 심어놓아 아름답기만 하다.
이곳 주민들이 자발적으로 가꾸는 것으로
그들의 땀과 정성이 깃들어 있어 더욱 찬란하게 꽃피우는 것이리라.

정원 가득히 핀 꽃들의 향연.
저마다 아름다움을 뽐내지만
모든 꽃이 어우러질 때 비로소 봄을 이루는 法(법).
그리고 그 꽃을 피운 이름 없는 이들의 피와 땀과 정성으로 인해
봄은 이미 이곳에 피어 만발하는 것이리라.
나도 누군가에게 하나의 意味(의미)가 되고 싶다.
그에게로 달려가 잊히지 않는 의미의 꽃이 되고 싶다.
2015. 5. 25. 月

우유

러시아 요리사가 소 젖을 짜서 위풍당당 돌아오는 모습이다.
어느 우유 겉포장의 그림 보며 한번 그려봤다.
이곳 우유는 팩이 아니라 그냥 비닐에 담겨 판매되고 있다.

우유는 마시고 포장지(비닐)에 그려진 모습을 장난삼아 그려본다.
페레스트로이카는 러시아를 이렇게 變化(변화)시켜놓았다.
국민을 배불리 먹이지 못하는 정치 체제와 위정자는 죄악이고
그것은 범보다 무서운 法(법)이다.
2015. 5. 24. 日

혁명기념탑

블라디보스토크 혁명광장에 있는
혁명기념탑의 모습.
20C 최고의 사건인
러시아혁명의 함성과 감동이
밀려오는 듯한 느낌이다.
그리고 실패로 끝난
未完(미완)의 혁명을 넘어
완성된 革命(혁명)을
다시 시작할 때이다.

극동함대사령부가 있던 부동항 블라디보스토크의 혁명광장.
제2차 세계대전 시 독일 나치나 일제에 맞서 싸우던
러시아 병사가 국기를 든 채 전진하는 모습의 기념 동상이 서 있다.
그리고 광장 오른편에는 그 뜻을 기리는 꺼지지 않는 불꽃이 타오르고 있다.
제2차 세계대전 勝戰記念塔(승전기념탑).
과연 누가 진정 승리자이고 패배자인가?
그 전쟁은 정의로웠는지, 지금의 러시아는 어떤지 묻지 않을 수 없다.
革命(혁명).
그것은 지금 어디에, 어느 곳을 향해,
무엇을 위해 존재하는가?
2015. 6. 24. 日
革命廣場(혁명광장)에서

낚시

블라디보스토크 해안가 방파제에 가만히 앉아 고기를 잡는
강태공과 같은 러시아인들의 낚시하는 모습.
마치 수행자같이 온 정신을 모아 지금 세월을,
고기를, 그리고 나를 낚고 있는 중이다.

해변 방파제에 앉아 낚시를 즐기는 이, 멋진 선장 모자가 인상적이다.
뭔가에 열중하는 모습은 얼마 아름다운가?!
마치 姜太公(강태공)처럼 그도 고기가 아닌 세월을 낚고 있는 것이 아닐까?
아니면 바다의 詩(시)를 건져 올리는 듯 마치 성자 같은 모습이다.
그가 살아온 삶과 사랑 그 모든 것을 상상하고 꿈꾸게 한다.
나는 이 세상에서, 내 삶에서 무엇을 낚아야 할까?
2015. 5. 24. 日

1998년 가을, 해인총림 선원에서 하안거 후 인도·네팔 불교성지로 첫 해외 배낭여행을 떠났다. 새로운 삶과 수행, 길 위에서의 여정을 시작한 것이다. 내 여행의 화두는 길과 희망, 그리고 깨달음과 회향이다. 가고 또한 갈 따름이다.

2016년
미국의 심장을 가다

모든 길은
로마로 통한다고 한다.
그래서 난 오늘
미국의 심장으로 向한다.

...

2016. 9. 15. 金

,序詩

모든 길은 로마로 通(통)한다고 한다.

그래서 난 드디어

미국의 심장으로 向(향)한다.

가슴속 비수를 감춘 채

그러나 世上(세상)의 中心(중심)으로

월든 호숫가에서

뉴욕 맨해튼 5번가에서

온갖 종교·명상 시설에서

한국 절에서

다시 보고 생각하고 革命(혁명)을 이야기하리라.

구한말 朝鮮(조선)의 신사유람단

그들이 보았던 新世界(신세계)의 충격.

Columbus(콜럼버스)가 첫 발자국 내디딘

America(아메리카)에서

나는 다음 世代(세대) 새로운 어젠다,

그 代案(대안)을 위해

나는 무엇을 어떻게 하여야 할까!

2016. 7. 15. 金

뉴욕

드디어 미국(米國).
21C 세계의 제국, 그 심장부 뉴욕에,
J. K. 케네디공항에 첫발을 내딛었다.
구한말 신사유람단을 이끈 민영익이
뉴욕에 도착했을 때의 기분은 어떠했을까?
모든 길은 Roma(로마)로 통한다.
이곳 뉴욕에서 새로운 길과 희망, 깨달음의 나날이기를……
2016. 7. 15. 金

뉴욕 불광선원

뉴욕 불광선원의 모체인 관음전 전경.
뉴욕 불광선원에 도착해 觀音殿(관음전)에 짐을 풀었다.
맨해튼에서 30여 분 거리로 아담하고 정감 있다.
처음 주지(휘광) 스님께서 이 관음전을 짓고
이곳에서 어린이법회를 시작하면서 오늘의 불광선원을 이루었다고 한다.
1F이 어린이 법회장이고 후원이 있으며
2F은 주지 스님 숙소 및 스님 방이고 지하는 어린이 놀이방이다.
간단히 점심을 먹고 여행 노독에 지쳐 잠을 청해본다.
내 안식처 파악은 이미 끝난지라
대중의 무사귀환을 축원드린다.
2016. 7. 15. 金
뉴욕 불광선원에서

큰 법당

뉴욕 불광선원 '큰 법당' 全景(전경).

몇 년 전 새로 건립한 大雄殿(대웅전) 큰 법당이다.

일요법회나 기도 등이 열리는 곳이다.

이 집 상좌인 혜민 스님의 책 사인회도 지난 주 열렸다고 한다.

지하에는 중·고등부·청년회 사무실이 있다.

비구니 학인 스님들은 이곳에 짐을 풀었다.

한국 절이라고 꼭 기와지붕에 목조 건축일 필요는 없다고 생각한다.

그 나라 문화나 건축에 따르면 될 것이다.

이 법당은 그걸 증명하고 있는 것이다.

일요일 일요법회에 참석할 생각이다.

2016. 7. 15. 金

불광선원 큰 법당에서

숲속 아지트

뉴욕 불광선원 근처 숲에
내 아지트 겸 향 사르고 축원하는 곳을 定(정)했다.
대나무 숲 안에 소나무와 단풍나무 아래 앉을
좌대까지 갖춘 천혜의 장소이다.
바로 작은 시냇가 옆이라 시냇물 소리도 듣고
새소리에다가 밤에는 반딧불이의 휘황찬란한 향연도
감상할 수 있는 法堂(법당)이다.
2016. 7. 15. 금
불광선원 香聲無盡臺(향성무진대)에서

린포체 스님

Bear Mountain(베어마운틴) 전망대에서
네팔에 계시는 티베트 린포체 스님을 만나다.

베어마운틴 정상 부근 전망대에서
허드슨강과 세븐 레이크 등을 관망하는 맛이 일품이다.
대머리독수리의 비행 또한 압권이다.
그리고 그곳에서 우연히 티베트 고승 린포체와의 만남이 있었다.
네팔 카트만두에 주석하고 있는데 그 또한 처음 미국 방문이시라고 한다.
인자하고 자비스러운 모습으로
격의 없이 우리 일행을 반겨주시고 축원해주신다.
聖(성)스럽다는 건 그런 자연스러움과 사랑일 게다.
2016. 7. 16. 土

노부부

베어 마운틴 가든스(정상)
전망대에서
세상에서 가장 아름다운
부부의 다정한
뒷모습에
감동하다.
2016. 7. 16. 土
강병하 黃ㅊ

노년에 접어들며 함께 어깨동무를 하고
뭔가를 함께 응시하는 뒷모습은
세상에서 가장 아름다운 풍경이 아닐 수 없다.
이곳 전망대 벤치에 앉은 어느 노부부의 뒷모습에서 그것을 실감한다.
살아온 날들보다 가야 할 길이 많지는 않지만
서로 한 방향을 바라보며 함께할 수 있다는 것만으로도
실로 기적이고 행복한 일이 아닐 수 없다.
2016. 7. 16. 土

장엄사

미국 뉴욕 근교의 중국 사찰 莊嚴寺(장엄사) 全景(전경).
뉴욕 근교의 중국 사찰 莊嚴寺(장엄사)에 왔다.
입구의 사자상을 지나 18나한상을 지나
부처님 제자상이 좌우로 도열해 있는 곳을 지나면
4층 목탑을 닮은 본전이 나온다.
아미타여래상을 모신 주존이다.
중국인 부부가 희사한 숲에 10년 넘게 불사를 해 이룩한 곳이다.
중국 절인데도 자연친화적으로 적당한 크기와 아늑함을 갖춘 곳이다.
2016. 7. 16. 土
莊嚴寺(장엄사)에서

보리 스님

장엄사(莊嚴寺)에서
유명한 번역가
Bori (보리) 비구(比丘)
스님을 뵙다.
2016. 7. 16. 土
친견하며.

장엄사에서 우연히 미국 출신으로 동남아 남방불교에 출가한 후
돌아와 영어로 번역과 강연 활동을 하고 계신
비구 보리 스님을 친견할 수 있었다.
수행자다운 기품과 미소가 인상적이다.
마침 오후에 질의응답의 시간을 갖는다고 한다.
2~3년 전 몸이 안 좋아 뵐 수 없었는데
이렇게 건강한 모습으로 뵙게 되어 지중한 인연이 아닌가 생각된다.
삶과 수행의 향기가 저절로 우러나는 그런 이다.
2016. 7. 16. 土

전법

비구 菩提(보리) 스님과 질의응답 시간을 갖는 모습.
장엄사 觀音殿(관음전) 강당에서
오후 1시 비구 보리 스님의 대담 시간이 있었다.
학인 스님들은 가사장삼을 수한 채 평소 궁금하던 것들을 영어로 묻고
보리 스님 또한 영어로 답하신다.
이곳 작은 암자에 주석하시며 이렇듯 신도들을 위해 전법하시며
이렇듯 신도들을 위해 전법하시는 모습이
참 보기에 좋고 자비스럽기만 하다.
이 모든 것은 SNS를 통해 전 세계에 생중계된다고 한다.
'吃飯難(홀반난)' 밥벌이 곧 밥 얻어먹기 힘듦이여,
空飯(공밥)으로 살지 말지어다.
2016. 7. 16. 土
중국 장엄사 관음전에서

허드슨 강가에서

West point 美 육군사관학교
(제로볼칼기)

장엄사에서 돌아오는 길에 작고 아름다운 마을에 잠시 들렀다.
200년 이상 고택과 호텔이 있는 유서 깊은 마을이다.
이곳 선착장에서는 멀리 웨스트포인트 미육군사관학교가 보이고
증기 유람선이 떠다니고 있다. 허드슨 강가에 앉아
이 모든 것을 구경하는 맛이 쏠쏠하기만 하다.
2016. 7. 16. 土

야경

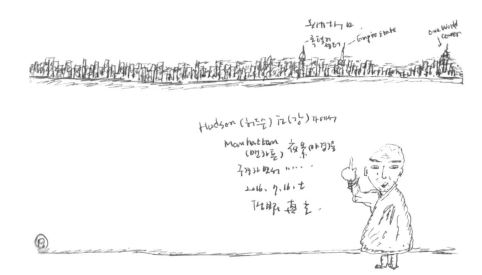

Hudson(허드슨) 江(강)가에서
Manhattan(맨해튼) 夜景(야경)을 구경하면서…….
저녁 공양 후 맨해튼이 바라다보이는 반대편 언덕에 올라
불야성을 이룬 맨해튼의 夜景(야경)을 감상한다.
인간이 이룩한 도시의 야경.
마치 소돔과 고모라를 보는 듯하다.
2016. 7. 16. 土

휘광 스님

20여 년 전 미국에 오셔서 지금의 불광선원을 일군 주지 휘광 스님.
그 원동력은 역시나 기도와 원력이 아닐까 싶다.
목이 안 좋은데도 정성껏 염불이며 축원을 하시는 모습이 참 보기 좋다.
그 외에는 골프에 자동차 운전 등
하고 싶은 걸 하고 마는 자유로운 영혼이시다.
혜민 스님의 은사 스님이기도 하며
조계종 해외 미국 동부교구장이시다.
2016. 7. 18. 日
佛光禪院(불광선원)에서

콩나물밥

불광선원 일요법회 후 콩나물밥 점심 공양하는 모습.
일요법회 후 공양 시간에 콩나물밥에 간장 양념해 맛있게 먹었다.
예전 은사이신 法長(법장) 스님께서 무밥이 드시고 싶다고 한 생각이 나서
이역만리지만 콩나물밥이라도 공양 올리는 마음으로 먹었다.
콩나물밥에 김치며 한국 반찬으로 점심 공양까지 하고 나니
참 행복하다는 생각이 절로 든다.
음식이 寶藥(보약)이다.
2016. 7. 18. 日

월스트리트

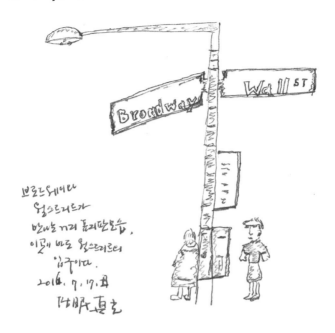

브로드웨이다
월스트리트가
만나는 거리 표지판모습,
이곳이 바로 월스트리트
입구이다.
2016. 7. 17. 日
하영진호

점심 공양 후 가이드랑 맨해튼 구경에 나섰다.
브로드웨이와 월스트리트의 교차점에서 TV에서 손석희 등이
미국 증권가 소식을 전하던 바로 그 앞에 내가 서 있다는 것이
믿기지 않는다. 우리는 지금 세계금융의 중심인
뉴욕 월가와 증권거래소가 있는 곳에 와 있는 것이다.
몇 년 전 월가를 점령하자던 Occupy(오큐파이) 운동이 생각난다.
비록 실패로 끝났지만 正義(정의)로운 경제를 위한 실험은
여전히 현재진행형이다.
"Occupy Wall Street(월스트리트를 점령하라)!"
"Change, Yes, we can(변화, 우린 할 수 있다)!"
2016. 7. 18. 月
Wall Street(월스트리트)에서

브루클린다리

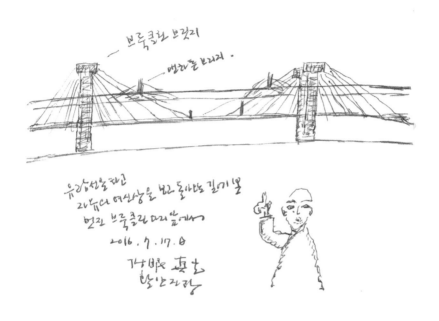

유람선을 타고 자유의 여신상을 본 후 돌아오는 길에 본 브루클린다리.
건설된 지 100년이 훨씬 넘는 현수교로 1km가 넘는 장대한 철교이다.
민영익을 통신사로 한 조선의 신사유람단이 뉴욕에 도착하여
이 다리를 보고 그야말로 경탄해 마지않았다는 바로 그 다리이다.
해 질 녘에 이곳 다리를 건너며
맨해튼과 브루클린의 일몰과 야경을 볼 수 있는 명소이기도 하다.
직접 나도 그 철교를 걷고 싶어진다.
2016. 7. 19. 日

록펠러 빌딩

Rockefeller Center
록펠러센터.

TOP OF THE ROCK

록펠러센터의 상징이 된 사진. 고공철제 위 노동자들의 모습.
록펠러 빌딩의 상징과도 같은 사진 속
Top of the Rock(톱오브더록), 그곳에 갔다.
그곳 85층에서 내려 바라다본 맨해튼의 야경은 실로 압권이 아닐 수 없다.
엠파이어스테이트 빌딩, 원오브월드 센터, 센트럴파크 등이
너무나 멋지게 조망된다. 문득 왕지환의 '등관작루' 중에 나오는
"欲窮千里目 更上一層樓(욕궁천리목 갱상일층루,
천리를 조망코자 할진댄, 다시 한 층 누각을 더 오르거라)"라는
구절이 실감 나는 순간이다.
2016. 7. 19. 土
록펠러빌딩 Top of the Rock(톱오브더록)에서

우음(偶吟)

태국 음식 공양해주신 보살님께 감사의 마음을 담아
선물로 썼으나, 주지 스님이 후원 정수기통 위에 놓으라고 한다.
돌멩이에 쓴 경허 스님의 '偶吟(우음)'이란 詩(시).
어제 태국 음식 공양해준 회장 보살님께 뭔가 보답하려다가
불광선원 경내에서 주운 돌에 네임펜으로
경허 스님의 '偶吟(우음)'을 적었다.
작은 재주라도 있으면 손발이 고생하는 법이다.
그래도 그것이 다른 이의 행복이 될 수 있다면
수행자는 그 노고와 보람을 저버리지 말아야 한다고 생각한다.
그래도 다 써놓고 보니 그럴듯한 게 볼 만하고 뿌듯한 마음이다.
2016. 7. 18. 日
불광선원에서

원불교 뉴욕교당

원불교 뉴욕교당을 방문해
법恩(나온) 교무님과 함께 대담하는 모습.
2016. 7. 18. 月
원불교 뉴욕 교당에서
최미라오.

원불교 뉴욕교당을 방문해 법당에서 悟恩 (오은) 교무님과
담소와 질의응답 시간을 가졌다.
교무님은 뉴욕大 출신으로 UN 본부에서도
NGO 활동이나 종교 평화 운동에 눈부신 성과를 내고 계신다.
원불교의 눈부신 성장과 활동에는 이런 이의 피와 땀이 함께함이라.
삼성가에서 시주한 Won Dharma Center (원다르마센터)도
며칠 후 방문할 생각이다.
점심으로 콩국수를 맛있게 만들어주어 행복한 점심을 함께했다.
2016. 7. 19. 月
원불교 뉴욕교당에서

프로비던스 선원

로드아일랜드州(주) Providence Zen Center(프로비던스 선원) 모습.
崇山行願(숭산행원) 큰스님의 자취가 깃든 프로비던스 젠 센터에 갔다.
한국 신원사에서도 수행한 만행 스님이 주지로 있다.
숭산 스님이 친필로 쓴 7층 탑 형태의 平和塔(평화탑)과
결제 중인 선원이 인상적이다.
무엇보다 숭산 스님이 계시던 조실채를 참배한 것이 인상적이었다.
2016. 7. 18. 月
프로비던스 선원에서

숭산행원 큰스님

프로비던스 선원을 세운, 해외 포교의 산증인이신
崇山行願(숭산행원) 큰스님을 추모하며……
崇山行願(숭산행원).
미국 및 세계에 한국 선을 전한 세계 4대(大) 생불로 추앙 받는 이다.
옛날에 ○潭(원담) 노스님께 보낸 스님의 엽서를 통해 알게 되고
입적할 때도 곁에서 지켜본 인연이 있다.
그런 덕숭산의 큰 어른 스님이 창건하고 주석하시던
프로비던스 선원에 와보게 되어 감개무량하기만 하다.
오직 곧바로 가라(Only Go Straight)!
글귀가 인상적이다.
2016. 7. 19. 火

헨리 데이비드 소로

'Walden(월든)'을 쓴 헨리 데이비드 소로의 모습.
드디어 꼭 한 번 와보고 싶었던 헨리 데이비드 소로의
'Walden(월든)'의 무대인 월든호숫가에 내가 왔노라.
法頂(법정) 스님께서 그의 책에서 소개하며 꼭 한 번 가보라 하던 곳이고,
일정에 없던 것을 일부러 온 것이라 더욱 뜻 깊고 행복하기만 하다.
'월든' 책을 선물한 박물관의 황지욱 양의 보시공덕도 되새겨본다.
월든 호수에서 소로를 기리면서…….
2016. 7. 19. 火

소로의 오두막

소로가 단돈 88달러 들여 손수 만든 통나무 오두막집이
이제는 없어져 입구에 다시 지어놓았다.
최소한의 크기에 벽난로며 가구들, 그리고 농기구 등이 재현되어 있다.
이 작은 호수의 허름한 오두막에서의 2년 2개월의 삶과
그 책으로 인해 수많은 이에게 영감과 영향을 주고
세상을 조금이라도 변화시킨 것이다.
2016. 7. 19. 火

월든 호수

작지만 고요하고 평화로운 Walden(월든) 호수의 모습.
이 작은 호수에 한 남자가 들어와 통나무집을 지은 채 2년 2개월을 살았다.
그것으로 세상이 조금씩 변화했고 좋은 세상을 만들어왔다.
이곳에서 난 頓然(돈연)의 '벽암록'이란 詩(시)가 생각났다.
"늙은이는 밭을 갈았다. 갈지 않으면 먹지 않는 늙은이.
늙은이의 평생은 밭 가는 일. 밭에서 한 발자국도 나가지 않았지만
밭에 얽매인 적이 한 번도 없었다."
마치 헨리 데이비드 소로의 삶은 수행자의 삶과 같다.
2016. 7. 19. 火
월든 호수에서

소로의 묘

공동묘지에서 소로의 묘지를 찾느라 무진 고생을 했다.
급기야 천신만고 끝에 소로의 작은 무덤을 찾아가 참배를 드렸다.
작고 초라하지만 결코 작지 않은 위대한 영혼이 이곳에 잠들어 있는 것이다.
주위에 에머슨이나 호손의 묘지도 있다.
헨리 데이비드 소로, 그 위대한 영혼의 삶과 사상이
새로운 대안으로 우뚝 서기를 기원해본다.
2016. 7. 19. 火
헨리 데이비드 소로 묘지에서

보스턴 덕 투어 버스

강물을
달려가게하는
모터날개

보스턴의 시내는 뉴욕에 비하면 조용하고 화려하지 않으며 정감이 있다.
보스턴 마라톤 Finish(피니시) 지점을 구경하고는 시내로 들어서니
Boston Duck Tour(보스턴 덕 투어) 버스가 이채롭다.
수륙양용의 형태로 뒤에 모터와 스크류가 달려 있다.
서울에도 도입해 한강 유람을 하면 좋을 듯싶다.
2016. 7. 19. 火
Boston(보스턴)에서

풀꽃

프로비던스 선원 뒷마당에 들꽃이 지천으로 피어 만발하다.
그중에 하얀 꽃송이가 한데 모여
우주(Cosmos)를 이루는 듯한 꽃이 눈에 띈다.
'더불어숲'을 이루듯이 하나가 우주가 되는 듯한 꽃이다.
나태주의 '풀꽃'이 생각난다.
"자세히 보아야 예쁘다.
오래 보아야 사랑스럽다.
너도 그렇다."
풀꽃 같은 삶을 살아갈 일이다.
2016. 7. 20. 水

해시계

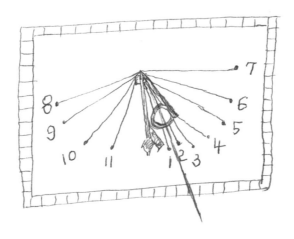

IMS 명상 센터에 있는 해시계의 모습.
프로비던스 선원을 떠나 중간에 중국 식당에서 점심을 먹고
IMS 명상 센터에 도착했다.
본관 옆 벽에 이상한 것을 발견해 자세히 보니 해시계이다.
해가 떠 있는 동안에 그림자를 보고 시간을 알 수 있게 제작되어 있다.
시계를 보니 거의 정확하다.
건물 벽에 해시계를 설치하고 쓰고 있는 것이 신기할 정도이다.
이곳의 해는 명상하듯이 그렇게 유유자적하는 듯하다.
2016. 7. 20. 水
IMS 명상 센터에서

IMS 명상 센터

IMS 명상 센터 본관 모습.

IMS 명상 센터에 학인들을 내려주고 난 뉴욕으로 돌아갈 생각이다.

10년 넘게 看話禪(간화선) 참선 수행한 내가

기초적인 명상을 하고 싶지 않은 자존감 때문이다.

자신의 불교와 수행을 사랑치 않고 다른 것에 경도되는 것은

이 또한 사대(事大)가 아닐까 생각한다.

그래도 세상의 흐름에 맞게 새롭게 변화하는

불교의 수행 또한 간과해서는 아니 될 것이다.

변화를 거부하면 소멸될 뿐이다.

2016. 7. 20. 水

IMS 명상 센터에서

프린스턴대학교

학생회관 가는 곳에 있는 한 게이트(Gate) 건물이다.
게이트 입구에는 항상 많은 관광객과 작은 공연으로 북적댄다.
조카딸내미 진희랑 삼보(보성·보경·보윤)와 함께 이곳을 지나
학생회관에 들렀다가 프린스턴대학 T-셔츠와
공책 등을 진희가 사주었다.
T-셔츠는 내 맘에 꼭 드는 것이 항상 입고 다닐 듯하다.
미국 뉴저지의 프린스턴대학교 근처에는
삼보사(三寶寺 : 보성·보경·보윤)가 있어 진희 부부랑 삼보가 함께 살고 있다.
2016. 7. 21. 木
프린스턴대학에서

원각사

정우(頂宇) 스님이 짓고 있는 圓覺寺(원각사)에 밤늦게 도착했다.
하룻밤 자고 일어나 여명의 대웅전과 약사불좌상 등
도량 곳곳을 돌아보니 실로 대작불사가 아닐 수 없다.
10년째 짓고 있는데 다시 5년에서 10년은 더 걸릴 듯하다.
뉴욕에 한국식 사찰 건축의 진수를 보여줄 수 있으리라 생각된다.
이곳의 모든 불사 건축 자재는 한국에서 배로 가져온 것이다.
대작불사가 낙성될 때의 모습이 자못 기대가 된다.
2016. 7. 25. 月
뉴욕 ○覺寺(원각사)에서

원각사 대웅전

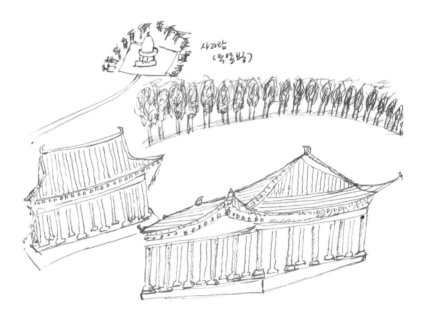

사리탑
(꼭 만들기)

圓覺寺(원각사) 大雄殿(대웅전)의 장엄한 모습.
새벽 여명 무렵, 새로 거의 지어가는 순 한국 사찰 건축의 대웅전을 참배한다.
뉴욕에 순 한국식으로 된 사찰과 대웅전이 들어선다는 것만으로도
가슴 벅찬 감동이 아닐 수 없다. 이 대웅전 자체로 한국 불교의 상징이자
신기원이 되리라 믿어 의심치 않는다.
대웅전 앞에는 남녀 선방이 지어지고
누각과 천왕문, 일주문이 세워질 것이다.
우측으로는 무량수전(납골당)과 청동불이,
뒤편에는 적멸보궁 사리탑이 들어설 예정이다.
조감도대로 되면 뉴욕의 새로운 명물이자
한국 불교의 상징이 되리라 믿는다.
2016. 7. 25. 月

티베트 절

티베트 절 Karma Trivana Dharmacakra(카르마 트리바나 다르마차크라)의 모습.
주지 스님과 함께 Woodstock(우드스톡) 록 페스티벌 장소를 지나
산 위의 티베트 절을 방문했다.
미국의 샤카파(薩迦派) 절로 우리에게도 익숙한 린포체가 주도한 곳이다.
건물 위의 티베트 불교 상징물과 건물의 모습이 완전히 티베트식이다.
법당에 참배한 후 입구에서 기다리다 정우 스님과 전화 통화도 하고
이곳에서 또 다른 린포체 스님도 친견하는 소중한 인연을 만났다.
미국 불교는 거의 티베트 불교가 주류인데,
그 힘을 느낄 수 있었음은 물론이다.
2016. 7. 25. 月
티베트 절에서

대들보

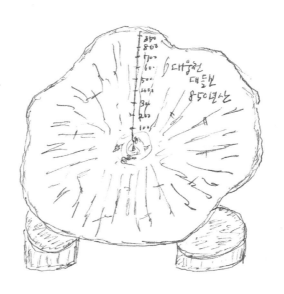

뉴욕 원각사 대웅전에는 850년산 캐나다 원목이
대들보로 4개나 상량되어 있다.
850년을 산 목재로 대웅전을 상량했으니
이후 다시 850년을 더 갈 수 있기를 기원해본다.
그가 처음 자랄 적에 이렇듯 850년 후
한국 절의 대들보가 될 것을 알았을까 생각해본다.
그리고 그동안 수많은 세월을 어찌 보냈을지,
또한 앞으로 무엇을 보게 될지 자못 궁금하기만 하다.
2016. 7. 28. 火
원각사에서

블루클리프 명상 센터

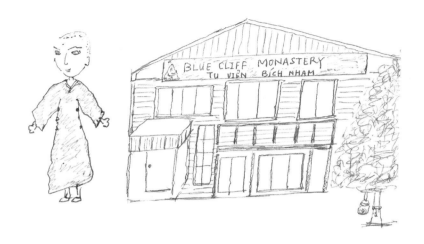

베트남 틱낫한 스님이 하는 Blue Cliff(블루클리프) 명상 센터의 모습.
틱낫한 스님 계열의 블루클리프 명상 센터에 갔다.
티베트 절과 더불어 베트남 절과 명상 센터가 미국에서 인기가 있는 듯하다.
평일 프로그램에 100여 명이 돈을 내고 참석을 했다.
짐 정리 후 오후 산책을 하고는
이곳 건물 1F 식당에서 맛있게 저녁식사를 했다.
본격적인 수행은 저녁 7시 오리엔테이션을 시작으로 열릴 예정이다.

미국인 베트남 스님이 유창한 영어로 안내와 노래를 가르쳐준다.
오리엔테이션에서 그녀의 활약이 두드러진다.
또한 남녀 스님네가 기타나 피아노를 치면서
관음예찬의 찬불가 노래를 함께 들려주는 것이 인상적이었다.
2016. 7. 27. 水
Blue Cliff 명상 센터 오리엔테이션에서

네 분의 부처님

베트남 명상 센터 잔디밭 중앙에 자작나무 작은 숲 근처
네 분 부처님 좌불의 모습이 인상적이다.
초전법륜인 듯한데 아무리 찾아보아도
오직 네 분뿐이다.
자작나무도 한 분의 부처님이신지도 모를 일이다.
"일천의 눈송이마다 일천의 눈동자여, 송이송이마다 일천의 부처님"이란
시를 읊조려본다.
2016. 7. 28. 木

블루클리프 명상 센터 본관

오리엔테이션과 명상 수련이 이루어지는
Blue Cliff(블루클리프) 명상 센터의 본관 건물이다.
연꽃이 핀 연못 뒤에 능히 1천 명을 동시 수용 가능한 본관이 자리한다.
가운데 상징 문양에 좌우로 베트남어 주련이 걸려 있고
내부는 작은 석불만 있을 뿐 간결하고 심플하며 모던하다.
방석 외에도 의자까지 놓을 수 있다.
그야말로 미국식으로 변화된 모습인데 자못 인상적이 아닐 수 없다.
2016. 7. 28. 木

벽암록 59

후원이 있는 안내소 건물 앞 나무 아래에서
Smile(스마일)이라 쓰여진 하얀 돌을 발견했다.
별것 아니지만 기념이 될 듯해
한국에 가져가기로 마음먹고 위치 이동을 했다.
그러고는 정성스레 돈연 스님의 시 '벽암록 59'를 적었다.
월든 호숫가에서 소로처럼, 원각사의 지광 스님처럼
그렇게 밭 가는 늙은이로 살아가고픈
내 마음의 표현이리라.
2016. 7. 29. 金
Blue Cliff(블루클리프) 명상 센터에서

선련사

맨해튼의 한국 절, 5층짜리 禪蓮寺(선련사) 건물 모습.
블루 클리프 명상 센터를 떠나 대만 절 한 곳을 본 후
Costco(코스트코)에서 쇼핑을 하고는 맨해튼의 '禪蓮寺(선련사)'에 들어왔다.
이곳에서 출국하기 전까지 6박 7일을 머물 예정이다.
5F짜리 건물로 삼우 스님이란 분이 현지인을 대상으로 선을 가르치고 있다.
짐 정리 후 근처 멕시코 식당에서 저녁을 먹고는 선련사로 들어갔다.
에어컨을 안 틀어주어서 그야말로 찜통이다.
2016. 7. 29. 金
禪蓮寺(선련사)에서

이상한 나라의 앨리스

이상한 나라의 앨리스를 형상화한 조형물이
센트럴 파크 내에 있다.
많은 어른과 아이들이 이곳에 와서 동심에 물들곤 한다.
어떤 이가 자기 딸을 위해 만들어 기증한 것으로
바닥 동판에는 딸에게 들려주던 시가 새겨져 있다.
"어디로 갈지 모를 때는, 그냥 가라(Just Go)!"
이 책에서 이 말을 보고 감동한 내게도
특별한 장소가 아닐 수 없다.
2016. 7. 30. 土

미국자연사박물관

American Museum of Natural History(미국자연사박물관) 全景(전경).
헬렌 켈러가 '사흘만 볼 수 있다면'에서
그토록 보고 싶어 했던 미국자연사박물관에 왔다.
4F 공룡 전시관은 그야말로 압권이 아닐 수 없다.
그 외 동물관과 인디언 생활관 등 수많은 볼거리가 있는 곳이다.
이곳에서 태환, 영선, 그리고 환희의 공룡 옷을 선물로 구입하고
3시간가량 박물관 구경을 했다.
인간과 자연의 역사를 볼 수 있는 곳이다.
2016. 7. 30. 土
자연사박물관에서

공룡 전시관

자연사박물관의 '白眉(백미)'는 누가 뭐래도 4F의 공룡 전시관이다.
그야말로 상상초월, 무한감동, 어마어마한 공룡의 세상이 펼쳐진다.
공룡을 너무 좋아하는 태환, 영선이에게도
꼭 한 번 구경시켜주고픈 곳이기도 하다.
동심으로 돌아가 원 없이 실컷 맘껏 구경을 했다.
무엇을 상상하든 그 이상을 경험하게 되는 곳이다.
2016. 7. 31. 土

메트로폴리탄 미술관

METROPOLITAN(메트로폴리탄) 미술관 全景(전경).

헬렌 켈러의 '사흘만 볼 수 있다면' 에세이에서

그토록 보고 싶어 했던 메트로폴리탄 미술관이다.

세계 4대 미술관으로 모두 보는 데는 일주일도 모자랄 정도라고 한다.

8월 2일 학인들과 함께 관람할 예정이라

그냥 오늘은 미술관 앞에서 잠시 휴식하다가 그냥 지나쳤다.

그날이 오면 원 없이 둘러보며 만끽할 생각이다.

2016. 7. 30. 土

메트로폴리탄 미술관에서

뉴욕공립도서관

뉴욕공립도서관 全景(전경).

오늘은 5번가를 따라 쇼핑가를 구경하며 걷는다.

록펠러 센터와 엠파이어스테이트 빌딩을 거쳐 뉴욕공립도서관에 닿았다.

주말이라 문을 열지 않아 도서관 앞

탁자와 의자가 놓인 곳에 앉아 휴식과 명상에 잠긴다.

도서관 뒤편은 Bryant Park(브리얀트 파크)로

뉴욕 시민이 사랑하는 휴식 공간이다.

무엇보다 시민을 위한 탁자나 의자를 시에서 제공하고 있는 것이다.

뉴요커라서 행복하다는 표정들이다.

2016. 7. 31. 日

뉴욕공립도서관에서

엠파이어스테이트 빌딩

한때 세계 최고(높이 381m 112층) 높은 건물이었던,
뉴욕의 상징 Empire State Building(엠파이어스테이트 빌딩).
영화 '킹콩'으로도 유명한 곳이고 이곳에서의 야경 조망도 압권이다.
중국 관광객들이 입구에 장사진을 치고 시끄럽게 떠들어댄다.
엠파이어스테이트 빌딩에 내가 이렇게 와 섰노라.
2016. 7. 31. 日
Empire State 빌딩에서

플랫아이언 빌딩과 워싱턴 게이트

Washington Arch (워싱턴 아치) 의 모습

Flatiron Building
(플랫아이언 빌딩)

다리미를 닮은 '플랫아이언' 빌딩은 독특한 건물로 사랑받는 곳이다.
그곳을 지나면 조지 워싱턴 초대 대통령을 기념하는
워싱턴 게이트가 보인다.
정면 좌우에 워싱턴의 모습이 부조되어 있다.
그 뒤는 워싱턴 스퀘어 공원이 자리하고 있다.
그 주위로는 명문 뉴욕대학교의 건물들이 있다.
2016. 7. 31. 日

메디슨 스퀘어 가든

Medison Square Garden
(메디슨 스퀘어 가든)

스포츠와 공연이 자주 벌어지는 메디슨 스퀘어 가든의 모습.
소녀시대의 공연도 이곳에서 있었다.
누구나 한 번쯤 공연을 하려는 곳이기도 하다.
지금은 농구 경기가 열리고 있다.
문학 작품 등에도 자주 등장하는 곳이기도 하다.
2016. 7. 31. 月

타임 스퀘어

Times Square(타임 스퀘어). 1904년 뉴욕타임스 본사가
이곳으로 이전하며 '타임 스퀘어'란 이름이 붙었다.
코카콜라, 삼성, LG, 애플 등의 광고가 방송되고 있다.
이곳은 12월 31일 밤 새해를 시작하는 카운트다운 장소로도 유명하다.

세계에서 가장 번화가이며
가장 비싼 광고료로 유명한 타임 스퀘어 광장.
삼성, 현대, LG 등의 우리 광고도 곳곳에 보인다.
항상 수많은 인파로 붐비는 뉴욕의 상징과도 같은 곳이다.
근처에 뉴욕타임스 본사 건물이 있고
브로드웨이 뮤지컬 공연장들이 자리한다.
2016. 7. 31. 月

한마음선원 뉴욕지원 대웅전

한마음선원 뉴욕지원에서 10년의 노력 끝에 세운
108평 순 한국식 법당이 웅장하게 자리 잡고 있다.
퀸스플로잉 지역의 명물이 되고 있는 셈이다.
뉴욕에 이토록 장엄한 법당을 세운
그들의 신심과 원력에 박수를 보내고 싶다.
지하에는 공연장과 종무소, 화장실 등이 자리하고 있다.
2016. 8. 1. 月

메트로폴리탄 미술관에서

메트로폴리탄 미술관에서 길을 잃다.

일본·중국관에도 국보급 유물이 즐비해 2시간여를 정신없이 보았다.

역시 세계 제국의 위용과 문화적 힘을 느끼지 않을 수 없다.

정작 피카소, 고흐, 마네, 모네, 세잔 등의 회화를 볼 시간이 부족할 지경이다.

5시간여를 돌아본 후 다리가 너무 아파 나가려는데

도저히 길을 찾을 수 없을 지경이다.

거대한 그림에 갇힌 듯한 느낌이다.

2016. 8. 2. 火

메트로폴리탄 미술관에서

발토 동상

Balto(발토) 동상.
1925년 알래스카에 디프테리아가 돌았을 때
혹한을 뚫고 항혈청을 운반했던 마지막 썰매견들의 리더로
그로 인해 많은 이가 생명을 구했다.

센트럴파크 순례에서 찾아보지 못한 발토(Balto) 동상을 드디어 찾았다.
수많은 생명을 구한 썰매견 발토는
많은 관광객이 찾아가 사진 촬영을 하는 명소이다.
개보다는 의미 있는 삶을 살아야 하지 않을까 생각해본다.
2016. 8. 2. 火

볼리바르 광장

SIMON BOLIVAR
시몬 볼리바르

JOSE DE SAN MARTIN
호세 데 산 마르틴

JOSE Marti
호세 마르티

센트럴파크 입구 근처의 중남미 혁명 영웅의 동상이 있는 볼리바르 광장.
쿠바 독립 영웅인 호세 마르티,
남미 독립 영웅인 산 마르틴과 시몬 볼리바르.
미국의 심장부에 독립 영웅의 기마상이
존재한다는 사실은 많은 것을 암시한다.
다양성에 대한 존중과 독립 영웅에 대한 경외를 느낄 수 있다.
2016. 8. 2. 火

Love

Robert Indiana(로버트 인디애나)의 'Love(사랑)' 조형물.
이 작품은 뉴욕 외에 필라델피아와 라스베이거스, 도쿄 등에도 설치되었다.

로버트 인디애나의 'Love'라는 유명한 작품이 52번가에 조성되어 있다.
언어를 통한 예술 작품으로의 승화를 볼 수 있다.
그런 까닭에 많은 연인들은 이곳에 와서
서로의 사랑을 확인하고 영원한 사랑을 다짐하곤 한다.
'사랑'만이 사람과 세상을 아름답고 살 만한 곳으로
변화시켜준다고 믿어 의심치 않는다.
사랑하라! 그러기 위해 투쟁하고 세상을 변화시켜라.
2016. 8. 2. 火

거리의 비너스

짐 다인(Jim Dine)의 '애비뉴를 바라보며(Looking Toward the Avenue)'라는
작품이다. 《뉴욕타임스》가 '거리의 비너스'라고 극찬한 작품이다.
밀로의 비너스를 현대화한 것인데 좌측에 2기, 우측에 1기가 설치되어 있다.
작은 연못 가운데 비너스의 탄생과 같은 작품이 자리한다.
신이 아닌 상처 받은 우리를 표현한 듯하다.
2016. 8. 2. 火

자유로운 영혼

어떤 흑인 청년이 자전거를 타고 가는데
뒷자리에 스피커를 달고 Bob Marley(밥 말리)의 음악을 크게 틀고 다닌다.
누가 뭐라 하든 자기가 좋아하는 것을 자유롭게 하는 모습이 보기 좋다.
자유로운 영혼 중의 하나가 아닌가 싶다.
밥 말리 음악을 좋아하는 나로서도
잠시 밥 말리의 음악과 혁명에 대해 생각해본다.
2016. 8. 2. 火

켄타우로스 동상

컬럼비아대학 구내에 있는 半人半馬(반인반마)의 켄타우로스 동상이다.

동상의 발이 말굽으로 되어 있다.

비스듬히 누운 채 피리를 부는 모습이 고혹적이기까지 하다.

누구를 사랑해 유혹하려는 걸까?

귀의 모양이 이채롭다.

이 동상 앞에 선 나는 자유로운 상상의 나래를 펼쳐본다.

컬럼비아대학을 생각하면 이 동상이 기억날 듯하다.

참 컬럼비아대학에서 독일철학을 전공한,

박웅현 선생의 외동딸 연이가 가이드를 해주었다.

2016. 8. 3. 水

모자

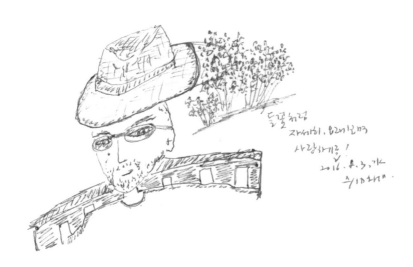

올 때부터 모자 하나 구입하려 했으나 못 했는데
드디어 뉴욕공립도서관에서 밀짚모자를 하나 구입했다.
US 10$를 주고 샀는데 딱 내 것이다 싶게 어울려서 기분이 참 좋다.
선글라스까지 끼고 나니 제법 폼이 난다.
나의 모자 사랑은 끝이 없다.
모자 하나로 온 세상을 얻은 듯한 그런 기분이다.
마치 내가 드디어 뉴요커가 된 그런 느낌이다.
뉴욕도서관 앞 카페에서 폼 나게 차 한잔을 즐긴다.
2016. 8. 3. 水

간식거리

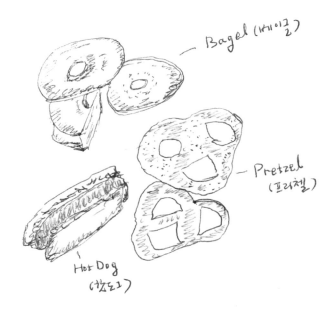

Bagel (베이글)

Pretzel (프레첼)

Hot Dog (핫도그)

뉴요커들이 사랑하는 간식거리다.

길거리에서도 쉽게 사 먹을 수 있다.

아침에는 베이글을, 점심에는 프리첼이나 핫도그로 식사를 하곤 한다.

커피와 함께라면 더할 나위 없이 맛있고 행복한 기분이 든다.

그 나라 사람들이 즐겨 먹는 음식에는

그 사람들의 문화가 숨쉬고 있음을 알겠노라.

2016. 8. 3. 水

지하철 교통 카드

뉴욕 지하철(Subway)의 교통 카드.
진희 조카딸이 전번 시나이산 병원에서 만났을 때 사준
뉴욕 지하철 승차 카드이다.
US 10$짜리인데 3~4번 다닐 수 있다.
지하철 한 번에 3,000원 가까이 낸다.
뉴욕 지하철은 실내에만 냉방이 되고 역사는 찜통인 데다
철로 등에 쥐까지 다니는 등 의외로 불결하다는 느낌이다.
우리나라 같으면 난리가 났을 텐데 신기하기도 하고 이상하기도 하다.
2016. 8. 3. 水

원 월드 트레이드 센터

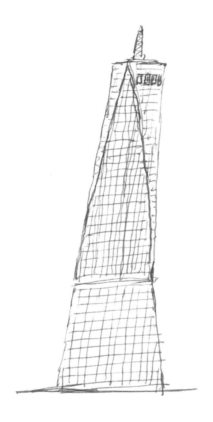

One World Trade Center(원 월드 트레이드 센터) 건물의 웅대한 모습.
미국 독립선언의 해를 기념해 1776피트(541m) 높이이다.
맨해튼의 새로운 상징으로 자리 잡아가고 있다.
2016. 8. 3. 水

할렘

Harlem(할렘) 지역의 모습.

Harlem(할렘). 흑인들이 거주하는 우범지대였던 이곳은

시가 나서서 아파트로 이주시키면서 정리되었다고 한다.

그러나 할렘은 그 나름의 '저항과 소울'이 있는 것이리라.

Soul(소울 ; 영혼), 그 자유와 혁명을 상징하는 것을 할렘에서 되새겨본다.

2Pac(투팍)의 'Change(변화)'를, 그 마지막 獨白(독백)을 해본다.

"Somethings will never change.(어떤 것은 결코 변하지 않는다.)"

그러나 변하지 않는 것은 없다.

歲月(세월)이 해결해줄 것이다.

2016. 8. 3. 水

부처님 인형

선련사 1F 로비 판매대에서 팔고 있는 미국 부처님 상품.
왠지 친근하고 포근한 인상의 부처님인지라 마음에 든다.
한 분 모셔다 봉안하고 싶지만 쉽지가 않다.
미주나 유럽에서 불교의 유입과 발전, 향후 어떻게 될지 궁금해진다.
부처를 모시거나 경배하기보다
내가 부처가 되는 것이 훨씬 나은 일이 아닐까?!
2016. 8. 4. 木

터닝포인트

3주간의 국제불교문화사업학과 미국 연수를 마치고 한국에 귀국하다.
아, 幸福(행복)한 나날이여!

다시 한국으로 돌아왔다.
새벽 4시. 인천공항에 도착해 입국장을 나선다.
이번 여행은 내 삶의 중요한 터닝포인트가 되리라 믿어 의심치 않는다.
다시 여행가의 마음과 자세를 회복한 것도 의미가 있다 하겠다.
실로 의미 있고 소중한, 행복한 여행이었다.
2016. 8. 6. 土
인천공항 입국장에서

2016년
기본선원과 함께
중국선종사찰을 가다

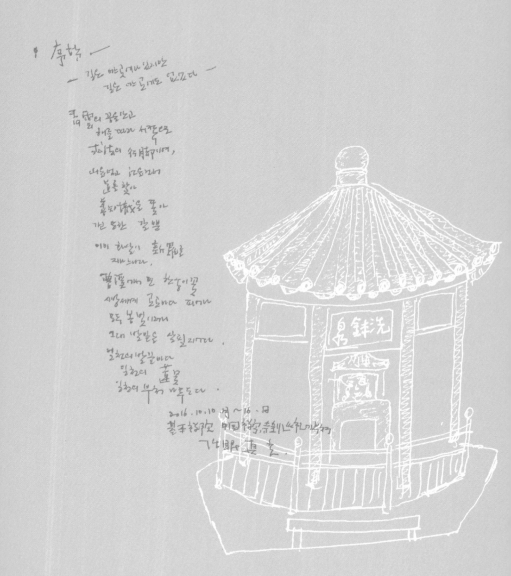

,序詩

— 길은 어느 곳에나 있지만 길은 어느 곳에도 없었다 —

靑雲(청운)의 꿈을 안고 해를 따라 서쪽으로
求法(구법))의 行脚(행각)이여,
山(산)을 넘고 江(강)을 건너
道(도)를 찾아
善知識(선지식)을 쫓아 가고 또한 갈 뿐,
이미 화살이 新羅(신라)를 지나느니라.
曹溪(조계)에서 핀 한 송이 꽃
시방 세계 곳곳마다 피어나
모두 봄빛이러니
그대 발밑을 살필지어다.
일천의 발끝마다
일천의 蓮(연)꽃
일천의 부처 나투도다.
2016. 10. 10. 月 ~16. 日
基本禪院(기본선원) 中國禪宗寺刹巡禮(중국선종사찰순례)에 부쳐

광효사 현판

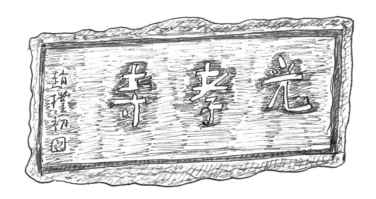

인종 법사가 보살계 법회를 할 때 육조혜능이
風幡(풍번) 법문으로 인해 축발함으로써
曹溪禪門(조계선문)을 개창하게 되는 유서 깊은 光孝寺(광효사) 현판.
조박초 선생의 글씨이다.
드디어 역사적인 광효사에 내가 와 섰노라.
육조혜능 선사처럼 진정한 발심과 깨달음의 출가는 언제련고?
2016. 10. 10. 月

목어와 운판

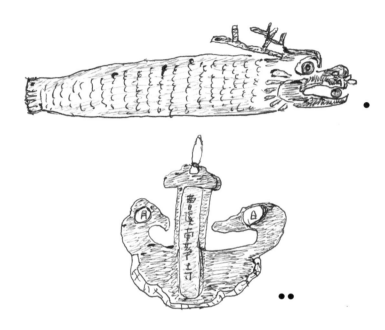

•

남화선사 공양간 앞 五観堂(오관당)에 걸려 있는 木魚(목어).
항상 깨어 있는 정신과 눈동자로 수행정진하기를 바라는 마음이다.

••

조계 남화선사 五観堂(오관당)에 걸려 있는 공양운집용 운판(雲板)의 모습.
하늘을 나는 저 새도 點心(점심) 함께 하소!
나무 고기와 하늘 새가 모두 나와 함께 점심 공양 중이다.
2016. 10. 11. 火

육조 혜능 선사

남화선사 祖堂(조당) 맞은편 석각에 있는
六祖 慧能(육조 혜능) 선사 眞影(진영) 모습.
육조 혜능은 중국 선불교의 실질적인 비조(鼻祖)이다.
남방의 이름 없는 나무꾼에서 선의 육조가 되기까지의
드라마틱한 삶은 그야말로 기적이고 전설이다.
우리 대한불교조계종은 그가 머문 조계(曹溪)에서 연유하니
그의 진리의 문손인 셈이다.
무릇 대장부의 삶이 다만 이러해야 하지 않을까 생각한다.
그의 문하에서 하루를 살 수만 있다면,
단 한 번 문답을 할 수가 있다면 목숨도 내놓을 수 있으리라.
2016. 10. 11. 火

봉거교

洞山良价(동산양개) 선사의 유명한 선시 '逢渠頌(봉거송)'이
지어진 '逢渠橋(봉거교)'의 모습.
지금 나는 나인가? 혹은 너인가? 자문해본다.
이 다리를 지나노니 교류수불류(橋流水不流),
다리는 흐르고 물은 흐르지 않는다.
이게 대체 무슨 도리인고?
2016. 10. 12. 水

사리탑

斷際, 運祖塔
(단제운조탑)

·

황벽선사(黃檗禪寺) 근처의 황벽희운 선사 사리탑.
시호인 단제(斷際)와 희운(希運)이란 법호도 보인다.

··

菩提禪師(보리선사)의 洞山良价(동산양개) 스님 사리탑.
이곳이 바로 조동종(曹洞宗)의 조정(朝庭)인 것이다.
2016. 10. 12. 水

백장사 선실

백장사(百丈寺) 선실이나 회랑에
좌우로 걸려 있는 글귀가 인상적이다.
照顧話頭(조고화두).
항상 화두를 살펴라!
念佛是誰(염불시수).
염불하는 이가 누구인고?
선(禪)과 정토(淨土)가 함께함을 상징하는 문구이다.
염불하여 정토에 왕생함과 참선해 깨닫는 것이
둘이 아님을 비로소 알 것만 같다.
2016. 10. 13. 木
백장사 선실에서

야호암

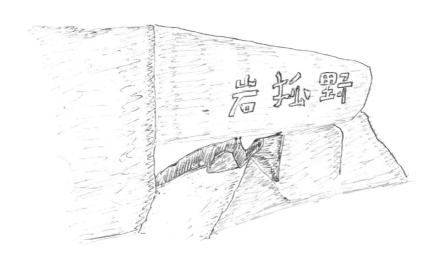

백장 스님의 여우와의 인연으로 탄생한 百丈野狐(백장야호).
화두가 탄생한 野狐巖(야호암)의 모습.
不落因果(불락인과) 不昧因果(불매인과).
"인과에 떨어지지 않는다 / 인과에 매이지 않는다."
이처럼 한 글자에 오백 생 여우의 몸을 받기도 하고 해탈하기도 하니
실로 무서운 일이 아닐 수 없다.
莫錯去(막착거).
그르쳐 가지 말지어다.
늙은 여우가 바로 나 자신인지도 모를 일이다.
언제가 인과에 매이지 않을 때인고?
2016. 10. 13. 木
野狐巖(야호암)에서

보봉선사 현판

마조도량(馬祖道場) 寶峰禪師(보봉선사)의 현판 중에는
유명 인사의 글씨가 많다.
그중 '천왕문'을 쓴 배휴와 '조당'을 쓴 소동파의 현판.
그야말로 명불허전(名不虛傳)인지라 이름도 헛되이 전하지 않음이로다.
그것은 배휴와 소동파가 이름난 선비이기 이전에
깨달은 경지의 거사(居士)이기 때문일 게다.
글은 그 사람의 삶과 수행을 드러내기 때문이다.
2016. 10. 13. 木

대적선사 사리탑

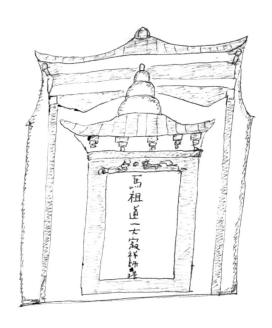

寶峰禪寺(보봉선사)의 馬祖道一(마조도일) 大寂禪師(대적선사) 사리탑 모습.
사리탑 위에 전각을 세운 모습이 특이하다.
마조도일 선사는 반야다라 존자라
"훗날 말 한 마리가 나서 천하를 짓밟으리라"라고 예언한 위대한 선승이다.
나말여초의 도의 국사를 비롯하여 구산선문의 조사들이
모두 그와 그의 제자에게 법을 얻어온 것이 어찌 우연이리오.
마조가 한때 정중무상 선사 문하에서 법을 얻은 것
또한 지중한 인연일 것이다.
2016. 10. 13. 木

바람과 깃발

바람에 흔들리는 깃발을 들고 두 스님의 논쟁이 벌어졌다.
"바람이 움직이는 거다!"
"아니다, 깃발이 움직이는 거다!"
이때 육조 혜능이 일갈했다.
"바람도 깃발도 움직이지 않는다. 오직 네 마음이 움직이는 거다!"
이곳이 바로 그 유명한 '풍번문답(風幡問答)'이 있었던 광효사인 것이다.
그가 오랜 야인 생활을 접고 축발하여
육조 혜능으로 탄생하는 역사적 순간의 무대인 것이다.
2016. 10. 10. 月
广州(광주) 光孝寺(광효사)에서

예발탑

光孝寺(광효사) 대웅보전 뒤편의 육조 혜능 대사 축발
머리카락 묻은 곳에 세운 瘞髮塔(예발탑).
사명대사에게 "스님은 왜 수염을 기르시느냐?"라고 묻자,
"머리카락을 자르는 것은 진토 세상을 등지기 위함이며,
수염을 기르는 것은 장부임을 표함이라(削髮逃塵世 髮鬚表丈夫)"라고
대답했다고 한다.
수행자는 다만 이러할 따름이다.
2016. 10. 10. 月

세발천

달마 대사가 발우를 씻었다는 전설이 깃든 洗鉢泉(세발천)의 모습.
뒤편 유리벽에 달마의 그림자가 보인다고 한다.
중국인은 조금은 허황하고 허풍이 센 편이다.
그럼에도 불구하고 눈으로 보여주는 스토리텔링은 대단하다는 느낌이다.
달마 대사가 발우를 씻었는지는 알 수 없지만
믿고 싶은 자는 믿기 마련이다.
그리고 그 믿음이 깨달음으로 이어지기도 하는 것이다.
모두들 점심을 먹었으면 발우를 씻기 바란다.
2016. 10. 10. 月
光孝寺(광효사)에서

육용사

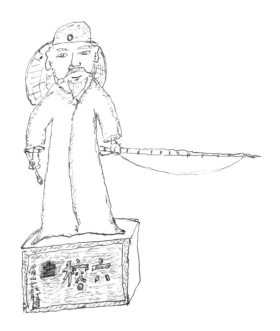

六榕寺(육용사)의 현판 글씨는 眉山(미산) 蘇軾(소식) 소동파의 글씨이다.

아마도 유배 와 쓴 글씨인 듯하다.

소동파의 석상 아래 六榕(육용) 두 글씨가 쓰여 있다.

경내에 6그루의 榕樹(용나무)가 있어 六榕寺(육용사)라 하였다.

산은 고승(高僧)이 있어야 비로소 명산(名山)이 되고,

절은 때론 문장가나 군왕으로 인해 이름난 절이 되는 법이다.

소동파와 동시대에 함께 살 수만 있다면 정말 행복했으리라.

2010. 10. 10. 月

六榕寺(육용사)에서

남화선사 산문

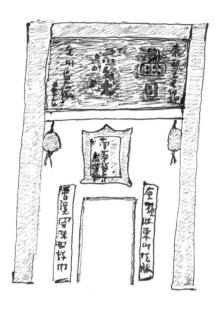

曹溪(조계) 南華禪寺(남화선사) 山門(산문)의 모습.
아, 이곳 조계(曹溪)여, 중국과 한국 선불교의 시원(始原)이자
조정(朝庭)과 같은 곳이다.
대한불교조계종의 종명(宗名) 또한 이곳 남화선사의
작은 시냇물인 조계(曹溪)와 육조 혜능에게서 유래한다 할 것이다.
이에 후학인 우리 모두는 수희찬탄하며 구배(九拜)를 올립니다.
2016. 10. 11. 火
조계 남화선사 산문에서

등신불

祖堂(조당)에 모셔져 있는 육조 혜능 선사 진신(眞身) 등신불(等身佛)의 모습.
김동리의 소설 '등신불'에서 보듯이, 등신불이란 생전 모습으로 만든 것이다.
그만큼 육조 혜능 선사가 선불교에서 차지하는 위치는
독보적이라 할 수가 있다.
모두가 그를 종조(宗祖)로 삼기 때문이다.
그가 행한 법문을 '육조단경' 혹은 '법보단경'이라고 명명한 것도
부처님의 말씀과 같다고 여기기 때문이다.
2016. 10. 11. 火

성지순례 모자

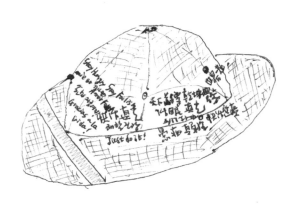

성지순례 때마다 한 글자씩 그려 넣어
역사가 된 내 여행용 모자의 휘황찬란한 모습.
이 모자가 이미 내 상징이자 역사가 되었다.
지금도 항상 쓰고 다니고 있다.
2016. 10. 12. 水

호사다마라고 그림 그린 다음 날에 百丈寺(백장사) 갔다가 잃어버렸다.
인연이 다 되었다 생각할밖에⋯⋯.
백장 스님을 흉내 내 밭에서 똥지게를 지고 일을 하고는
그대로 그곳에 두고 와버렸다.
그곳 어느 스님이 쓰고 다닐지도 모를 일이다.

열반 화상

백장선사 뒷산 野狐巖(야호암) 근처에 있는 돌 무덤.
巫氏(무씨) 성의 덕인(德仁)인지 무상인지는 알 수 없다.
이름 없는 이의 무덤이 이곳에 있는 걸로 봐서는
이 또한 다생의 공덕이 아닐까 생각한다.

신라 涅槃(열반) 화상은 百丈(백장) 스님을 흠모해
이곳 백장사까지 구법을 왔으나 스님이 천화하셨다는 말을 듣고는
대웅산에 올라 바위 위에서 투신해 입적하셨다.
대중이 달려가 보니 스님은 좌선 자세로 좌탈입망하시어
모셔다 다비를 올리고는 그가 떨어진 바위를
大義石(대의석)이라 칭하고 그를 기렸다고 한다.
그의 구법 구도열에 후학으로 이를 기록하고 추모한다.
2016. 10. 13. 木

방장 글씨

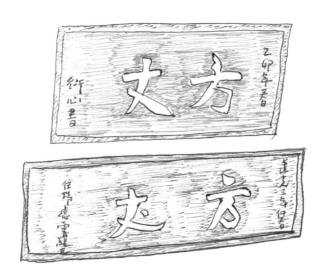

보봉선사(寶峰禪寺)에 있는 두 가지 형태의 方丈(방장) 글씨.
원래 '방장'은 유마 거사의 방이 사방 일 촌(一寸)이었다 하여 유래한 말이다.
뒤에 한 산중의 최고 어른을 가리키는 말이 되었다.
보통 총림의 가장 큰 어른을 '방장'이라 하고,
그분의 거처를 또한 '방장'이라 한다.
그 작은 방에 온 우주가 깃들어 있음이라.
2016. 10. 13. 木

환영회

백장사 방장은 1966년생 쉰한 살이다.
허운 스님 상좌로 조금은 권위적이다.
우리 기본선원 유나 永眞(영진) 스님과
백장불학원 접견실에서 환영회를 갖다.
중국에는 문화대혁명의 영향으로 방장이 보통 40~50대가 많다.
주지는 30~40대도 부지기수이다.
우리 영진 스님이라면 방장 할아버지도 할 수가 있으리라.
2016. 10. 13. 木

허운 대화상

근대 중국불교의 선불교 중흥조인
虛雲大和尙(허운 대화상)의 110여 세 때 모습.
65세에 견성하여 120세까지 선농일치의 삶과 수행을 한
육조보살과 같은 분이시다.
마치 경허 대선사를 뵙는 듯하다.
그의 삶과 수행은 영원히 수행자의 師表(사표)가 될 것이다.
2016. 10. 13. 木
虛雲記念館(허운기념관)에서

백장선사 사관(死關)

백장선사의 폐관(閉關)은 3년간이며, 3회 9년까지 할 수 있다고 한다.
생사를 건 싸움, 죽음을 각오한
치열한 구도열이 펼쳐지는 死關(사관)의 모습.
나도 그렇게 치열하게 살아보고 싶다.
이곳에서 죽거나 혹은 깨치거나 일생일대의 한판 승부를 하여야 한다.
이곳에서 죽을지언정 살아서 걸어 나오지 않겠노라
대서원을 발하고 진검승부를 해볼 일이다.
그렇게 태어나지 않은 셈치고 죽기 살기로 화두와 씨름하여
10년을 용맹정진하고 싶다.
그래도 깨치지 못한다면 차라리 죽는 게 나으리라.
2016. 10. 13. 木

백장선사 현판

백장선사 입구 왼편에 있는
중국불교 중흥조인 虛雲(허운) 화상의 虛公塔院(허공탑원)과
그 안에 있는 해회염(海會塩) 현판.
문득 교육원 院訓(원훈)인 '文山會海(문산회해)'가 생각난다.
'문건은 산처럼 많고 회의는 바다처럼 많다'는 뜻이다.
그 이야기를 하면 현응 교육원장 스님은 부드럽게 '문구회소(文丘會沼)'
— 문건은 언덕 같고 회의는 연못 같다 — 라고 바꾸라고 한다.
어림 반 푼어치도 없는 말이다.
차라리 목 놓아 문건과 회의는 사절한다는
'문회사절(文會謝絶)'이라고 해야 할 것이다.
2016. 10. 13. 木

법랑 스님

四祖(사조) 道信(도신) 스님의 會下(회하)에서
수행한 신라 스님 法郎(법랑) 스님.
어쩌면 海東(해동) 최초의 禪客(선객)이 아닐까 생각한다.
최초가 최고가 되는 길.
그 길을 향해 나아갈지라.
2016. 10. 14. 金
四祖寺(사조사)에서

민농

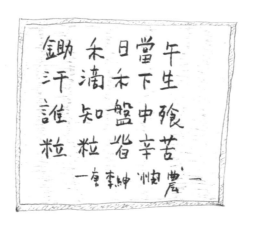

鋤禾日當午
汗滴禾下生
誰知盤中飧
粒粒皆辛苦
一 唐 李紳 '憫農'一

벼를 심는데 한낮이라
땀방울이 벼 위에 떨어진다.
누가 알리요. 소반 위의 밥이
알알이 모두가 농민의 피땀인 것을!
— 당(唐)나라 이신(李紳)의 詩 '憫農(민농)' —

五祖寺(오조사) 공양간에서 素食(소식)으로 點心(점심) 공양을 했다.
공양간 앞의 시구가 자못 인상적이다.
이런 마음으로 수행을 하여야 하리라.
2016. 10. 14. 金
黃梅山下(황매산하) 五祖寺(오조사)에서

삼조사 해박석

三祖寺(삼조사)의 三祖洞(삼조동)과 승찬 대사 모습.
그리고 "누가 너를 속박하느냐?" 하며
"이미 속박을 풀었느니라!"로 유명한 解縛石(해박석)의 모습.
속박이란 외부의 누군가가 그리한 것이 아니라,
제 스스로 속박되고 있을 따름이다.
그 속박에서 자유로워야 비로소 마음이 편해질 수 있는 것이다.
속박을 풀든지 아니면 깨뜨려버려라.
그리고 어느 곳에서든 주인공이 되어 자유롭다면
그곳이 바로 진리의 땅이라고 할 수 있을 것이다.
2016. 10. 15. 土
三祖寺(삼조사)에서

천주산

三祖寺(삼조사)가 있는 天柱山(천주산)을 登頂(등정)하다.

마치 문경 봉암사의 희양산과 닮은 듯하다.

내려오는 길에 홀로 뛰다시피 걸어서 下山(하산)하다.

내려온 곳이 佛光寺(불광사, 옛 마조암馬祖巖)이다.

이 또한 기이한 인연(因緣)이 아닐 수 없다.

마치 주자(朱子)의 시구처럼 "탁주 석 잔에 호기가 발해, 시를 읊으며 나는 듯 축융봉에서 내려오네(濁酒三杯豪氣發 朗吟飛下祝融峯)"라는 기분일 것이다.

2016. 10. 15. 土

天柱山(천주산)에서

2017년
샹그릴라를 찾아
태국·부탄을 가다

축 축원

은둔과 신비의 당국 부탄
샹그릴라를 찾아가는 길

비행기 히말 너머로
Hymalaya (히말라야) 巫山峰(영봉)이
어거게 눈덮여 雪山(설산)을 일러
蓮(연)꽃으로 미소짓는다.

그 계곡 어딘가에
샹그릴라가 숨은데
호젓함이라.

길과 喩虎원 (희망)
깨달음의 순간으로
내일 지금, 어거게
우리다 함께하라.

푸른 하늘과 별빛들 담을
수천수만 부탄 인들이 눈동자니라
수천 수만의 연꽃을 피고
수만 수향의 부처님이 미소짓다.

하눈뻐 살아나고
양흐강이 터진 물
희뻐쉬 탁낭 사유에
덕수산 호랑이 포효하노니
그래도 영관하상 호 호실이
봄인양 새로와라.

2017. 3. 22. 7K
Bhuthan (부탄) Paro (파로)
Takshang (탁샹) 사유에서

74 BPe 홍길
함을 느껴왔옵

,序詩

은둔과 신비의 왕국 부탄
샹그릴라를 찾아가는 길
비행기 차창 너머로
Himalayas(히말라야) 連峰(연봉)이
머리에 순백의 雪山(설산)을 인 채
蓮(연)꽃으로 미소짓는다.
그 계곡 어딘가에
샹그릴라가 숨은 채 손짓함이라.
길과 希望(희망)
깨달음의 순간은
바로 지금, 여기에
우리와 함께한다.
푸른 하늘과 별빛을 담은
수천수만 부탄인들의 눈동자마다
수천수만의 연꽃은 피고
수천수만의 부처님이 나투신다.
파드마 삼바바가 암호랑이 타고 온
절벽 위 탁상 사원에
덕숭산 호랑이 포효하노니
그대로 영산회상 한 소식이
봄인 양 새로워라.

2017. 3. 22. 水
Bhutan(부탄) Paro(파로) Taktsang(탁상) 사원에서

설정 큰스님

德崇叢林(덕숭총림) 方丈(방장)이신 松原雪靖(송원 설정) 큰스님은
일명 '方丈行者(방장행자)'로 유명하시다.
그리고 지금도 젊은 수좌와 함께 修禪(수선) 정진과 운력을 함께하신다.
또한 스님의 글씨는 禪筆(선필)로 이름이 높으시다.
큰스님과의 순례는 그래서 더욱 意味(의미) 있고
幸福(행복)한 순간이 아닐 수 없다.
2017. 3. 17. 金

아유타야 불상

태국(泰國) 아유타야 王國(왕국)의 수도였던
古都(고도) 아유타야의 불상.
태국식 상호가 이채롭다.
그 옛날 아유타야 왕국의 영화를 그려보며 생각에 잠긴다.

부처님의 마음

부서진 담장 곁에 의연히 자리한 불상이 늠름하고 당당해 보인다.
미소가 참 좋다.
人間(인간)의 영욕이 어찌 부처님의 마음을 알 수 있으리오.
다만 닮아가려 노력할 따름이다.
2017. 3. 18. 土

와불

臥佛(와불). 그는 아유타야 왕국의 영화를 보았으리라.

그래서일까. 살포시 미소 짓고 계신다.

왜 죽음 앞에 미소를 지으실까?

소풍 끝나고 歸天(귀천)하는 길이라 그러하실까?

곁에서 시봉하던 阿難(아난)은 슬피 울고 있으리라.

生死(생사)가 본래 없음을 아시기에 저리 소탈하게 미소 짓고 계시리라.

나도 그때, 그 순간에 웃으며 떠날 수 있기를……

2017. 3. 18. 土

불두

태국와 아유타야를 상징하는
나무에 박힌 불두(佛頭)의 모습이다.
아니 처음부터 그곳에 있었던 것같이
자연스러운 모습이다.
나무줄기와 뿌리가 부처님의 무릎이요 손과 발이다.
서로 얼굴을 마주 대한 채
함께 미소 지으며 윙크 한 번 한다.
2017. 3. 18. 土

목 없는 불상

미안마의 침공으로 머리가 잘린 아유타야의 목 없는 불상 모습.
폐허 위 무너진 담장 아래 목 잘린 부처님 좌상 하나
우두커니 자리한다. 아마도 전쟁이 있어 목이 잘렸으리라.
그런데 그 목을 자른 이도 미안마 불교도였다는 데 아이러니가 있다.
宗敎(종교)가 세상의 행복이 아닌 불화와 반목
그리고 전쟁을 일으킨다면 안 되리라.
종교의 존재 이유를 다시 묻지 않을 수 없다.
2017. 3. 18. 土

하늘을 나는 물고기

부탄항공사의 로고.
세상에 하늘을 나는 고기가 다 있다니 놀라운 일이다.
하늘가에 투망을 쳐서 고기를 낚아야겠다.

하늘을 나는 물고기라니!
멋진 일이다.
부탄 항공의 비행기 꼬리에 고기가 매달린 채 하늘을 난다.
그럼 고기가 아니라 龍(용)이 아닐까?
용문(龍門)에 이른 잉어가 뛰어오르면
머리부터 용으로 변하고 꼬리는 타서 없어진다고 한다.
우린 그런 용에 올라탄 채 하늘을 날아 신비의 땅 부탄으로 가노라!
2017. 3. 19. 日
부탄 가는 길에

샹그릴라

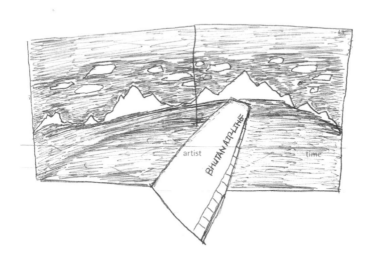

착륙 전 창문 너머로
銀白(은백)의 히말라야 雪山(설산)이 장엄하게 한눈에 들어온다.
저곳 어디에 인류의 이상향인 샹그릴라가 있으리라.
아니 히말라야를 매일 바라다보고 살아가는 이들이 사는 곳이
바로 샹그릴라가 아닐까 생각한다.
그대 마음속의 샹그릴라는 어디인가?
착륙 무렵 산을 넘어서면 갑자기 공항 활주로가 나타난다.
이런 곳에 공항이 있으려니 상상도 못 했다.
드디어 은둔과 신비의 왕국 부탄에 다다른 것이다.
2017. 3. 19. 日

신호등

부탄 수도 팀푸(Thimphu)에는 건널목은 있어도
신호등이 없어 교통경찰관이 수신호로 교통정리를 한다.
부탄의 가장 큰 특징은 건널목이나 신호등이 없다는 것이다.
한번 도입한 적이 있지만 별 필요성을 못 느껴
다시 원래로 되돌아갔지만 별 불편을 못 느낀다고 한다.
그래서 교통경찰이 수신호로 정리하고 있다.
하기야 왜 꼭 신호등이 있어야만 하는가?
본래 없이도 잘 살아왔던 것을.
행복은 내려놓고 덜어내는 것이 아닐까 생각한다.
2017. 3. 19. 日

첫눈

부탄에서는 첫눈이 오면
축하하는 의미에서 임시공휴일이 된답니다.
정말 로맨틱하지 않나요?!
첫눈이 오면 휴일인 나라, 부탄.
얼마나 멋지고 아름답고 행복한 나라인가!
사랑하는 이를 만나 두 손 꼬옥 잡고
눈을 맞으며 함께 걸을 수 있다면 다시 무엇을 바라리오.
그래서 부탄 사람들은 히말라야의 눈매와
행복한 미소를 간직한 부처와 보살 같다.
2017. 3. 18. 日
부탄 팀푸에서

동자승

팀푸 수도 인근의 데첸 푸드랑 사원으로 향했다.

동자승 줄 과자랑 초콜릿 사 가지고 말이다.

5살부터 10대의 수많은 동자승들이 이곳에서 공부를 하고 있다.

아니 이곳은 일종의 학교 구실을 하고 있는 셈이다.

모두 한국에 데려다 스님을 만들고 교육시키고 싶은 심정이다.

그곳엔 천진 부처가 살고 있다.

동자승의 눈동자에서, 혹은 미소 가운데 영원과 부처를 본다.

그 마음으로 항상하기를 기원해본다.

2017. 3. 19. 日

팀푸에서

데첸 푸드랑 승가학교

우리 방장 큰스님께서도 10대에 출가한 童眞(동진)인지라
아이들을 무척이나 좋아하신다.
아이들 먹이려고 과자며 초콜릿을 잔뜩 사서 안겼다.
아이들은 부처님 오신 듯 신이 났다.
문득 큰스님 어릴 적의 모습을 언뜻 잠시라도 본 듯해 행복한 마음이다.
저 동자승 중에도 훗날 고승대덕 큰스님이 나올 것이다.
그때면 지금 이 시절 또한 그립고 아름다운 추억으로 남을 것이다.
2017. 3. 19. 日
데첸 푸드랑 승가학교에서

타시초종 왕궁 사원

타시초종 왕궁 사원의 모습이다.
이곳에 국왕의 집무실과 왕궁 사원 등이 자리한다.
그 앞의 막사 같은 건물이 우리로 하면 정부종합청사이다.
옆집 아저씨 같은 이들이 장·차관이고 공무원이다.
엄청난 왕궁은 아니지만 왠지 친근하고 고풍스러우며 위엄이 있다.
금방이라도 국왕 부부가 환한 미소 띤 채
'안녕하세요' 하고 인사를 하며 나오실 듯하다.
왕의 궁전이 아닌 온 국민의 집 같은 그런 느낌이다.
가끔 운이 좋으면 국왕 부부가 자전거를 타고
출근하는 모습을 볼 수가 있다고 한다.
2017. 3. 19. 日
타시초종 왕궁 사원에서

마니차

사람이 풍경 속에 들어가 그림이 되고 詩(시)가 되는
그런 瞬間(순간)이 있다.
마니차를 손으로 돌리며 승려가 지나가는 순간
그런 느낌이 들었다.
시 속에 그림이 있고, 그림 속에 시가 있는 그런 풍경이다.
그 자체로 이미 한 폭의 그림 같고, 詩(시) 혹은 法門(법문)이 된다.
2017. 3. 19. 日
왕궁 사원에서

가루다

비슈누 神(신)이 타고 다니던 천상의 새, 가루다의 모습.
불교에 차용되어 호법선신으로 쓰이고 있다.
타시초종 왕궁 사원 고풍스런 처마 끝에 가루다가 자리한다.
금세라도 하늘로 날아오를 듯한 모습이다.
중국의 鵬鳥(붕새)가 히말라야를 넘으면 가루다가 되는 걸까?
아니면 천상의 소식을 전하러 온 使者(사자)가 아닐까 하는 생각이 든다.
나도 저 가루다와 함께 천상으로 올라가
세상 사람들의 悲願(비원)을 전하고 싶다.
2017. 3. 19. 日
타시초종 왕궁 사원에서

역사상

왕궁 사원 기둥을 떠받치고 있는 역사상의 모습이다.
그는 무슨 罪(죄) 혹은 善意(선의)로 이걸 수행하고 있는지 궁금하기만 하다.
그것이 무엇이든 그는 모든 이의 비원과 희망을
두 손에 이고 있는 것이다.
뭔가 세상에 작은 공헌을 할 수 있으면 그걸로 족할 일이다.
나는 무엇을 떠받치고 살아야 할까?!
내 이웃들에게 자비와 친절을 베풀며 그들을 섬기며 살아가고 싶다.
2017. 3. 18. 日

코끼리, 원숭이, 토끼와 새

티베트·부탄 설화에 자주 등장하는 그림이다.
코끼리와 원숭이, 토끼와 새가 무동을 탄 채 함께하는 모습이다.
화해와 통합 그리고 행복을 상징한다.
멋지고 행복한 마음이다.
부처와 보살과 선지식과 도반 그리고 중생이 이렇듯
더불어 함께하는 세상이 바로 불국토이자 정토일 게다.
그런 세상을 우리는 꿈꾸고 희망한다.
2017. 3. 18. 日
왕궁 사원에서

삼신할머니

장강차 라캉사원은 생후 3일이 지나면
이곳에 아이를 데리고 와 法名(법명)을 받고
불제자가 되는 곳으로 유명하다.
이곳에 그려진 우리의 삼신할머니와도 같은 이의 모습이다.
이를테면 관세음보살과 같은 존재일 것이다.
아무렴 어떠랴!
그저 어머니고 고향이며 부처이자 관세음인 것을!
2017. 3. 18. 日

청동 석가모니불

부탄의 수도인 팀푸 시내 외곽의 산 위에
56m의 청동 석가모니불 좌상이 자리한다.
그 아래에서 바라다보면 아득하기만 하다.
부처님께서는 저 위에서 세상과 중생을 행해
무슨 말씀을 하고 계실지 궁금하다.
그저 바라다만 보지 마시고 내려와 저들과 함께하시기를…….
2017. 3. 18. 日

돌다리

체리 사원(정식 이름은 차그리 명상 센터) 입구의
돌다리인데 단아하고 아름다운 모습이다.
조주(趙州)의 다리(石橋)처럼 사람도 당나귀도 모두 건넌다.
이 다리를 만들기 위해 수많은 이의 피와 땀
그리고 희망과 신심이 함께했을 것이다.
그리하여 이것은 그냥 단순한 다리가 아니다.
어쩌면 極樂(극락)으로 가는 반야용선이 아닐까 싶다.
2017. 3. 20. 月

체리 사원

팀푸 계곡 산허리에 자리한
무문관 선원이 있는 체리 사원(Chagri Meditation Center)의 아름다운 모습.
산기슭에 층층이 쌓아올린 건물이
허공에 매달리듯 그림 같고 신비롭기만 하다.
저곳에서 수행하면 금세 깨달음에 이를 듯하다.
이곳에서 한평생 참선정진하며 그렇게 살아가고 싶다.
2017. 3. 20. 월
체리 사원 무문관에서

성자 밀라레빠

티베트의 성자 밀라레빠의 모습이다.

초인적인 수행과 깨달음으로 티베트 불교를 상징하는 수행자이다.

위대한 티베트 불교의 魂(혼)이자 정신이며 승리자가

바로 밀라레빠인 것이다.

그들을 넘어선 새로운 희망과 깨달음이기를!

2017. 3. 20. 月

밀라레빠 벽화에서

무정설법

체리 사원 목조 지붕 위로
설산과 구름이 전하는 말을 들어본다.
바람은 또 그들만의 언어로 무정설법을 하고 있는 듯하다.
그 풍광 속에 나 또한 하나의 풍경이 되어
끝내 無化(무화)된다.
2017. 3. 20. 月

파드마 삼바바상

체리 사원 입구 골짜기 바위에 그려진 파드마 삼바바의 모습.
인도의 고승으로 티베트 불교의 비조인 파드마 삼바바는
티베트 불교의 상징이자 정신적 구심이다.
한 수행자의 삶과 사상이, 수행과 깨달음이 한 나라와 온 우주를 변화시킨다.
나도 파드마 삼바바처럼 그렇게 살아가기를 원하옵니다.
2017. 3. 20. 月
파드마 삼바바상 벽화 앞에서

성자 드룩파 쿤리

'미친 성자'로 불리는 드룩파 쿤리의 모습이다.
거리에서 사람들의 애환과 함께하는 그런 성자가
한 명은 있어야 하지 않을까?
미치지 않고는 살 수 없는 세상에서 짐짓 미친 척하며
더불어 함께하는 和光同塵(화광동진)의 삶,
그것이 수행일 게다.
한국불교의 대안(大安) 화상이나 원효(元曉) 성사를 떠올리게 된다.
수많은 거리의 성자들이 있어 불교가 이 세상에 영원하리라 믿는다.
이 길 위에서 중생과 더불어 함께하며 살아가리라!
2017. 3. 20. 日

108탑

해발 3120m에 위치한 도출라 고개 정상의 108탑(塔)이
히말라야 설산을 배경으로 우뚝 솟아 있다.
수많은 이의 기원과 행복을 오롯이 간직한 108 서원의 탑과 더불어
나도 많은 이의 안락과 행복을 위해 축원을 드린다.
코라를 돌듯 합장하여 탑돌이를 하면서
온 마음을 담아 함께한다.
히말라야 설산도 나를 따라 함께 돌며 탑돌이를 하는 듯하다.
밤이면 달과 별들과 더불어 강강수월래라도 해볼 생각이다.
2017. 3. 20. 日

도출라 고개

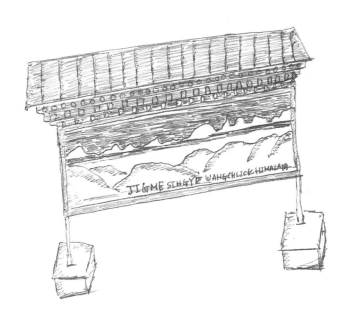

도출라 고개 정상에 구름이 끼어
다만 전망도만 덩그러니 남아 있다.
도출라 고개에서는 히말라야 설산 연봉이 한눈에 들어온다.
백색 설산의 향연 속에 가슴이 펑 뚫리는 느낌이다.
그런데 구름이 너무 짙어지니 그 본래 면목을 볼 수 없어
안타깝기만 하다.
히말라야 神(신)의 오묘한 뜻이 있으리라.
구름 속에 항상 빛나는 정신과 면목을 볼 일이다.
2017. 3. 20. 月
도출라 고개 정상에서

푸나카종 사원

부탄의 겨울.
왕의 겨울 궁전 역할을 하던 곳이 바로 바로 푸나카종 사원이다.
부탄의 사원은 '종'이라 부르듯이
일종의 외침에 대비한 요새 형태를 띠는 특징이 있다.
해자 역할을 하는 강물이 흐르고 건물 자체가
요새인 城(성) 역할을 하고 있다.
이 '종'은 사원과 더불어 행정 관청 역할도 함께 하고 있다.
풍수(風水)를 몰라도 참 배산임수의 명당이 아닐 수 없다.
사원은 마땅히 있어야 할 그곳에 자리한다.
2017. 3. 20. 月

꽃문양과 마니차

푸나카종 다리 난간에 있는 꽃문양과 마니차의 모습.
푸나카종에 이르는 입구 다리에 있는
꽃문양과 마니차의 모습이 아름답기만 하다.
그야말로 세상은 한 송이 꽃(世界一花)이런가?
경전을 읽는 효과가 있는 마니차를 돌리면
그 아래 한 송이 꽃이 피어 만발함이어라.
그 꽃마다 부처님이 출현하니 이런 세상이 바로 정토(淨土)일레라.
2017. 3. 20. 月

공양

푸나카종 사원 건물 벽에 그려진
과일을 담은 공양물의 그림이 보기에 참 좋다.
육법공양을 하듯이 쌀과 과일과 꽃 등을
부처님께 공양 올리는 마음이 담겨져 있는 것이리라.
쌀 한 톨과 과일 하나 그리고 꽃 한 송이에
모두 중생의 피땀과 정성이 깃들어 있다.
어찌 함부로 허투로 대할 것인가.
부처님을 뵙듯, 감사와 경의로 대할 일이다.
2017. 3. 20. 月
푸나카종에서

학교 가는 아이

치미라캉 사원 입구 마을의 초등학생 소녀 둘이
전통 복장의 교복을 입고 손에는 도시락을 든 채
두 손을 꼬옥 잡고 학교에 가며 소곤소곤 이야기꽃을 피운다.
바라만 보아도 그저 빙그레 미소 짓게 되는
아름다운 풍경이 아닐 수 없다.
우리도 저런 때가 분명 있었을 것이다.
이미 '오래된 미래'가 되었지만 말이다.
우리 곁의 소중한 사람의 손을 꼬옥 잡은 채
함께 걷다가 '사랑한다'고 말해보자.
고맙고 미안하고 감사한다고…….
2017. 3. 21. 火

과자 먹는 아이

큰스님께서 입구에 내리자마자 구멍가게를 털어서
학교 가는 아이들에게 과자며 초콜릿 등을 선물로 잔뜩 주신다.
신난 아이들이 줄을 늘어선 채 손을 벌려
행복한 순간을 보내고 있다.
저 조그만 입에서 과자 부서지는 소리가,
그 목으로 넘어가는 모습이
이 세상 그 무엇보다 어여쁘고 아름답기만 하다.
2017. 3. 21. 火

포대화상

과자 10개짜리 묶음을 목에 탄피처럼 두르고
행복한 미소를 짓는 설정 스님 모습.
손에는 과자 봉지 들고 한 아이도 빠짐없이 선물하신다.
봄날의 산타클로스 같아 보이신다.
역시 큰스님의 자비는 다만 이러할 따름이다.
그 마음이 부처님 마음일 게다.
어쩌면 큰스님께서는 포대화상(布袋和尙)의 후신인지도 모를 일이다.
2017. 3. 21. 火
치미라캉 사원 입구 마을에서

치미라캉 사원

치미라캉 사원의 본존 모습이다.
부탄 사원 형식의 전형이다.
좌우에 죽 늘어선 연꽃 모양의 것은 일종의 물받이 소품이다.
물이 연꽃을 채우면 그 아래로 흘러 내려가는 방식이다.
처마 끝이 하늘로 비상하는 새처럼 날아오를 듯하다.
그대로 불사리탑을 형상화했다.
2017. 3. 21. 火
치미라캉 사원에서

꽃문양

치미라캉 사원 벽에 그려진 형형색색의 꽃문양이 아름답다.
속에 경전을 넣어 한 번 돌리면 한 번 읽는다는 마니차를 돌리면
그것이 꽃처럼 피어나 華嚴(화엄) 세상을 꽃피우는 것이리라.
그렇게 세상은 한 송이 꽃일레라.
꽃처럼 아름다운 세상에는 꽃보다 아름다운 사람들이 살아가고 있다.
사람이 꽃보다 아름다운 이유이다.
2017. 3. 21. 火

히말라야 연봉

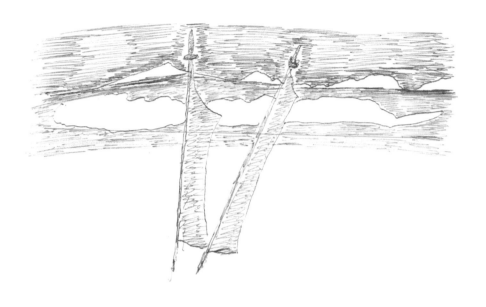

치미라캉 사원 마당에서 바라다본
순백의 히말라야 연봉들이 빛나고 있다.
바람결에 경전을 기록한 타르초가 휘날리며
불법을 온 세상에 전하고 있다.
이 가운데 點(점)으로 자리한 너는 누구인가?
무엇을 해야만 하는가?
참 많은 질문을 하게 된다.
히말라야는 그날도 눈부시게 아름다웠노라!
2017. 3. 21. 火
치미라캉 사원에서

방문객

대문에 난 조그만 둥그런 구멍 사이로 동자승이 걷고 있다.
누군가 한 사람이, 그의 전 생애가 그렇게 내 가슴속에 오고 있다.
정현종 님의 詩(시) '방문객'처럼 아름답고 소중한 순간이다.
그는 누구일까?
그리고 그의 미래는 어떠할지 의문이 든다.
그 답은 그만이 알고 있다.
그 구멍 속으로 나도 들어가
어깨라도 한 번 다독여주고 싶다.
2017. 3. 21. 火

룽다

치마라캉 사원의 흰 천 룽다가 펄럭이고 멀리 흰 설산이 어우러진 풍경.
한 곳에 흰 천 룽다가 바람에 흩날린다.
떠나간 이를 위한 룽다 깃발 너머로
히말라야 설산의 순백의 영혼이 빛나고 있다.
그들의 영혼이 저 산으로 돌아가 살고 있기 때문이리라.
룽다가 전하는 말과 침묵 속에 뭔가 섬광 같은 깨달음,
그 순간의 꽃이 내 안에 피어남을 느낀다.
그 모든 사람들이 안락하고 행복하기를 두 손 모아 기원해본다.
2017. 3. 21. 火

히말라야 영봉

도출라 고개 위 부탄 사원에 올라 방장 스님과 함께
히말라야 영봉의 아름답고 장엄한 모습과 함께한다.
다생의 복덕을 쌓아야 비로소 보여준다는 그 멋진 광경을
함께할 수 있는 찬탄과 희열의 순간이여!
행복한 이 순간에 그것과 함께한
소중하고 아름다운 인연에 감사할 따름이다.
지금, 여기에서 그대와 함께하는 행복과 전율에 젖어
그대로 죽어도 좋을 그런 마음이다.
2017. 3. 21. 火

법의 수레바퀴

부탄 최초의 사원인 심토카종 문의 법륜 장식이 이채롭다.
법의 수레바퀴가 항상 온 천하에 구르듯
그렇게 나의 삶과 수행이 기적이 되기를 빌어본다.
부처님의 해는 더욱 빛나고(佛日增輝)
법의 수레바퀴가 항상 구르기를(法輪常轉) 두 손 모아 기원한다.
우리 모두가 법의 수레바퀴가 되어
온 세상에 대법륜을 구르게(轉大法輪) 하소서!
2017. 3. 21. 火

탁상 사원

파드마 삼바바가 암호랑이를 타고 와 지팡이를 꽂아
우물을 만들고 세운 곳이 바로 탁상(Taktsang) 사원이다.
이곳은 부탄을 대표하는 최고의 사원으로
수많은 불자의 참배가 끊이지 않는 성지이다.
해발 3120m에 위치하며 절벽 위 70m에 걸려 있어
더욱 명승으로 이름 높다.
저 멀리 허공에 걸린 듯한 탁상 사원을 바라다보니
신심과 원력이 샘솟는 듯하다.
그러나 다시 계단을 내려갔다 올라야 비로소 탁상 사원에 다다를 수 있다.
2017. 3. 22. 水

화룡점정

탁상 사원 도착해 본당에 들어 방장 스님의 法門(법문)을 듣는다.
그런데 갑자기 큰스님께서 "중노릇 60여 년에 지금 생각하니
무엇을 했는지 실로 부끄럽고 욕되니라" 하는 말씀에
여기저기서 비구니 스님의 흐느끼는 소리가 들려온다.
내 생각은 "큰스님이 그러할진댄 우린 어쩌라구요?" 하고 항변한다.
떨리는 목소리와 목멘 소리에 이미 법당 안의 비구니 스님은
흐느껴 울고 난리법석도 아니다.
역시 방장 스님의 이 한마디로 이번 순례의
화룡점정을 찍은 셈이다.
2017. 3. 22. 水
탁상 사원에서

마당극 놀이

부탄 전래 이야기를 구수하게 들려주는 연극 관람을 했다.
야크 소와 이야기꾼의 재담이 흥겨웁기만 하다.

부탄 전통 공연을 숙소 호텔에서 즐겼다.
현지 아가씨들이 춤출 적에 나도 나가서 함께 춤도 추었음은 물론이다.
우리 양반이나 스님네가 등장하는 마당극 비슷한 공연도
흥미롭게 함께했다.
방장 스님도 흥겨워하시고 대중 스님 모두 행복한 표정이다.
그 후엔 평가회가 있었는데 모두들 잊지 못할 추억이었노라고 한다.
2017. 3. 22. 水

마두금

부탄 여인네가 馬頭琴(마두금)을 멋들어지게 켠다.
말머리 장식의 이 악기 연주를 들려주면
낙타도 눈물 흘린다고 한다.
멋들어진 가락에 흥겨운 춤사위가 압권이다.
전통을 지키며 佛心(불심)으로 살아가는 부탄인의
마음과 흥과 멋을 느낄 수 있는 좋은 기회가 아닐 수 없다.
2017. 3. 22. 水
부탄 전통 공연을 관람하며

2018년
이집트·요르단·이스라엘
문명기행을 가다

,序詩

사막 안에 또 다른 사막

오아시스 속에 별빛이 내려와 쉬는 밤.

나그네는 길에서도 쉬지 않고

廣野(광야)에 선 채

나를 찾는 巡禮(순례)는 끝이 없다.

황금돔 사원과 통곡의 壁(벽).

예루살렘은 그날도

눈부시게 아름답기만 하다.

길과 希望(희망)

그리고 깨달음의 話頭(화두).

봐라, 꽃이다.

세상은 한 송이 꽃.

보려는 者(자),

그 누구인고?

2018. 4. 1. 日

큰스님의 축원

慧國(혜국) 큰스님께서 입제식 때 說法(설법)하시는 모습.
큰스님의 한글 축원은 언제 들어도 신심이 절로 난다.
특히 설법 중에 손을 치켜드시면 가슴이 뭉클한 감동과 함께
중노릇 잘해야겠다는 자책과 회한이 절로 든다.
연비하는 손가락이 가슴을 울리는
전율과 감동으로 다가오기 때문이다.
큰스님의 자비덕화가 거대한 피라미드보다 더 크고 넓기만 하다.
2018. 4. 2. 月
이집트 카이로 기자 지구
피라미드가 바라다보이는 식당 옥상에서

피라미드

세계 7대 불가사의 중 하나인 쿠푸왕의 피라미드 모습.
기원전 2600년경 완공하기까지 약 20년에 걸쳐 만들어졌다고 한다.
기자(Gija) 지역에서 가장 오래되고 큰 피라미드다.
높이 146.5m에 달하며 입구는 두 개다.
하나는 가짜 통로이고 또 하나는 현재 사용되는 입구이다.
입구를 통과하여 오르막길을 따라가면
내부의 좁으면서 길고 높은 회랑이 나오는데
이 끝에 파라오의 무덤이 있다.
나는 피라미드가 파라오의 헛된 욕망의 산물이 아닌
당대 사람들의 희망과 열정의 소산이라고 생각한다.
2018. 4. 2. 月
기자 피라미드에서

태양신

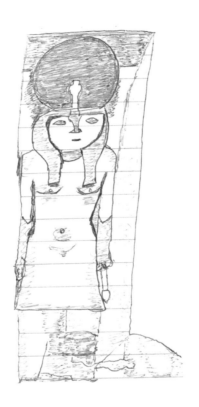

머리 위에 해를 받는 태양신 La(라)의 모습.
이집트는 태양신 '라'를 섬기며
파라오를 그의 아들이라 믿고 신성시하였다.
태양의 후예, 고대 국가의 신화나 전설 속에 자주 나오는 이야기다.
태양의 신성과 불멸을 믿고 두려워했기 때문이다.
오, 솔레미오!
2018. 4. 12. 火
아부심벨 신전에서

아부심벨 신전

Aswan(아스완) 아부심벨 신전 람세스 2세 석상의
장중하고 아름다운 신전 입구의 모습.
이집트 최전성기의 건축 예술의 정수이자 白眉(백미)라 할 만하다.
아스완댐 건설로 수몰 위기에 몰린 것을
UNESCO(유네스코)의 후원으로 지금의 장소로 옮기었다.
이곳은 이집트 최고의 파라오인 람세스 2세의 모습으로 건설되었다.
내벽에는 그의 전투 장면이 새겨져 있다.
이집트 예술의 극치이자 인류의 위대한 작품이 아닐 수 없다.
2018. 4. 3. 火
아스완 아부심벨 신전에서

이집트 상형문자

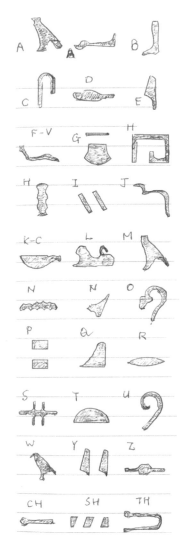

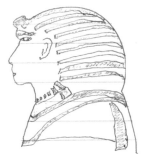

이집트 고대문자 상형문자를
오늘날의 알파벳에 대비시킨 것이다.
이것으로 오벨리스크나 신전에
상형문자로 기록을 남기고
파피루스에 기록한 것이다.
아스완 아부심벨에서 이 기념물을
1US$에 사서 혜국 스님과 나눠 가지다.
2018. 4. 3. 火

아랍 숫자

이집트는 아랍 숫자를 익혀야 한다.

일반 아라비아 숫자와 다른 것이 헷갈리기 때문이다.

방법은 열심히 광고판이나 차 번호판을 읽으며 연습하는 것이다.

이걸 익혀야 돈 계산 등으로 피해를 입지 않을 수 있다.

그럼 차량 표지판 번호는 무엇일까?

그렇다. 247이다.

2018. 4. 3. 火

아스완에서

무슬림 여행자

아스완역 근처 케밥 식당에서
모로코 출신 여행자와 만나 친구가 되었습니다.
여행이 주는 색다른 매력이 아닐 수 없습니다.
이븐 바투타의 고향인 모로코 탕헤르 출신입니다.
그런데 이상하죠?
나는 무슬림 같고, 모로코 친구가 도리어 스님 같네요.
친구여, 여행 잘하시길!
2018. 4. 3. 火
아스완 근처 식당에서 모로코 친구랑

물 항아리

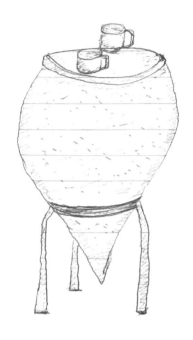

이집트 곳곳에는 무더운 날씨 속에
시원한 물을 공급하는 土器(토기)가 설치되어 있다.
토기에 유약을 바르지 않아 물이 스며 나오다
더운 공기와 만나 자연 냉각하는 방식이다.
토기가 끝이 뾰족한 것은 거치해놓기 편해서일까?
모든 상점과 관공서 앞에 이런 급수대가 있다.
목마른 이에게 시원한 물을 공급하는 급수공덕(汲水功德)을 느낄 수 있다.
한번 컵에 떠서 먹어보니 정말 시원하다.
감로수(甘露水)가 따로 없는 것이다.
2018. 4. 13. 火

꾸란

아스완 서점에 들러 꾸란(코란) 한 권을 US 3$에 샀다.
15$ 하는 걸 주인에게 이슬람 친구로 보이도록 해서 구입한 것이다.
꾸란 원전을, 그것도 고급 양장으로 구입해
기분이 좋고 행복하기만 하다.
꾸란(코란)의 내용이 모스크 스피커를 통해 장엄하고 아름답게 들려온다.
그 소리에 서쪽 하늘이 붉은 노을로 장엄히 진다.
내 마음도 붉게 물들이며 꾸란 암송 소리는 한 편의 시가 되고 그림이 된다.
꾸란은 아랍어로 '읽어라!'라는 뜻이다.
텍스트(경전)를 다시 읽고, 다시 쓰고,
다시 말함으로써 능히 세상을 혁명적으로 변화시킬 수 있다.
2018. 4. 13. 火
아스완 서점에서 꾸란을 사며

콩죽

Luxor(룩소르) 가는 길에 휴게소를 가니
뒤편 구덩이에 마치 똥통 같은 것이 있다.
자세히 보니 불 피워 토기에 끓이는 콩죽이다.
역시나 그 어디에서 맛보지 못하는 別味(별미)가 아닐 수 없다.
지극히 평범한 것도 정성을 들여야
최고의 맛이 나오는 것이다.
2018. 4. 4. 水

친구

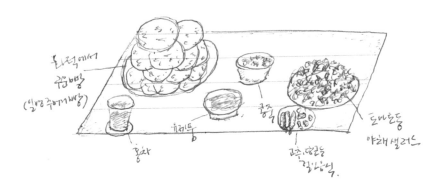

휴게소 뒤편에서 공들여 끓인 콩죽에
화덕에서 구운 이집트 빵으로
기사 등 현지인과 함께 간식을 먹는다.
정말 천하별미가 아닐 수 없다.
Hotel(호텔) 음식 저리 가라이다.
이 맛을 알고 현지인과 스스럼없이
한 끼 밥을 나눌 수 있어야
친구도 되고 진정한 여행자가 되는 법이다.
2018. 4. 4. 水

카르나크 신전

Luxor(룩소르) Amun(아문) 신을 모시는
카르나크(Karnak) 신전 입구의 양 모양 스핑크스상을 지나면
카르나크 신전이 그 위용을 드러낸다.
카르나크 신전 건립 당시 스핑크스는
룩소르 신전까지 2km가량 좌우로 도열해 있었다고 한다.
그 얼마나 장엄한 모습일까?!
그 당시 이 길을 걸어 카르나크 신전을 보고 싶어진다.
아마도 세상에서 가장 아름답고 장엄한 광경이었으리라.
지금도 이렇듯 장엄하고 휘황하니 말이다.
2018. 4. 4. 水
룩소르 카르나크 신전 입구에서

오벨리스크

룩소르 카르나크 신전 내부에 자리한 오벨리스크의 모습.
웅장하고 멋진 작품이 아닐 수 없다.
이집트 마지막 왕조가 시계 하나에 선물한 오벨리스크는
프랑스 콩코드 광장에 서 있다고 한다.
이게 말이 된다고 보는가?
미국과 유럽에 수많은 오벨리스크가 서 있는 이유이다.
그들은 인류의 유산을 그저 전리품으로 본 것이다.
서양 문명이란 것이 기실 이집트 문명의 아류(亞流)일 따름이다.
그리스와 로마 문명 그리고 이슬람 문명을 거쳐
지금의 근현대 서양 문명을 이룬 것이기 때문이다.
2018. 4. 4. 水
카르나크 신전에서

이집트의 신

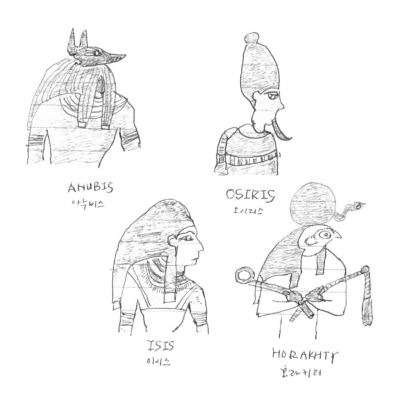

ANUBIS
아누비스

OSIRIS
오시리스

ISIS
이시스

HORAKHTY
호라키티

이집트 고대 신들의 모습. 인간과 동물의 모습을 하고 있다.
이런 이집트 신들은 후에 그리스 문명으로 이어져
그리스 신들로 모습을 바꾼다.
두 문명이 공히 인간적인 신들의 이야기로 가득하다.
분노하고 질투하고 성내는 신들의 모습은
그대로 인간의 삶과 생각을 반영한다.
내 생각에 하느님(GOD)도 이런 신의 기독교적인 변형이다.
2018. 4. 4. 水

아멘티트 여신상

AMENTIT

이집트 신전이나 묘지 벽화를 장식하는
Amentit(아멘티트) 여신상의 모습이다.
저 날개를 펄럭이며 무엇을 전하려는 것일까?
아니면 망자(亡者)를 이끌고 하늘로 날아올라
저세상으로 인도하는 것일 게다.
우리로 하면 저승사자인 셈이다.
검은 도포의 저승사자보다는 날개 달린 아멘티트 여신이
찾아오는 게 더 기분 좋을지도 모를 일이다.
2018. 4. 4. 水
Luxor에서

운전기사

하트셉수트 장제전 가는 길에
전동차 모는 운전기사 아저씨의 모습.
끊임없이 돈을 요구하는데 그리 밉지는 않다.
그들이 살아가는 하나의 방식일 테니까 말이다.
사회가, 정치가 이렇듯
한 사람을 변모시키는 것은 아닐까 생각한다.
가혹한 세금이 범보다 무서운 법이다.
한때 세상을 지배하고 인류의 위대한 문명을 건설한 이집트 민족이
왜 이리 되었는지 모르겠다.
2018. 4. 4. 水
하트셉수트 장제전에서

하트셉수트 여왕의 장제전

Luxor(룩소르) 西岸(서안)의 왕가의 계곡에 있는
하트셉수트 장제전의 모습.
산 전체를 병풍처럼 두른 채 永生(영생)을 꿈꾸었던
하트셉수트 여왕의 꿈과 사랑이 깃든 곳이다.
그는 이 장제전에서 그 꿈을 이루었을까?
꿈은 헛된 꿈일 뿐 그 무엇도 아니다.
2018. 4. 4. 水
하트셉수트 장제전에서

룩소르 신전

Luxor(룩소르)에 있는 룩소르 신전의 옆면 모습.
카르나크 신전에서 양 스핑크스가 좌우로 도열한 2km를 지나면
룩소르 신전이 나온다.
저녁 이후 빛과 음향의 쇼가 펼쳐진다.
그러면 고대 이집트 시대로 돌아간 듯
장엄하고 휘황하며 아름답기 그지없다.
룩소르 신전 하늘 위로 별빛이 빛나고 나일강은 흐른다.
고대의 영광과 환희는 어둠의 침묵 속에서 홀로 눈물 짓는다.
오, 룩소르여! 나는 지금 여기에 있노라!
2018. 4. 4. 水
룩소르 신전에서

당나귀 소년

룩소르 신전 앞을 당나귀(노새) 타고 유유히 걷는 소년의 모습.
유네스코 문화유산인데 말이며 당나귀 똥이 즐비하다.
그도 어느 별에서 온 어린 왕자일지도 모른다.
아니면 어느 파라오 왕조에서 온 고대 이집트인일지도 모를 일이다.
백마를 탄 왕자가 오늘은 당나귀 탄 소년으로 나타났으리라.
당나귀도 소년도 슬픈 눈동자로 이 험한 세상을 바라보는 것이다.
2018 4. 4. 水
룩소르 나일강변에서

카이로행 기차

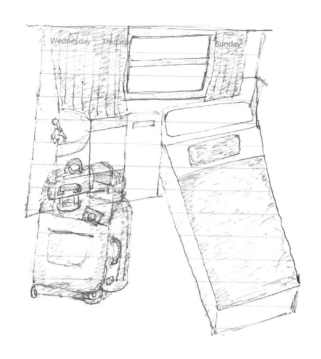

카이로行(행) 2인 1실 기차간의 내부 모습.
이곳에서 김광석 노래를 들으며 葉書(엽서)도 쓰고
일기도 쓰며 혹은 독서를 하며 지낸다.
기차 여행은 로망이다.
꿈이며 사랑이다.
창밖으로 별빛을 바라보며 스텔라 캔맥주 한 모금 마신다.
어느새 별들은 사막 위로 내려와 휘황한 불빛으로 변한다.
은하철도 999를 타고 어느 이름 모를 은하를 여행하는 느낌이다.
2018. 4. 5. 木
기차 안에서

이집트박물관

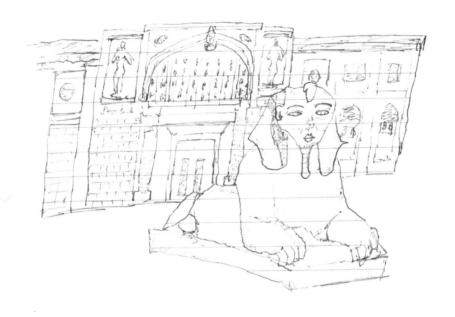

60만 점의 소장품이 있는 이집트박물관의 모습.
스핑크스상 뒤편에 고풍스러운 박물관이 자리하고 있다.
하루 종일이나 몇 날 며칠을 이곳에 눌러앉아
이집트 문명과 대화를 나누고 싶다.
박물관을 구경하고는 정원에 나와 근처 코사리 맛집에 전화했다.
오토바이를 타고 배달 온 코사리로 멋진 점심을 먹었다.
코사리는 마카로니에 갖은 양념을 넣어 비벼 먹는 것인데
우리 '꿀꿀이죽'과 비슷하다.
중독성이 있는 이집트 서민 음식으로 맛이 그만이다.
2018. 4. 5. 木
카이로 이집트박물관에서

문 장식

이집트박물관 입구(入口) 門(문) 장식의 모습.
연꽃을 형상화한 듯 아름답기만 하다.
악마는 디테일에 있다더니 역시나 멋지고 아름답기만 하다.
이집트박물관 정원 옆의 작은 우체국에서 이런 문양의 엽서 몇 장과
우표를 사서 엽서를 쓴다.
바로 앞의 타흐리르 광장은 이집트 재스민 혁명의 진원지이자 성지이다.
지금은 함부로 그룹으로 오고 갈 수 없게 되었다.
아이러니하게도 무바라크 정권을 붕괴시킨 건 서민의 주식인
밀빵 가격 인상에 있었다.
2018. 4. 5. 水
이집트박물관에서

모카탐 동굴교회

카이로 외곽 쓰레기 더미 위 파리 날리는 곳에 콥트교도 집단 거주
지역이 있고, 그곳에 모카탐(Mokattam) 동굴교회가 자리한다.
약 2만 명을 수용하는 곳이다. 동굴교회 입구에 있는,
예수가 십자가에 못 박힌 모습의 십자가 모습.
그 아래 아랍어 성경 구절이 이채롭기만 하다.
이슬람 국가에서 기독교인으로 살아가는 것,
실로 고난과 인욕의 삶이다.
그럼에도 불구하고 종교는 피를 먹고 살아간다.
2018. 4. 5. 木
모카탐 동굴에서

446

성모 마리아와 아기 예수

카이로 시내 한쪽 콥트교도들이 사는 마을에 있는
성모 마리아와 아기 예수를 형상화한 모습.
宗敎(종교)는 오직 人間(인간)을 위해 함께해야 함을
뼈저리게 느끼지 않을 수 없었다.
신(神)을 위해서가 아니다.
종교(宗敎)는 인간(人間)을 위해 존재하는 것이다.
우리는 섬김을 받으려고 온 것이 아니라 섬기기 위해 온 것이기 때문이다.
예수도 석가도 마호메트도 모두 그러하다.
2018. 4. 5. 木
콥트교회 마을에서

사막 교부

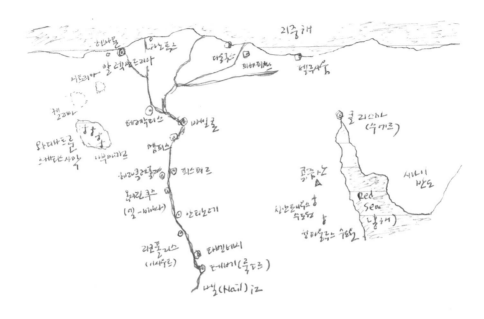

이집트의 고대 수도승인 사막 교부들의 수도 지역을 표시한 지도.
켈리아, 시트리아, 스케티인, 콜주산 등이
대표적인 은수자 토굴 수행처이다.
꼭 이곳을 순례하고 싶었는데 못 가서 아쉽기만 하다.
사막 교부(沙漠教父)는 우리 衲子(납자)의 삶과 수행을 꼭 빼닮았다.
마치 중국 선불교 초기 능가종 계열의 두타행 수행자와 너무나 흡사하다.
이슬람 수피즘 수행자도 이와 흡사하다.
모든 종교는 대동소이(大同小異)하다 하겠다.
2018. 4. 5. 木

카이트베이 요새

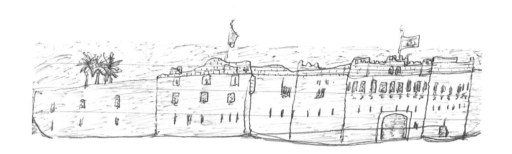

알렉산드리아에는 고대 7대 불가사의 중 하나인
파로스 등대가 있었다.
20여 m 위에 바다의 신 포세이돈이 조각되어 있었는데,
11C 지진으로 완전 붕괴되었다고 한다.
지금은 카이트베이 요새가 자리하고 있다.
1466년 맘루크 왕조의 술탄 카이트베이가 건설한 것이다.
지금은 휴식을 취하는 알렉산드리아 시민과
외국인 관광객으로 붐비는 곳이다. 이곳 알렉산드리아에는
세계 최고의 도서관인 알렉산드리아도서관이 있었다고 한다.
2018. 4. 6. 金
카이트베이 요새에서

이슬람 신학생

이슬람 이맘(Imām)이 되기 위해 신학교를 다니는
이슬람 신학생들이 어디론가 들어가는 모습.
이슬람 성직자가 되기 위한 그들의 삶과 수행에
동병상련의 情(정)을 느끼지 않을 수 없다.
예전 이란 여행 시 테헤란의 어느 이슬람 학교에서
신학생들과 토론을 한 적이 있었다.
피 끓는 청춘인지라 험악한 분위기였는데,
도리어 교수인 이맘은 관용과 포용의 모습을 보여주어 감동한 적이 있다.
우리는 서로 다를 뿐 틀린 것이 아니다.
둘이 아닌 결국 하나에 이르는 길이다.
2018. 4. 6. 金
알렉산드리아에서

아르논 계곡

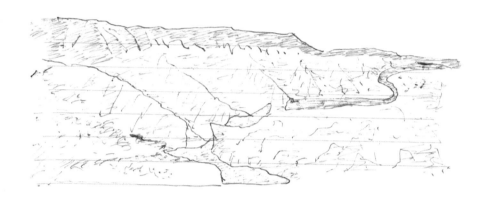

요르단의 작은 '그랜드 캐니언'으로 불리는 아르논(Arnon) 계곡.
(요르단어로는 와디무집Wadi Mujib이라고 함.)
요르단 국왕이 세계에 자랑하는 계곡으로 유명하다.
모세가 38년간의 유랑 생활 끝에
이곳 아르논 계곡을 건너는 광경을 그려본다.
이곳을 지나 비로소 약속의 땅인,
젖과 꿀이 흐르는 가나안 땅에 이를 수가 있었다.
물론 모세는 그곳에 도착하기 전 천화했다.
2018. 4. 7. 土
아르논 계곡에서

입장료

사막 위의 환상의 도시이자 세계문화유산인 Petra(페트라) 유적 입구의 모습.
드디어 페트라 유적 앞에 근 10년 만에 다시 섰노라.
그런데 입장료가 우리 돈 9만 원이나 된다.
빌어먹을 석굴암도 만 원이 채 안 되는데…….
그러니 예전에 새벽 5시 담을 타 넘어 도둑 구경을 한 것이리라.
게스트하우스 비망록에서 한국인 창수 씨가 써놓은
공짜로 '페트라 유적 구경하기' 글을 보고 그대로 한 것이다.
그야말로 '창수 투어'인 셈이었다.
2018. 4. 7. 土

페트라 가는 길

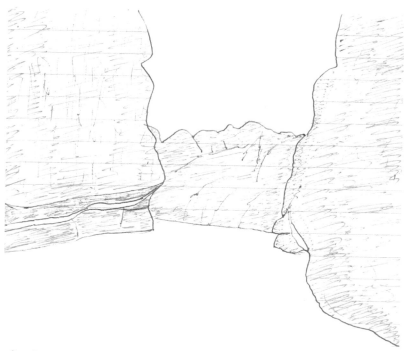

페트라로 들어가기 위해서는 좁고 가파른 절벽으로 둘러싸인
협곡 시크(Al-siq)를 통과해야만 한다. 길이 1.2km의 시크는
지각변동에 의해 거대한 바위가 갈라져 만들어진 길이다.
코끼리를 휘감은 보아뱀처럼 강하게 굽이치는 시크에는
페트라로 물을 끌어들이기 위한 수도의 흔적이 아직 남아 있다.
고개 들면 하늘만 손바닥만 하게 보이는 시크는
마치 이태백의 시구 '蜀道難(촉도난)'을 생각나게 한다.
2018. 4. 7. 土
페트라 가는 시크 길에서

알카즈네 신전

시크 계곡 끝 바위 사이로 알카즈네 신전이 언뜻 엿보인다.
마치 신비인 양 신전이 보이자
그저 아! 하는 탄성과 함께 환희와 전율을 느끼지 않을 수 없다.
임이여, 다시 그대를 보니 행복에 겨워 눈물이 날 듯합니다.
이곳은 몇 년 전 방영된 드라마 '미생(未生)'의
마지막 장면을 찍은 곳으로 유명하다.
2018. 4. 7. 土
알카즈네 신전에서

페트라의 보석

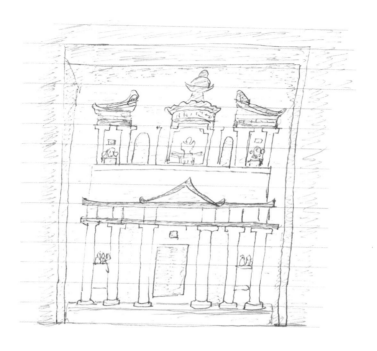

Jordan(요르단)이 자랑하는 세계문화유산
알카즈네 신전의 아름답고 위엄 넘치는 모습.
오, 알카즈네 신전이여!
'영원한 시간의 절반만큼 오래된, 장밋빛 같은 붉은 도시'
페트라의 보석과 같은 알카즈네 신전이여,
우리 모두의 사랑하는 임이여! 사랑이어라!
이곳은 또한 스티븐 스필버그 감독의 영화 '인디아나 존스' 시리즈
'최후의 성전' 편의 무대로도 유명하다.
2018. 4. 7. 土
알카즈네 신전에서

낮잠

페트라 시크 계곡 한편에서 당나귀(노새)가
바위에 머리를 기대고는 피곤에 겨워
시에스타 낮잠을 즐기는 중입니다.
노새도 힘들겠지요.
이 무더위에 짐 신고 다녀야 하니까요.
나도 그 옆에 누워 낮잠이나 자볼까나?
당나귀는 그 옛날 이곳 페트라의 영화를 꿈속에서
꾸고 있을지도 모를 일이다.
2018. 4. 7. 土

사해

Dead Sea(사해)에서 바다 위에 뛰어들어
물에 뜨는지 실험해보고 있는 모습.
신기하게도 상반신과 하반신이
자연스레 물에 뜨는 모습을 볼 수 있다.
慧國(혜국) 큰스님께서도 언제 다시 올지 모르신다며,
직접 들어가 시현해 보이셨다.
비구니 스님들은 건너편 바다에 뛰어들어 수중부양(?) 중이다.
그런데 모두들 '숭악한 해녀(?)'같이 보인다.
어쨌든 우린 지금 사해에 와 있음이라.
2018. 4. 8. 日

수태고지교회

나사렛 중심가에 우뚝 솟은 원추형의 검은 지붕 건물이 수태고지교회이다.
이곳은 AD 2C 이후에 기독교 공동체의 중심이었다.
이후 콘스탄티누스 황제의 어머니인 헬레나 황후의 노력으로
마리아의 동굴을 중심으로 기념 교회가 세워졌다.
현재의 교회는 비잔틴 기념 교회가 세워진 이후
총 다섯 번째 세워진 교회로 1956년부터 1969년 사이에
이탈리아의 교회 건축가인 조반니 무치오에 의해
높이 80m의 키타잔 원추형의 가톨릭교회가 세워졌다.
2018. 4. 8. 日
수태고지교회에서

성모 마리아와 아기 예수 벽화

나사렛 수태고지교회 입구에서 처음 마주치는 교회의 모습.
이곳 회랑에는 각국에서 보내온 성모 마리아와 예수의 모습이
그려진 벽화가 있다. 이곳 어딘가에서
나사렛 예수 닮은 청년이 환하게 미소 지을 듯하다.
문득 마야 왕비가 마나사로바 호수에 목욕하고
부처님이 태어날 것을 예언하는 태몽을 꾸는 모습이 겹쳐진다.
성인이 이 세상에 난다는 것은 이토록 경이롭고 행복한 일이다.
2018. 4. 8. 日
나사렛 수태고지교회에서

한복 입은 마리아와 아기 예수

평화의 모후여   하례하나이다

나사렛 수태고지교회의 주랑 내벽에 그려진
한국 전통 복식의 성모 마리아와 아기 예수 벽화.
한국 가톨릭에서 보낸 것이다. 조금 촌스럽기는 해도
이채롭고 고풍스럽고 아름다운 모습이다.
"평화의 모후여, 하례하나이다!"
나도 두 손 모아 기원드려본다.
마치 동자를 안은 관세음보살님 같아 보인다.
2018. 4. 8. 日
이스라엘 나사렛 수태고지교회에서

수태고지교회 정문

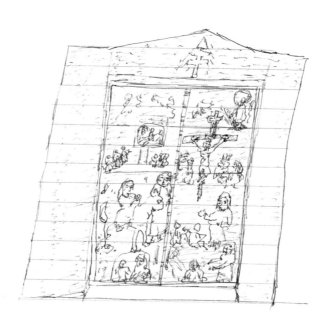

나사렛 수태고지교회 정문.
예수님의 생애를 조각한 문 장식이 화려하고 엄숙한 모습.
우리 부처님 '팔상도'를 보는 듯하다.
성인의 삶을 8가지 모습으로 보여주는 게 비슷하기만 하다.
예수님의 이야기를 부조한 이 문을 열어젖히면 그대로 천국에 이를 듯하다.
그 문을 두드리며 '천국의 문을 두드리다(Knockin' On Heaven's Door)'라는
노래를 불러본다.
2018. 4. 8. 日
나사렛 수태고지교회 정문에서

목수 요셉의 동상

예수의 아버지인 목수(사실은 석공이었을 것) 요셉의 동상.
유독 무릎이 반질반질하게 윤기가 나는데
그것은 그의 무릎을 만지면 관절염이 낳는다는 속설 때문에
사람들이 하도 만져서 그렇다.
종교는 기본적으로 이렇듯 기복적이다.
뭔가에 의지해 자신의 소원을 이루려 하기 때문이다.
그런데 요셉이 목수가 아니라 석공이라는 이야기가 있다.
이곳엔 나무가 별로 없으니 석공이 맞을 것이다.
아니, 그는 일종의 건축가인 것이다.
2018. 4. 8. 日
수태고지교회 요셉 동상에서

성(聖) 프란체스코

나사렛 수태고지교회는 프란체스코탁발수도회가 관리한다.
그런 까닭에 프란체스코 교황이 비둘기에게 설교하는 모습이
창문에 스테인드글라스로 되어 있다.
성 프란체스코, 그는 당대의 보살이라 할 만하다.
그의 사랑과 평화의 정신은 가톨릭의 혁신과 부흥을 이끌었다.
지금 가톨릭의 수장인 교황 프란체스코 성하의 삶과 사랑 또한
그에게서 이어져온 것이다.
아마도 그는 진정한 보살이자 예수님의 현신이 아니었나 생각한다.
2018. 4. 8. 日
나사렛에서

혼인잔치 기념 교회

예수님이 처음으로 물을 포도주로 변하게 하는 기적을 행한
가나 마을의 혼인잔치 기념 교회의 모습.
그래서 이곳 주위엔 포도주를 상징하는 것과 포도주가 유명하다.
가나 마을 혼인잔치에서 포도주가 넘쳐나게 한 기적처럼
행복에 행복을 더하는 것이 종교의 역할일 것이다.
복음(福音, Good News)이 참 많았으면 좋겠다.
2018. 4. 8. 日
가나 혼인잔치 기념 교회에서

십자가 모양

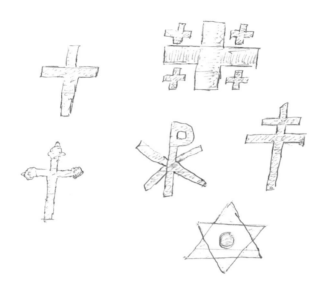

여러 가지 십자가 모형들. 기독교, 유대교, 콥트교, 탁발수도회 등
십자가의 모형도 다양하기만 하다.
틀린 것이 아니라 다른 것일 뿐 함께할 일이다.
이 작은 나무 십자가에 예수님이 희생하심으로써
오늘의 기독교와 가톨릭이 존재한다.
불교도가 8가지 길상문이나 卍(만)자를 불교를 상징하는 것으로
믿고 의지하듯이 같은 이치가 아닐까 생각한다.
가톨릭 신자인 테레사에게 십자가 하나 사다가 선물해주어야겠다.
2018. 4. 8. 日
가나 혼인잔치 교회에서

대추야자 열매

가나 마을 혼인잔치 교회를 떠나
예루살렘 가는 길에 '여리고' 마을에서
혜국 큰스님께서 이곳 특산 대추야자 열매를 대중공양해주셨습니다.
마치 곶감처럼 달고 맛이 일품입니다.
베드윈족이 사막에서 살아갈 수 있는 비상식량 역할을 한다고 합니다.
세상에 죽으란 법은 없는가 보다.
사막에서도 대추 열매가 있어 사람은 살아간다.
과일 오아시스인 셈이다.
2018. 4. 8. 日
여리고 마을에서

예루살렘

드디어 황금돔 사원과 통곡의 벽으로 유명한
이스라엘 예루살렘에 역사적인 入城(입성)을 하였노라!
아, 예루살렘이여, 내 사랑이여!
물론 3시간이 넘는 국경 통과 절차를 거쳤다.
이스라엘에서 30년 넘게 여행업을 한 기독교 신자 사장님께서
"내 생전에 이리 많은 스님네가 이스라엘에 온 것은 처음이다!"라고 한다.
별로 안 어울리는 듯하지만 꽤 잘 어울리는 모습이다.
그야말로 역사적이고 기념비적인 대사건(?)이 아닐 수 없다.
2018. 4. 8. 日
예루살렘 入城記念(입성기념)하며

오병이어

성경에는 오병이어(五餅二魚)의 기적이
벳세다 들녘(오늘날 갈릴리 호수 북쪽 타브가)에서 일어났다고 한다.
지금 그곳에는 비잔틴 시절의 교회 터가 있고 교회 터 바닥에는
이처럼 물고기 2마리와 빵 4개가 그려진 모자이크가 있다.
제단 아래에 있는 바위는 예수님께서 빵과 물고기를 놓고 축사하셨던
것으로 알려졌는데, 그 바위 위에 교회가 세워졌던 것으로 본다.
지금의 오병이어 교회는 1982년에 세워진 것이다. 예수께서 축사하고
나누어주니 놀랍게도 5000명이나 되는 사람들이 다 먹고
남은 광주리가 12개나 되는 기적이 일어났다고 한다.
그림에 빵이 4개만 그려졌는데 일부러 4개만 만들었다는 해석이 있다.
이유는 광주리에 담긴 빵은 4개지만 나머지 보이지 않는
빵 1개는 교회의 주인이며 신앙의 빵이 되신 예수님이라는 견해와
모자이크 바로 뒤쪽에 있는 울퉁불퉁한 기흔석이
나머지 1개의 빵을 의미한다는 해석이다.
2018. 4. 9. 月
예루살렘에서

홀로코스트 박물관

히브리어로 '야드(Yad)'는 '손'이고
'셈(Shem)'은 '이름'이라는 뜻으로 야드바셈(Yad Vahem)은
곧 '기억하다'는 의미의 육백만 학살 기념관이다.
이곳은 제2차 세계대전 당시 약 600만 명 이상 희생된
유대인을 기억하는 추모 기념관으로
'홀로코스트 박물관', '유대인 학살 추모 공원'으로 불린다.
여기 홀로코스트 박물관 입구에는
많은 이스라엘 학생과 군인들이 그리고 수많은 관광객들이 찾아온다.
인류가 저지른 대학살의 참상 앞에
절로 고개가 숙여지고 가슴 아프기만 하다.
2018. 4. 9. 月
홀로코스트 박물관에서

헤롯문

헤롯왕의 아들 헤롯 안티파스(Herod Antipas)의 궁전이 있어서
'헤롯문'이라 한다. 성문 위에 아름다운 꽃무늬 조각이 있어
'꽃문'이라고도 한다. 꽃문은 히브리어로 '아르 헤파라힘'이다.
이 문은 십자가의 길 이처와 베데스다못이 가까워
성지 순례할 때 많이 이용된다.
우리 일행은 이 문을 통해 십자가의 길 순례를 시작한다.
예루살렘 올드시티에는 8개의 문이 있는데
황금 문을 제외한 모든 문은 지금도 이용되고 있다.
2018. 4. 9. 月
예루살렘 헤롯문에서

낙서

예루살렘 구시가지 벽마다 그려진
사랑과 평화를 상징하는 그림과 글씨들.
이곳에 사는 아이들의 평화를 바라는 마음이 벽마다 쓰여 있다.
자유와 평화 그리고 행복한 이들의 미래를 위해 축원을!
인류의 평화는 모든 이의 마음에서 시작된다.
아이의 마음으로 돌아갈 일이다.
저마다 정성과 마음을 담아
사랑과 평화의 글과 그림이 가득한 벽을 채운다.
이곳 이스라엘에서도 유대인과 팔레스타인이
공존과 번영의 행복을 함께하기를 빌어본다.
2013. 4. 9. 月
구시가지 외벽에서

십자가의 길

I. Jesus is condemned to death
II. Jesus carries his Cross
III. Jesus falls for the first time
IV. Jesus meets his mother, Mary
V. Simon of Cyrene helps carry the cross
VI. Veronica wipes the face of Jesus
VII. Jesus fall for the second time
VIII. Jesus meet the women of Jerusalem
IX. Jesus fall for the third time
X. Jesus is stripped of his garments
XI. Jesus is nailed to the cross
XII. Jesus dies on the cross
XIII. Jesus is taken down from the cross
XIV. Jesus is buried

Via Dolorosa
(비아 돌로로사)
십자가의 길 지도.

본디오 빌라도의 법정(안토니아 요새)에서부터
골고다 언덕 위에 세워진 성묘교회까지 약 760m의 길을
'비아 돌로로사(Via Dolorosa)'라고 한다.
라틴어로 'via'는 '길(way)'이며 'dolorosa'는 '슬픔(비탄)'이란 뜻이다.
곧 '슬픔(비탄)의 길'이란 뜻이다. 기독교에서 이 말은
'주님이 십자가를 지고 간 슬픔의 길'을 일컫는 말로 사용되고 있다.
그리고 '골고다'는 '해골'이란 뜻의 헬라어이다. 십자가의 길은
1294년에 과칼두스 신부에 의해 처음 그 위치가 설정되었고,
1540년경 프란체스코 수도사들에 의해 확정되었다.
십자가의 길은 총 14곳으로 되어 있다.
'14'는 완전수를 의미하는데 다윗의 이름은 '14'라는 의미이다.
십자가의 길은 예수님이 성 안에서 사형선고를 받으시고
성 밖에서 돌아가신 길이다.
2018. 4. 9. 月
Via Dolorosa(비아 돌로로사) 십자가의 길에서

본디오 빌라도 법정

본디오 빌라도가 예수님에게 사형선고를 내린
본디오 빌라도 법정으로 원래 안토니아 요새가 있던 곳으로
지금은 '엘오마이에' 아랍 학교가 자리하고 있다.
이 요새는 AD 70년 제1차 유대 반란을 진압할 때
티투스 장군이 파괴하고 성전을 함락시켰다고 한다.
이 초등학교 정문 벽에 로마숫자 'I'이 적힌 표지판이 걸려 있다.
이것이 십자가의 길 첫 번째 표지판이다.
십자가의 길 시작에는 '에케호모아치'라는 아치가 나타나는데,
본디오 빌라도가 예수님을 군중에게 보이며
"Ecce Homo(보라, 이 사람을)"라고 말한 장소라고 한다.
선고교회 내부에는 가시면류관을 쓰고
죄인을 상징하는 홍포를 입고 십자가를 지신 예수님이
골고다 언덕으로 향하는 성화가 있다.
2018. 4. 9. 月
예루살렘 십자가의 길에서

473

성묘교회

골고다 언덕 정상에 있는 성묘교회*는
콘스탄티누스 황제의 어머니 헬레나 황후가 세운 것이다.
하드리아누스 황제가 AD 135년 제2차 유대전쟁 이후 세웠던
비너스 신전을 허물고 AD 336년 골고다 언덕 위에 성묘교회를 세웠다.
헬레나 황후는 성묘교회 외에 감람산의 주기도문교회,
베들레헴의 예수탄생교회를 봉헌하여 비잔틴 시대의 3대 교회를 세웠다.
성묘교회는 AD 614년 페르시아에 의해 파괴되고
십자가를 빼앗겼던 역사가 있다. 이 교회는 러시아 아르메니아정교회,
로마가톨릭, 그리스정교회, 기독교, 라틴교회, 이집트콥트교의
소유권 분쟁이 지속되다 1959년에 이들 종파가 서로 합의하여
1961년부터 지금까지 보수하고 유지하고 있다.
2015. 4. 9. 月
성묘교회에서

• 예수가 십자가에 못박혀 죽음을 맞이한 뒤 안장된 묘지에 세워진 교회

황금돔 사원

성전산 황금돔 사원(바위 사원)의 모습.
'바위 돔'이라고도 한다. 모스크의 중앙에 큰 바위가 있기 때문이다.
예루살렘은 AD 538년 이후 이슬람이 점령했다.
661년 칼리프 우마이야에 의해 건축이 계획, 칼리프 압드 알 말릭 시대인
691년에 완공됐다. 천장이 보이는 황금색 지붕은 1950년대에
요르단 후세인 국왕이 황금 500kg을 들여 금을 입혀서
'황금돔(황금 사원)'이라 칭한다. 내부에는 가로 12m, 세로 15m의
바위가 있다. 아브라함이 하느님의 명령에 따라
이삭을 제물로 바치려고 했던 곳이 이 바위였다고 한다.
이슬람의 경전 코란에는 이 바위를 중심으로 세상이 창조되었으며,
마호메트가 알라신으로부터 하루에 5번씩 기도하라는 계시를 받은
바위라고 한다. 그리고 가브리엘 천사의 인도를 받아 말을 타고
이 바위를 딛고 승천했다고 한다. 지금은 이슬람인만 출입할 수 있다.
2018. 4. 9. 月
황금돔 사원에서

통곡의 벽

유대인들의 성전을 파괴한 로마의 티투스 장군은
위대한 로마의 힘을 보여주기 위해 서쪽의 성벽 일부만을 남겨놓았다.
그 일부분이 바로 '서쪽 벽(Western Wall)', 히브리어로 '하코텔(Hakotel)'이다.
우리에게는 '통곡의 벽(Wailing Wall)'으로 알려진 벽이다.
유대인들은 제2성전이 파괴되자 통곡의 벽 앞에서
파괴된 성전을 향하여 애통해하며 통곡했다.
그러나 그마저도 로마는 허락하지 않았다.
로마의 하드리아누스 황제에 의해 예루살렘에서 쫓겨날 수밖에 없었다.
하지만 비잔틴 시대 1년에 단 하루, 성전이 파괴된
티샤베아브(아브월 아홉 번째 날)에만 성전 서쪽 벽에 접근할 수 있었다.
흩어져 있던 유대인들은 그날 통곡의 벽에 모여
성벽을 두드리고 슬피 울며 기도했다. 통곡의 벽에서 기도하는 이유는
지성소가 있던 위치와 가장 가까운 곳이기 때문이다.
이곳은 1967년의 6일 전쟁 이전까지는 요르단 땅이었다.
그래서 1967년 일 년에 하루만 방문이 가능했다.
오늘날 우리가 볼 수 있는 벽은 길이 50m, 높이 15m정도이지만,
실제로는 땅속으로 깊이 17단이나 들어가 있다.
성벽 바닥에서 일곱 번째까지가 헤롯당이 재건한 제2차 성전 때의 돌이고,
그 위로 네 번째까지가 로마가 쌓아올린 돌이다.
더 위의 작은 돌은 터키 시대에 쌓아올린 돌이다.
2018. 4. 9. 月
통곡의 벽에서

예수탄생교회

예루살렘 근처로 예수님께서 탄생하신
베들레헴의 예수탄생 기념 교회 입구에서 바라본 교회의 모습.
마치 성을 보는 듯한 기분이다.
전 세계의 신자들이 찾아와 북새통을 이룬다.
처음 보는 에티오피아 정교회 신자들의 모습도 보인다.
우리를 처음 보는 이들은 신기한 듯 쳐다보며 이것저것을 물어보곤 한다.
이곳은 예수님이 탄생한 곳.
말구유에서 태어난 그의 탄생은 새로운 복음(福音)이자
사랑과 평화의 선포였다.
성인 예수의 탄생을 나 또한 두 손 모아 축복해본다.
2018. 4. 9. 月
베들레헴 예수탄생교회에서

회향식

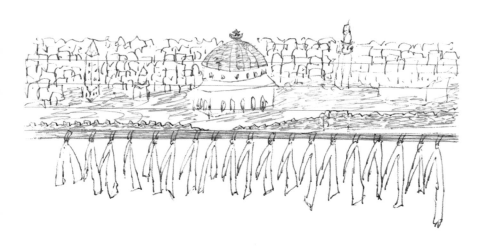

베들레헴에서 돌아오는 길에
예루살렘이 한눈에 바라다보이는 언덕 위에서
혜국 스님 모시고 회향식을 가졌다.
홀로코스트와 세월호 참사 희생자를 추모하는
노란 천을 매단 채 추모의 정을 다했다.
淨雲(정운) 스님의 발원문이 낭랑하게 울려 퍼진다.
가슴 뭉클한 감동과 환희가 샘솟는다.
우린 지금 예루살렘에 있노라!
2018. 4. 9. 月
예루살렘이 바라다보이는 언덕 위에서
회향식을 하면서

이스라엘을 떠나며

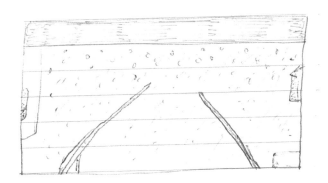

이스라엘을 출국해 요단강을 건너 요르단으로 들어서자
때 아닌 빗방울이 떨어지기 시작한다.
그야말로 甘露(감로)와 같은 法雨(법우)가 아닐 수 없다.
'慧國(혜국) 큰스님과 함께하는 이집트, 요르단, 이스라엘 문명 기행'
이 역사적인 쾌거에 대한 하늘의 感應(감응)이리라.
아듀! 이스라엘이여,
실로 행복한 여행이 아닐 수 없다.
영원히 잊지 못할 순간의 꽃.
예루살렘의 화두여!
2018. 4. 10. 火
이스라엘을 떠나면서

탄자니아 수도인 다르에스살람에서 배를 타고 가면 온 도시가 세계문화유산인 잔지바르섬에 도착한다. 록 그룹 '퀸(Queen)'의 리드 보컬 프레디 머큐리의 고향인 잔지바르의 석양과 일몰은 압권이다.

2019년
우주의 중심,
수미산을 가다

① 축 항축 (서시)
　　　— 須彌山法會와 함께하는 대한수미산
　　　　　성지순례에 부쳐 —

須彌山頂 (수미산정)에
　해 뜨고 달 지는
　須彌山 (영겁의 법道)남(순간)
　須彌頂 (할배에서 須彌頂 (영원으로) 向(향)하는)
이 마음이여,
수미산 카일라스는
　그날도 눈부시게 아름다웠어라.
아, 이곳은 불교의
힌두교, 쌍교하고, 본교의 聖鄕
　온 宇宙 (우주)의 중심
그곳에서 자비와 사랑을 터치다.
불써 그 품안에서 국어도 좋아라.

수미산과 마나사로바湖수
　4대강의 발원이여,
　해와 달과 별과 은수
허공과 대지와 구름의 오래를 들어라.
자연과 神(신)의
　시대를 침묵 속에
　우리마도 깊은 깨침의 소리
　온 우주를 일깨움이라,
수처 수만의 날수이어라

　수처, 수만의 연꽃과 부처로다,
제방의 눈물 한방울에
　설련화(雪蓮花) 피어나
그대로 수미산이어라.
　　— 2019. 8. 22. 木 . 四비음 成都에서
　　　　항소 김명 씀 이씀다 —

,序詩

— '永眞(영진) 스님과 함께하는 티베트 수미산 성지순례'에 부쳐 —

須彌山頂(수미산정)에
해 뜨고 달 지는 永劫(영겁)의 瞬間(순간)
刹那(찰나)에서 永遠(영원)으로 向(향)하는
이 마음이여,
수미산 카일라스는
그날도 눈부시게 아름다웠어라.
아, 이곳은 불교와 힌두교, 자이나교, 뵌교의 고향
온 宇宙(우주)의 중심
그곳에서 자비와 사랑을 외치다.
끝내 그 품 안에서 죽어도 좋아라.
수미산과 마나사로바 호수.
4대 강의 발원이여,
해와 달과 별과 호수,
허공과 바람과 구름의 노래를 들어라.
자연과 神(신)의 위대한 침묵 속에
우뢰와도 같은 깨침의 소리
온 우주를 일깨움이라.
수천 수만의 봉우리마다
수천, 수만의 연꽃과 부처로다.
케상의 눈물 한 방울에
설련화(雪蓮花) 피어나 그대로 수미산이어라.

2019. 8. 22. 木

泗川省(사천성) 成都(성도)에서
활안진광 우연히 읊다

꿈

2019. 8. 22. 木~9. 5. 木

'永眞(영진) 스님과 함께하는 티베트 수미산 성지순례'를 나선다.

평생의 꿈과 로망. 우주의 중심인 수미산 카일라스와

달의 호수 마나사로바를 보러 지금 내가 만나러 갑니다.

혼자 꾸는 꿈은 그냥 꿈으로 끝나지만 여럿이 함께 꾸는 꿈은 현실이 된다.

가슴속에 꿈을 품은 그 순간, 이미 꿈은 이루어진 것이다.

그대의 꿈은 무엇인가요?

2019. 8. 22. 木

인천공항에서

快活堂(쾌활당)

活眼眞光(활안진광)

영진 스님

'永眞(영진) 스님과 함께하는 티베트 수미산 성지순례'
지도법사이신 백담사 유나(維那) 永眞(영진) 스님의 모습.
평소 존경해 마지않는 한국 선불교의 상징과도 같은 수좌 스님이시다.
잘생긴 얼굴을 너무 못 그려 죄송스럽기만 하다.
이번 순례를 위해 설악산을 몇 번이고 오르내리셨다고 한다.
젊은 피(?)인 영진 스님의 지도 아래 여법하고 행복한 순례를 기원해본다.
2019. 8. 22. 木

문성공주

투뵈의 영웅인 송짼감포 대왕에게 시집 온 당 태종의 수양 딸내미
문성공주(文成公主)의 모습. 문성공주가 티베트에 시집올 때
모시고 온 12살 모습의 석가모니불상은
조캉사원에 모셔져 티베트 국보이자 정신적 귀의처가 되고 있다.
신라의 천축 구법승들이 구법 여행을 오고 가는 데 문성공주의 역할이 컸다.
그러나 결혼 생활은 그리 순탄하거나 행복하지는 못했다.
우리 고려 말에 시집온 노국대장공주를 위시한
원나라 공주와 같은 처지였을 것이다.
2019. 8. 23. 金
泗川省(사천성) 成都(성도)에서

카일라스

에어차이나(Air China) 항공을 타고
청두(成都)에서 티베트(TIBET) 라싸(拉萨) 오는 길에
문득 창밖을 보니 천산(天山) 산맥의 설산 연봉들이 구름 위에
우뚝 솟은 채 그 신령스런 모습을 드러낸다.
티베트 들어가면 거의 매일 보는 풍경일 테지만
가슴 벅찬 감동과 희열에 젖어 수희찬탄하게 된다.
그렇게 나의 오랜 꿈과 로망인
수미산 카일라스 강린포체로 내가 지금 만나러 갑니다.
타시델레(Thasidele : 안녕이라는 티베트어)!
티베트(TIBET, 西藏) 카일라스 수미산이여!
2019. 8. 23. 金
티베트 상공에서

궁가공항

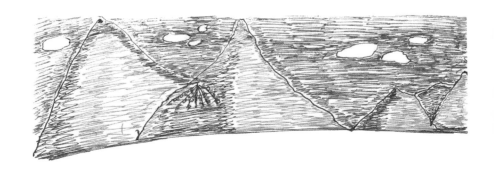

드디어 티베트(TIBET) 라싸(拉薩)의 관문인
궁가공항(貢嘎機場)에 도착했다.
마치 어느 은하계의 혹성에 불시착한 그런 느낌이다.
풀 한 포기 없는 황량한 사막과도 같은 헐벗은 산에
눈이 시리도록 짙푸른 하늘과 뭉게구름들의 유영(遊泳).
해발 3600미터 고산인지라 숨이 턱턱 막히는 듯하다.
달에 첫발을 내딛으며 "이것은 내겐 작은 발자국이지만
인류에게는 위대한 진보의 첫발이다"라고 이야기한 암스트롱의 마음이다.
드디어 수미산 카일라스가 있는 티베트에
내가 지금 첫발을 내딛었다.
2019. 8. 23. 金
티베트 궁가공항에서

쌍예사 추모재

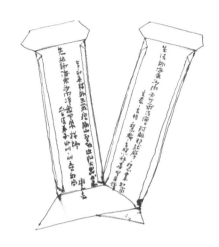

티베트 최초의 사원이자 초전법륜 성지로
만다라를 지상에 구현한 쌍예(桑耶寺) 사원에서
신라 출신 정중무상 선사와 그의 티베트 제자인 바세와
쌍예사 3대 주지 세르난 화상의 추모재를 봉행했다면 좋았을 것을······.
위패를 정성스럽게 써서 추모재를 봉행하려 하였으나
중국 공안(公安)의 제지로 무산되고 심축(心祝)을
대중 모두가 정성스레 봉행하였다.
티베트의 중국 선불교 초전이 정중무상 선사와
그의 티베트 제자라니 감격스럽기까지 하다.
또 하나 우리나라 출신으로 천축구법승인
아리타발마, 혜업, 현태, 현각, 혜륜, 현조, 오진 스님과
이름 없는 무명승 두 분도 함께 추모하였다.
그들이 있기에 오늘의 한국 불교가 존재함이니라.
2019. 8. 23. 金
쌍예사(桑耶寺)에서

티베트 문자

티베트 상예사원
'홍불 맹세비'에 새겨진
티베트 문자의 모습.

티베트의 위대한 송짼감포 대왕은 우리나라의
세종대왕에 비견되는 위대한 성왕이다.
그의 가장 위대한 족적은 바로
티베트 문자를 발명한 것이다.
산스크리트 문자(자음 24자)에 몇 가지(6개)를 첨가해
티베트 문자를 만들었는데,
이는 우리 자음·모음과 흡사해 놀랍기만 하다.
한국에서 영화 '나랏말ᄊᆞ미'의 상영과 함께
세종과 신미 대사와 연관해 주목할 만한 것이다.
우리 한글 창제에 일정 부분 영향을 미쳤으리라 생각한다.
2019. 8. 23. 金
쌍예사(桑耶寺)에서

차관

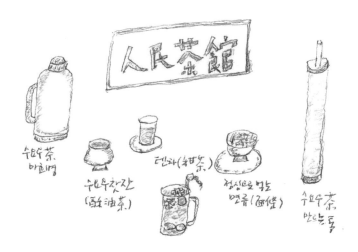

조캉사원 앞 티베트식 茶館(차관)에서
수요우차(버터와 전차 부스러기로 만든 차)와 짜이 비슷한
甛茶(텐차)를 마시며 망중한을 보낸다.
티베트 현지 아주머니들은 과일과 대추 그리고 꽃이 들어간
예쁜 花茶(화차)를 드시고 있다.
이곳에서는 간단한 면 종류로 식사도 할 수가 있다.
사원 입구에는 오래된 茶館(차관)이 있어
그곳에서 현지인들과 어울려 면과 차를 즐기곤 한다.
주전자로 차를 끓여 와
1元(위안)에 한 잔씩 리필을 해주는 것이다.
장담하건대 그 찻집에 2~3일 출입을 하면
금세 라싸의 티베트인들과 친구가 될 수 있다.
2019. 8. 23. 金
조캉사원 앞 茶館(차관)에서

도전

세라사(色拉寺) 入口(입구) 앞의 작은 식당에서
감자튀김 요리를 하고 있는데 맛이 있어 보인다.
한 접시에 10元(위안) 주고 사서 시식을 해본다.
바삭한 감자칩에 매콤한 향신료를 뿌려 먹으니
의외로 맛이 일품이다.
주인아주머니와 티베트 현지 아저씨의 관심과 입담은
서비스와도 같았다.
여행은 새로운 맛에 대한 도전이고 모험이자 즐거움이다.
2019. 8. 24. 土
세라사 입구 튀김집에서

포탈라궁 2

조캉사원 옥상에서 바라다본
라싸 포탈라궁 (布达拉宮)의
장엄하고 아름다운 모습.
2019. 8. 24. 土
김영광

조캉사원(大昭寺) 옥상에서 바라다본 조캉 광장과 티베트 시내의 전경.
그리고 무엇보다 저 멀리 밝고 아름답게 빛나는
한 송이 연꽃 같고 반야용선 같은 포탈라궁의
장엄하고 아름다운 자태에 매혹되게 마련이다.
그것은 부처님의 자비광명이자 진리의 영원한 등불이요,
하나의 이상향, 더없이 아름다운
부처님 세상의 현현이 아닐 수 없다.
이대로 죽어도 좋을 만큼 숨 막히는 희열,
영원을 향한 깨달음의 보석일레라.
2019. 8. 24. 土
조캉사원에서 포탈라궁을 바라보며

독경

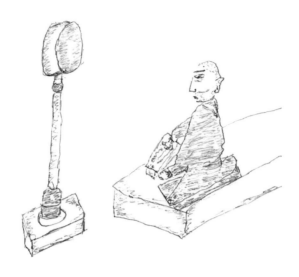

어느 티베트 사원에서 한 스님이 정좌한 채
티베트 경전을 독경하는 모습이 성스럽고 아름답기만 하다.
그가 어떤 인연으로 스님이 되었는지
어떻게 어떤 마음으로 살아가는지를 알 필요가 있는가.
지금 이대로의 모습 그대로가
나로 하여금 신심과 환희스러움에 젖게 하는 것을……
수행자답게 살아가며 자신을 속이지 않는 그 길을
가고 또한 갈 따름이다.
2019. 8. 25. 日

낙루

시가체 타시룬포 사원 참배 바로 전에
'헬로 모닝콜'이란 티베트 아가씨의 목소리에 깨어나
모닝커피 한잔 하다가
한 방울 그림책에 낙루(落淚)하였다.
이 또한 결코 작은 우연이 아님을.
一適穿石(일적천석).
한 방울의 물방울이
정히 굳센 돌도 뚫어버리는 법이다.
2019. 8. 26. 月

레이펑 동지

내가 좋아하고 사랑해 마지않는
중국사회주의 혁명의 전범과도 같은 레이펑(雷鋒) 동지의
선전 문구가 이곳 티베트에서도 보인다.
그리고 관공서마다 "인민을 위해 복무하라(爲人民服務)"라는
마오쩌둥(毛澤東)의 글씨가 붙어 있다.
나는 수행자도 레이펑과 같은 이타적 보살행과
인민(人民) 혹은 중생(衆生)을 위해 일하는
마음자세가 필요하다고 본다.
가죽에 털이 나고 머리에 뿔을 인 채(被毛戴角)
이류 가운데 뛰어들어 행하는(異類中行)
보살행의 서원과 실천이 필요한 때이다.
2019. 8. 26. 月

샤카사

샤카종의 홍본산인
샤카사(薩迦寺) 전경모습.

샤카종의 총본산인 샤카사(薩迦寺)는
하나의 범접할 수 없는 위엄 서린 거대한 요새이다.
쫑카파(宗喀巴)를 비조로 하는 샤카파는
몽골 치하 정치적 수완을 발휘하여
독보적 지위를 차지하고 거의 국교로서 위세를 누렸다.
'달라이라마' 칭호를 원 제국 쿠빌라이에게 받은 것도 이때이다.
國師(국사)로서 지위를 획득한 것이다.
그러나 이곳은 우리에게는 충선왕의 유배지로서 또한
기억해야 할 곳이다. 그 시절 충선왕이 겪었을
고난과 박해 그리고 유배 생활이 그려지는 곳이기도 하다.
그것은 거대한 벽(壁).
벽이라고 느낄 때 담쟁이는 기어서 오르는 것이다.
2019. 8. 26. 月
샤카사에서

샤카 스님의 연주

의식이나 공양이 있음을 알리려는지 샤카종 망루에서
스님네가 묵직한 티베트 악기로 장엄하게 연주를 시작한다.
마치 천상의 음악인 양 신비롭고 아름답기까지 하다.
내겐 이 소리가 먼저 가신 先師(선사)들의 구도열과
정진에 대한 칭송의 찬가이자 이제 돌아가 전법 교화하라는
다정한 선사 스님네의 미소로 보인다.
그래, 이제 돌아가 나에게 맡겨진
소명을 다해야 할 것이다.
그네들이 그토록 살고 싶었던 내일이
우리가 의미 없이 보내는 오늘이기에…….
2019. 8. 26. 月
샤카 사원에서

양 떼

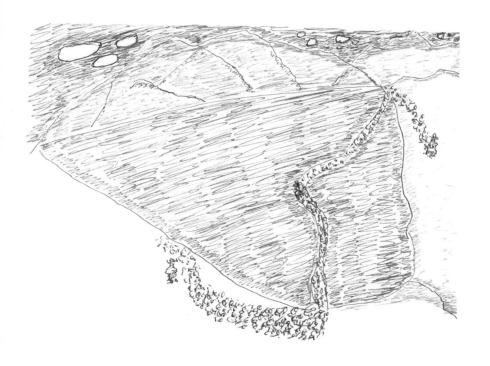

버스를 타고 가다 양 떼들이 호수를 가로질러 넘어가는
신기한 광경을 마주해 급히 차를 멈췄다.
마치 홍해가 갈라지는 '모세의 기적'을 보는 듯하다.
양 떼가 지나갈 수 있도록 길이 나 있는 것도 신기하지만
수천수만 마리의 양 떼가 질서정연하게 호수를 건너
건너편 산허리로 이동하는 모습이 더욱 신기하기만 하다.
양치기 소년도 해볼 만한 직업이 아닌가 싶다.
양 떼들은 지금 어디로 가는 줄 아는가?
2019. 8. 27. 火

3대

샤카의 바이쥐사(白居寺)와 십만불탑을 참배하고 내려와
샤카 시내에서 點心(점심)을 먹었다.
그런데 뭔가 허전한 듯하여 식당 앞에
수미산이 멋지게 그려진 티베트 茶館(차관)을 찾아갔다.
할머니랑 며느리, 그리고 귀여운 손자 녀석
이렇게 3代(대)가 모여 운영하는 곳이다.
할머니 인물이 참 좋아 젊은 처녀 때 사진을 구경하고는
柑茶(톈차) 한잔 시켜놓고 가족들과 이야기도 나누고
기념촬영도 함께 했다.
찻값을 극구 사양해 손주 녀석 아이스크림 값으로 주었다.
샤카 차관에는 3代(대)의 행복한 가족이
행복하게 살아가고 있다.
2019. 8. 27. 火

티베트고원

드디어 티베트고원 阿里(아리) 지구 入口(입구)에 들어서다.

"藏西祕境 天上阿里(장서비경 천상아리)"

— 서장의 신비스러운 경치 천상의 아리로다! — 라는

문구가 보인다.

이제 곧 카일라스 수미산과 마나사로바 호수를 만날 수 있을 것이다.

버스에 혹은 마을 벽에 '아리랑(阿里狼)'이라는

아리 지역의 이리 모습 스티커가 보인다.

어쩌면 우리 민요 '아리랑'이란 노래도 이곳 어딘가에서

연유하지 않았을까 하는 생각이 든다.

아리(阿里) 지역의 아가씨(娘) 이야기가 우리나라로 와서

'아리랑(阿里娘)'이 된 것이 아닐까 생각하는 것이다.

2019. 8. 28. 水

수미산

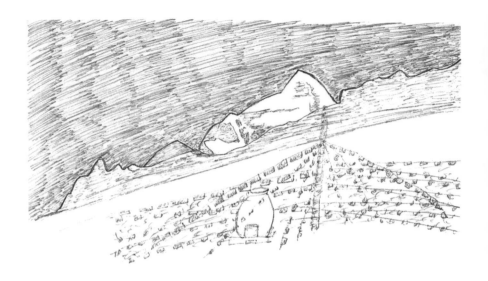

다르첸 마을에서 버스로 4km를 와서
카일라스 코라 순례길의 출발점에 도착하니
거짓말처럼 카일라스 수미산이 구름을 뚫고 나와
온전히 얼굴을 드러냅니다.
웅장한 자태에, 신비롭고 아름다운 장엄한 모습에
넋이 나갈 지경입니다.
아울러 코라 순례길의 서광이 비추는 듯한 모습입니다.
그 자리에서 오체투지로 카일라스에 예배하고
행복한 마음입니다.
2019. 8. 29. 木
카일라스 입구에서

입제식

티베트의 영혼이자 우주의 중심인
카일라스 수미산을 보자마자 그대로 엎드려
지심정례 마음을 모아 간절하게 頂禮(정례)를 올립니다.
드디어 카일라스에 내가 왔습니다.
여기까지 오는 전 생애의 삶과 수행 여정이
바로 기적이자 순례가 아닐 수 없습니다.
부처님과 카일라스에 내가 왔음을 告(고)하는
입제식에서 바로 옆 비구니 스님의
감격에 겨운 흐느낌과 속울음에
나 또한 참회와 서원의 순간을 함께하였습니다.
2019. 8. 29. 木
카일라스 입구에서 고불식을 하며

마못(Marmot)

카일라스 코라 순례길에서 만난
마못(Mamot)이라는 앙증맞은 동물의 모습.
언젠가 어느 다큐에서 보았던 마못을
이곳에서 만날 줄 몰랐다.
구멍을 파고 가끔 고개를 쑥 내밀며
고개를 좌우로 돌리는 모습이 인상적이다.
다람쥐보다 큰 덩치로 귀엽고 예쁜 앙증맞은 모습이다.
카일라스 영산에 사니 그들도 도인이나 다름없는
수행자답다는 느낌이다.
어쩌면 나도 언젠가 그렇게 살지 않았을까 생각해본다.
2019. 8. 29. 木

오체투지 가족

카일라스 코라 순례길에서 만난
오체투지하는 티베트인 가족의 모습.
남루한 행색이지만 얼굴에는
평화로운 미소와 행복한 모습입니다.
열흘간 카일라스 코라 길을 오체투지로 순례하는 그들에게서
신심과 원력을 되새겨봅니다.
특이한 건 나무 딱딱이가 아닌 슬리퍼를 손에 낀 채
오체투지를 하는 모습입니다.
그들의 눈동자마다 카일라스 하나가 들어 있습니다.
2019. 8. 29. 木
카일라스 오체투지 가족

절벽 위 사원

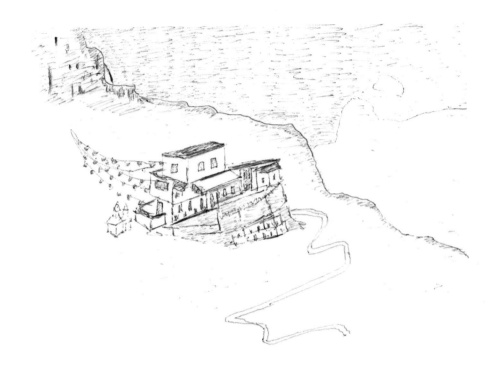

다라북 사원 가는 길에 양쪽 협곡을 지나다가 만난
절벽 위의 한 사원의 모습. 깎아지른 절벽 아래
허공에 매달린 모습이 위태롭게 보인다.
저곳의 사원에서 한 철 혹은 한평생 죽을 각오로
정진해보고 싶어진다.
저곳에 올라 카일라스의 장엄한 모습을
매일 바라만 보아도 깨달음에 이를 듯하다.
2019. 8. 29. 木
카일라스 입구 지나 절벽 아래 첫 사원에서

코라 순례길

강린포체(冈仁波齐). 수미산 카일라스 코라 순례길은
총 52km 거리로 2박 3일이 소요됩니다.
티베트인 중에는 하루 만에 완주하는 이도 있다고 하고,
오체투지로는 10일가량 걸린다고 합니다.
카일라스 코라 순례는 모든 이의 꿈이자 로망이며
평생에 한 번은 꼭 하고 싶은 순례가 아닐 수 없습니다.
그날도 카일라스는 눈이 부시도록
장엄하고 아름다웠습니다.
2019. 8. 29. 木
카일라스 코라 순례길에

카일라스 북면

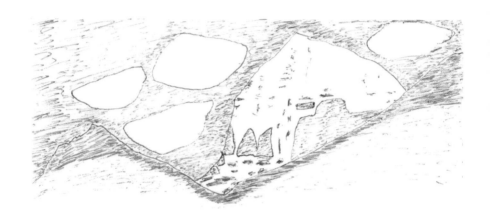

첫날 코라 순례길의 종착지인
다라북 사원(5200M)이 바라다보이는 언덕에 오르니
카일라스 북면이 웅장한 자태를 뽐내며 아름다운 모습을 드러낸다.
오늘 하루 순례에 대한 보상인 듯하다.
세상에 자연만큼 경이롭고 신령스러운 것이 또 어디 있으리오!
그 웅혼한 자태와 신령스러운 기운으로 인해
내 안에 카일라스가 들어와 하나가 되는 느낌이다.
오! 카일라스여, 내 사랑이여!
2019. 8. 29. 木
카일라스 북면을 대하여

카일라스 별들의 향연

새벽 3시경 볼일(?)을 보러 공중화장실에 들렀다가
일을 본 후에 무심코 카일라스 북면을 바라본 순간,
너무나 감격과 환희에 젖었다. 어둠 속에서
순백의 카일라스의 모습은 장중하고도 경이롭기까지 했다.
그 주변으로 해발 5200M의 밤하늘에 휘황한 별빛이
신비롭고 아름답기 그지없다.
모든 이의 소망과 비원이 하늘로 올라가 별빛으로 화한 느낌이다.
카일라스의 순백의 위엄과 별빛이 이루는
장엄함에 압도되어 저절로 고개를 숙이게 된다.
내 안으로 카일라스 북면이 들어와 하나가 된다.
한 시간여 정좌한 채 행복의 충격과 전율을 느낀다.
2019. 8. 20. 金
다라푹 사원 근처 롯지에서

해탈의 고개

'해탈의 고개' 돌탑에는 순례자들이 남기고 간
모자, 목도리, 옷가지 등과 심지어 손톱, 발톱까지
돌탑이나 그 주위에 즐비합니다.
이생의 고통과 번뇌를 내려놓고
내생의 윤회를 기약하는 의미가 있습니다.
나도 온갖 번뇌와 망상을
이곳 '해탈의 고개' 돌탑 위에 남긴 채
돌마라 고개로 향합니다.
2019. 8. 30. 金
해탈의 고개에서

부모효경점

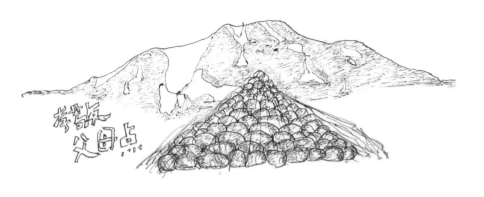

해발 5000M 즈음에 부모님께 효경을 다하는 곳이라는
부모효경점(父母孝敬点)이 설산 아래 고즈넉이 자리합니다.
이곳에서 노스님 원담(○潭) 스님과
은사이신 법장(法長) 스님, 그리고 眞觀(진관)·興輪(흥륜)·수연(修蓮) 노스님과
태연·명선 스님의 극락왕생과 속환사바를 빌어봅니다.
또한 돌아가신 아버님과 어머님(父 : 張用鈿 母 : 威玉蓮)의
극락왕생을 발원해봅니다.
특시 은사 스님께서는 히말라야 혹은 카일라스의 허공과 구름 그리고
바람으로 영원하리라 생각하며 14주기를 맞아 감회가 남다르기만 합니다.
스님, 여여(如如)하시지요?
2019. 8. 30. 金
카일라스 '부모효경점'에서

스님의 발자국

비구니 스님 한 분이 천천히 화두를 든 채 한 발자국씩
걸어가는 모습에 감격과 환희를 느꼈습니다.
조금도 움직이지 않던 수미산 카일라스조차
스님의 발자국에 요동을 치며 함께 움직이는 듯합니다.
이에 졸시 하나 써봅니다.
"수천수만의 히말라야 연봉마다
수천수만의 연꽃이 피어남이라.
수천수만의 연꽃마다
수천수만의 부처일레라.
그대의 한 걸음 발자국마다
카일라스도 함께 걸어감이라!"
2019. 8. 30. 金

천상의 화원

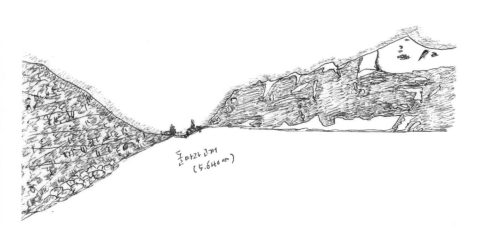

돌마라 고개
(5,640m)

드디어 나는 '천상의 화원'과도 같은
돌마라 고개(5640m) 정상에 올랐노라!
오른편으로는 카일라스의 순백의 봉우리가 우뚝 솟아 있고
왼편으로는 오색의 타르초가 바람에 흩날리며
오색찬란한 꽃밭을 이룬 '천상의 화원'에
내가 지금, 여기에 서 있노라!
그대로 주저앉아 통곡이라도 하고 싶다.
이 화원에 누운 채 푸르디푸른 하늘을 바라보며
감격과 환희의 눈물을 흘리노라!
아, 나는 드디어 이곳 카일라스의 돌마라 고개에 올랐으니
이대로 죽어도 좋을 것만 같았다.
2019. 8. 30. 金
돌마라 고개에서

가우리쿤드 호수

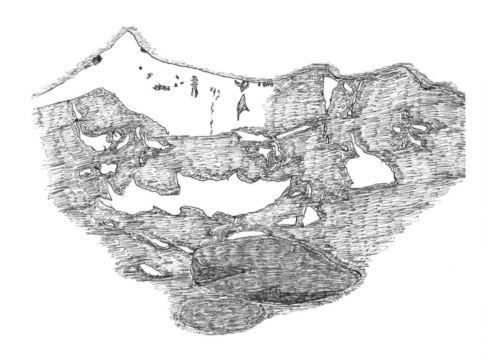

돌마라 고개(5640m) 바로 아래 흰 설산이 병풍처럼 둘러쳐져 있고
그림처럼 아름다운 호수가 수채화처럼 펼쳐져 있다.
이곳은 또한 힌두교에서 코끼리 모양을 한 가네샤가 태어난
가우리쿤드(Gauri Kund) 호수가 자리합니다.
이 호수가 영롱한 빛으로 반짝이는 순간,
작지만 소중한 깨달음이 함께하는 듯합니다.
2019. 8. 30. 金
가우리쿤드 호수에서

눈길

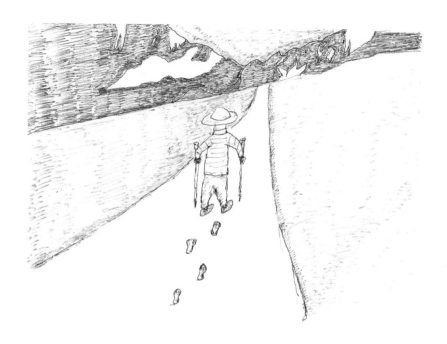

돌마라 고개 아래 빙하인지 눈밭인지를 가로질러 걸으며
서산 휴정 선사의 선시가 떠오릅니다.
"눈 덮인 들판을 가로질러 걸어가는 이여,
함부로 난삽하게 걷지 말지어다.
그대가 걸어가는 이 발자국,
뒤에 오는 이의 이정표가 되리니!"
(踏雪野中去 不須胡亂行 今日我行跡 遂作後人程)
이런 마음으로 나의 길과 희망,
깨달음의 길로 나아가야 할 때이다.
2019. 8. 30. 金
눈 덮인 길을 걸으면서

꽃

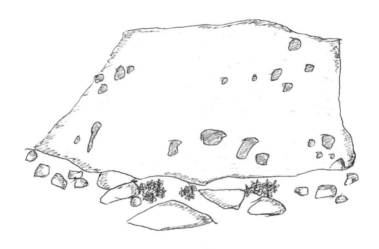

카일라스 주변의 돌들은 옛날 화산 폭발의 영향인지 모르지만
군데군데 붉은 자국이 보입니다.
내려오는 길가에 예쁜 꽃 무더기가
이제야 눈에 들어옵니다. 고은의 詩(시) '그 꽃'의 한 구절
"내려올 때 보았네
올라갈 때 보지 못한
그 꽃"처럼 말입니다.
자연과 세월이 빚은 흔적 위에서
꽃은 자연히 피어 만발합니다.
2019. 8. 30. 金

주틀북 사원

아침 일찍이 밀라레빠가 수행한

유서 깊은 주틀북 사원(Zutral Phug Gompa)을 참배하였다.

숙소 롯지 바로 위에 있어 걸어서 올랐다.

이 사원 안에 밀라레빠가 수행한 동굴 자리가 있다.

그의 손자국이 남아 있어 더욱 마음에 와 닿는다.

나도 이곳 어딘가에서 그처럼 정진해보고 싶어진다.

2019. 8. 31. 土

물줄기

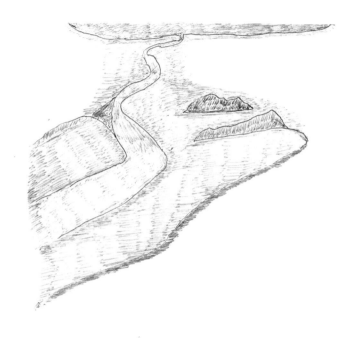

카일라스에서 발원한 물줄기는 얄룽창포강이 되고
굽이굽이 흐르며 4대 강의 발원지가 됩니다.
저 멀리 귀호(鬼湖)인 락샤스탈 호수가 신기루처럼 보입니다.
언덕 위에 올라 강물을 바라보며
문득 소동파의 오도송이 생각납니다.
"시냇물 소리는 부처님의 장광설이요,
산 빛은 어찌 부처님의 청정법신이 아니리오.
밤새 흐르는 물소리는 팔만사천 법문이니
이를 뒤에 누구에게 전할꼬?"
(溪聲便是廣長廣 山色豈非淸淨身 夜來八萬四千偈 他日如何擧似人)
2019. 8. 31. 土

화장실

카일라스 코라 순례길 종착지에 위치한
티베트식 화장실의 모습.
남녀가 나뉘어져 있는데
칸막이가 어깨 정도 되는지라 영 불편한 것이 아니다.
그래도 언덕 위에 자리하여
강물이 내려다보이는 멋진 풍광이다.
특히 밤이면 멋진 밤하늘의
별빛을 감상하기에 그만인 곳이다.
2019. 8. 31. 土
세상에서 가장 멋진 화장실에서

구게왕국

신비스러운 구게(古格)왕국 유적지의 모습.
자다 토림(札達土林)의 멋진 풍광 가운데 우뚝 솟은 바위산을 뚫어
찬란한 문명을 일군 신비의 왕국인 구게왕국이 자리한다.
특히나 이곳 동굴의 벽화는 수작으로
독특한 멋을 자랑한다.
갑자기 역사에서 사라진
구게왕국의 구 유적지에서
참 많은 생각과 감회에 젖는다.
2019. 9. 1. 日
구게왕국 유적지에서

톨링 사원

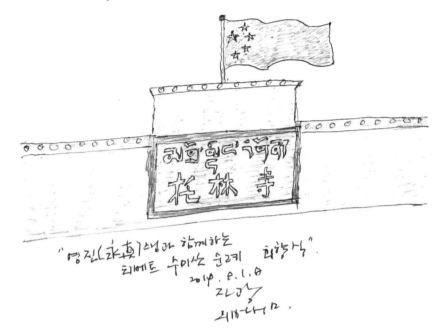

자다(札達) 시내에 구게왕국의 초전법륜지인
톨링(托林) 사원이 있다. 인도의 고승인 아티샤를 초청해
이 사원을 짓고 이곳에서 역경 사업을 펼친다.
구게왕국(古格王國) 옛 유적지를 본 후 자다 시내로 돌아와
점심공양 후 이곳에서 회향식을 가졌다.
모두 순례대중들이 환희스럽고 찬탄하는
장엄하고 아름다운 순간이었다.
결코 잊을 수 없는 이번 순례는
그 자체로 기적이자 역사적 대사건이리라.
2019. 9. 1 土
자다(札達) 톨링(托林)사에서 회향식 날에

무지개

자다(札達) 지역 구게왕국 유적지 다녀오는 길에
갑자기 비가 내리더니 이내 오색 무지개가 그림처럼 펼쳐진다.
그것도 쌍무지개가 마치 CG처럼 펼쳐져
환희스럽고 아름답기 그지없다.
카일라스 순례의 원만회향을 하늘에서도 축복하는 듯하다.
모두들 나와서 쌍무지개 아래 사진을 찍으며 환한 미소를 짓는다.
행복하고 아름다운 순간의 꽃이다.
2019. 9. 1. 日
쌍무지개 펼쳐진 순간에

인코라

다르첸 마을에서 바라본 안코라 오르는 길의 모습.
지금은 입산이 통제되어 출입이 통제되고 있다.
힌두교인들이 들어가 자취를 감추는 일이 많기 때문이다.
나도 한 번은 가고 싶지만 어찌할 수 없는 노릇이다.
중코라를 12번 돌아야 비로소 인코라를 7번 돌 수가 있다고 한다.
인코라를 통해 카일라스의 진면목과 마주할 수 있도록
꿈과 소망을 빌어본다.
2019. 9. 2. 月
카일라스 입구 다르첸 마을에서

마나사로바 호수

커리(몽흡湖)
락사스탈 호수

파드마 삼바바가 수행한 치우 사원에서 바라본
성호(聖湖) 마나사로바 호수의 장엄하고 아름다운 전경.
성산 카일라스와 더불어 신호(神湖)로 손꼽힌다.
이곳은 마야부인이 목욕재계 후
태몽을 꾼 곳으로 알려져 있다.
카일라스 순례의 마침표를
이곳 마나사로바 호수에서 함께하는 것이다.
호숫가에서 흰옷을 입은 인도 여인네와 힌두교 사두를 만나 함께하였다.
마나사로바 호수에 온몸과 마음이 빠지다!
2019. 9. 2. 月

이별

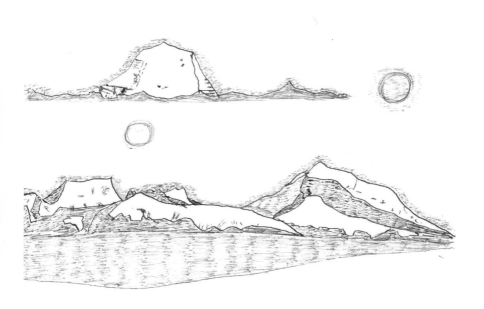

성산(聖山) 수미산 카일라스와
신호(神湖) 마나사로바 호수와 이별을 고(告)한다.
나는 안녕(Good-bye)이라고 작별을 고하지만
그들은 반갑게 "차시달레(Thasidale)!"라고 말한다.
언제고 다시 한 번 그대를 만나러 다시 오리라.
아니 내 안에 항상 함께하리라 믿습니다.
2019. 9. 2. 月
永真(영진) 스님과 함께하는 티베트 수미산 순례를 회향하며 마치 인생의 크나큰 숙제 하나를 방금 끝낸 느낌이다. 작년에 카일라스 수미산 코라길을 순례하고 왔을 때도 그랬다. 마치 작은 물방울들이 모여 강을 이루고 바다에 이르듯이 말이다. 바닷물은 다시 하늘로 올라 비가 되어 온 산하대지를 적시어줄 것이다. 그러니 다시 시작인 셈이다.

내가 그림을 그리고 책으로 출간한다는 것은 언감생심 상상조차 할 수가 없었다. 다만 그 순간의 소중하고 의미 있는 아름다운 순간들을 모든 이와 나누고 싶었을 따름이다. 그런 의미에서 매 순간의 합(合)이 곧 깨달음이 된다고 생각한다. 우연이 모여 필연이 되듯이 순간의 꽃을 영원에 담고 싶었다.

고은의 시 '그 꽃'에서 말한, "내려갈 때 보았네 / 올라올 때 보지 못한 / 그 꽃"이 바로 이 책의 그림들이다. 나태주 시인의 시 '풀꽃'에서 그린, "자세히 보아야 예쁘다 / 오래 보아야 사랑스럽다 / 너도 그렇다"가 바로 이 책의 글들이다. 이 한 권의 글과 그림은 장석주의 '대추 한 알'과 미당 서정주의 '국화' 한 송이와 같다 할 것이다.

중국의 대문호 루쉰(魯迅)은 소설 《고향》에서 "희망이란 있다고도 할 수가 없고, 없다고도 할 수가 없다. 그것은 마치 길과 같은 것이다. 태초에는 길이 없었다. 한 사람이 걸어가고 연이어 두세 사람이 걸어가면 곧 길이 되는 것이다"라고 말했다. 최초(最初)이자 최고(最高)의 삶을 살아가자. 우리는 누군가의 길이고 희망이며 깨달음이다. 또한 모든 것이 삶의 기적이자 영원한 순례가 아닌가 생각한다.

임제의현(臨濟義玄) 선사는 "어느 곳이든 주인공의 삶을 살아간다면, 그 사람이 서 있는 그 자리가 바로 진리의 땅이다(隨處作主 立處皆眞)"라고 말씀하셨다. 모든 이들이 주인공의 삶과 수행으로써 진리 안에서 항상 행복했으면 한다. 아울러 임제 선사의 "즉 이 현재가 있을 뿐이지, 다른 시절이 따로 없느니라(卽時現今 更無時節)"라는 말처럼 지금, 여기에서 최선을 다해 함께하기를 바라 마지않는다.

선시에 "나에게 한 권의 책이 있으니 / 종이와 먹으로 이루어지지 않았다 / 펼치면 한 글자도 없건만 / 항상 크나큰 광명을 발하고 있다(我有一卷經 不因紙墨成 展開無一字 常放大光明)"라고 읊었다. 이 책도 끝내 무화(無化)되어 한 글자도 없는 희고 텅 빈 종이에 불과하다.

이제 이 텅 빈 허공과 같은 책에 어떤 그림을 그려 넣을지는 독자 여러분의 몫이 아닌가 생각한다. 자신의 삶과 수행과 깨달음의 기록들을 자기만의 글과 그림으로 함께하면서 늘 행복했으면 하는 바람이다.

어느새 낙목한천(落木寒天) 찬바람에 나무는 벌거숭이 알몸뚱이로 무화(無化)된 채, '체로금풍(體露金風)'의 영혼이 되어 우뚝하다. 다시금 엄동설한의 고통과 절대고독을 참고 견뎌내야만 비로소 새봄의 꽃을 활짝 피울 수 있을 게다. 지금은 뭔가를 버려야 할 때, 모두 벗어버리고 서릿바람 앞에 당당히 맞서자. 다시금 이 길 위에서 길과 희망, 그리고 깨달음의 순간을 춤추고 노래하자! 다시 '사람'과 '풍경'만이 희망이다.

끝으로 간장게장에 대한 안도현 시인의 시 '스며드는 것'의 마지막 구절로 인사를 갈음한다. "저녁이야 / 불 끄고 잘 시간이야!"

2020년 정월 어느 날에 삼각산하(三角山下) 쾌활당(快活堂)에서
산눈참빛(活眼眞光) 적다

표지 한자 제자.　　송원설정 대종사
표지 한글 제자.　　한얼 이종선 서예가
표지 그림.　　　　진광
면지와 띠지 삽화.　윤병철 작가

세계는 한 송이 꽃이라네

— 진광 스님의 '쾌활순례서화집' —

초판 1쇄 펴냄　　2020년 2월 15일
초판 3쇄 펴냄　　2020년 2월 25일

지은이.　　　진광
발행인.　　　정지현
편집인.　　　박주혜

사장.　　　　최승천
편집.　　　　서영주, 신아름
디자인.　　　이선희
마케팅.　　　조동규, 김영관, 김관영, 조용, 김지현
구입문의.　　불교전문서점(www.jbbook.co.kr) 02-2031-2070~1

펴낸곳.　　　(주)조계종출판사
　　　　　　서울 종로구 삼봉로 81 두산위브파빌리온 232호
　　　　　　전화 02-720-6107~9 | 팩스 02-733-6708
　　　　　　출판등록 제2007-000078호(2007. 04. 27.)

ⓒ 진광, 2020

ISBN 979-11-5580-131-4　03810

　이 도서의 국립중앙도서관 출판예정도서목록(CIP)은 서지정보유통지원시스템 홈페이지
(http://seoji.nl.go.kr)와 국가자료공동목록시스템(http://www.nl.go.kr/kolisnet)에서
이용하실 수 있습니다.
(CIP제어번호 : CIP2020003958)